비우고 채우는 즐거움,
절집 숲

비우고 채우는 즐거움, 절집 숲

절집 숲의 역사와 가치, 그 아름다운 풍광을 찾아서

― 글·사진 전영우 ―

운주사

책을 펴내며

국토의 64퍼센트가 숲으로 덮여 있는 나라에서 갖가지 사연을 간직한 여러 종류의 숲들이 존재하는 것은 당연한 이치다. 그 다양한 종류의 숲들 중에서도 절집 숲은 장구한 역사성과 전통적 경관미, 그리고 산림 이용의 지혜가 응축된 살아 있는 현장이기에 더욱 유별나다. 1973년부터 온 국민이 합심하여 헐벗은 산림을 복구한 덕분에, 한국의 국토녹화 성공 사례는 세계적 자랑거리로 국내외에 널리 소개되고 있지만, 대부분의 숲이 40여 년 생 이하의 어린 숲이다. 우리 숲의 일천한 이런 현실을 생각하면, 이 땅 곳곳의 절집들이 보유한 수백 년 이상의 역사를 간직한 아름다운 숲은 우리에게 셈할 수 없는 축복이자 큰 행운이다.

숲이 포용하고 있는 다양한 기능처럼, 절집 숲도 예로부터 여러 가지 기능과 의미를 간직해 왔다. 절집 숲이 지닌 재래적 기능은 성속聖俗을 가르는 차폐遮蔽 공간, 수행과 명상과 울력의 수도 공간, 구황식량과 산나물과 버섯 등의 임산 부산물과 땔감을 제공하는 생산 공간, 전란이나 화재와 같은 유사시를 대비한 가람 축조용 목재의 비축기지 등을 들 수 있다.

이런 재래적 기능과 함께 절집 숲이 오늘날 새삼스럽게 주목받는 이유는 환경과 생태의 가치가 고양되는 21세기에 자연 및 생태 소비의 훌륭한 대상으로 대두되고 있기 때문이다. 현대 문명이 자연과 유리된 삶을 강요하면 할수록 현대인은 본능적으로 자연과 생태에 대한 욕구 충족을 더욱 갈구할 수밖에 없다. 그래서 많은 이가 자연의 아름다움과 생태의 진면목을 더 많이 즐기며 누리기를 원한다. 물질 소비 대신에 생태 소비와 자연 소비에 더 큰 관심을 갖는 이유도, 삶의 질이란 물질적 욕망으로는 결코 충족되지 않고 마음의 풍요로 충족된다는 것을 깨닫고 있기 때문일 것이다. 네 부분으로 구성된 이 책의 내용 중, '절집 숲에서 찾는 마음의 풍요'를 가장 앞자리에 배치한 이유도 여기에 있다.

1부에 이어, 이 책은 '절집 숲이 품고 있는 전통경관', '절집 숲이 지켜온 자연유산', '절집 숲이 간직한 역사'로 구성되어 있다. 비록 4부분으로 나눈 형식을 취했지만, 역사가 오래된 절집 숲은 고유의 풍광과 귀중한 자연유산을 보유하고 있을 뿐만 아니라 장구한 역사성도 함께 지니고 있기에, 이 책에 소개된 대부분의 절집 숲이 이들 내용을 조금씩이라도 포함하고 있는 것은 당연하다.

1부는 절집 숲이 명상과 사색을 통해 잊고 살던 자아를 되찾고, 대면하기를 꺼리던 자기 자신을 만날 수 있을 뿐만 아니라 자연과의 소통과 교감을 통해서 마음의 풍요를 얻을 수 있는 공간으로 활용될 수 있음을 밝히고 있다. 절집 숲에 대한 이런 새로운 기능 제안은 절집 숲이 누구에게나 개방되어 있는 특성 덕분에 가능하다. 이런 개방성 덕분에 절집 숲은 그 숲을 향유하고자 원하는 사람들 사이에 극심한 경쟁을 유발시키지 않는다. 내가 풍광의 아름다움을 즐긴다고 해서 남에게 돌아갈 즐거움이 줄어들지도 않는다. 이런 점이 바로 생태 소비, 자연 소비의 특

성이다. 따라서 덜 소비하고, 덜 훼손하며, 덜 폐기해야 하는 생태환경
의 시대에 절집 숲은 인간과 자연의 상생을 훈련하는 멋진 실습장이 될
수도 있을 것이다.

2부와 3부는 절집 숲이 한국성韓國性을 상징하는 전통 문화경관이자
자연유산의 보고임을 보여주고 있다. 이 땅 곳곳의 절집은 역사와 전통
과 풍토에 따라 독창적인 절집 숲의 이용 방법을 창안해 내었고, 수백
년 동안 지속된 이용 관행은 풍토성이 높은 독특한 경관을 만들고 지
켜오는 데 일조를 했다. 절집 숲이 한국성을 상징하는 전통 문화경관의
전시장이라고 주장할 수 있는 근거도 여기에 있다.

절집 숲이 자연유산의 보고寶庫임을 단적으로 나타내는 흔적은 국
토 면적의 0.7퍼센트인 사찰림(63,000ha)에서 전체 천연기념물(식물)
의 10.7퍼센트를 보유하고 있는 사례에서도 찾을 수 있다. 이것은 사찰
림이 토지 면적에 비해 15.3배나 더 많은 양의 자연유산을 보유하고 있
음을 의미하며, 이 땅의 자연유산 보전에 사찰림의 기여가 지대함을 뜻
한다. 아울러 절집 숲은 고승대덕과 나무와 숲에 얽힌 수많은 이야기를
간직하고 있다. 그래서 절집 숲은 인간과 자연 사이에 얽힌 아름다운
판타지가 살아 있고, 전설이 전승되고 있으며, 설화가 녹아 있는 공간
이다.

4부는 절집 숲의 역사성을 다루고 있다. 이 땅의 절집 숲은 하루아침
에 형성된 것이 아니다. 수백 년 동안 지속된 절집 숲의 관리와 보전 방
법은 자연자원을 효과적으로 이용하기 위해 조상들이 창안한 전통 지

7

혜가 응축된 현장이라 할 수 있다.

절집이 관리하던 태봉산胎封山은 조선 왕족의 태를 묻은 산이었고, 율목봉산栗木封山은 종묘와 향교와 공신들에게 제공할 위패를 생산하던 밤나무 숲이었으며, 향탄봉산香炭封山과 송화봉산松花封山은 왕실에 공급할 숯과 송홧가루를 생산하던 솔숲이었다. 이 밖에 절집이 관리하던 질 좋은 소나무재의 생산현장인 황장봉산黃腸封山과 선재봉산船材封山, 내화수림대耐火樹林帶를 조성하여 산불 피해를 막은 동백 숲도 사찰림이 유구한 역사적 산물임을 확인할 수 있는 살아 있는 사례라 할 수 있다.

숲과 관련된 몇 권의 책을 펴낸 덕분에 많은 이들이 숲을 즐길 수 있는 방법이나 또는 숲을 통해 자연과 소통할 수 있는 특별한 비결을 묻곤 한다. 여러 가지 방법이 있을 수 있겠지만, 이런 질문에 대한 나의 답은 다음과 같이 의외로 단순하다.

숲을 즐기는 가장 쉬우면서도 좋은 방법은 우리 주변의 어떤 숲에서나 자기 스스로 풍경 속의 한 점경點景이 되어 보는 것이다. 이 방법에 대해 설명을 조금 덧붙이면, 그냥 숲 바닥에 널려 있는 바위에 걸터앉거나 또는 숲 바닥에 그대로 퍼질러 앉아 몸과 마음을 고요하게 만드는 일이 먼저다. 그러나 이런 고요한 상태에 이르기란 쉽지 않다. 우리들 대부분은 몸과 마음이 모두 번다하거나, 혹은 하나가 고요하더라도 다른 하나는 번다하기 십상이기 때문이다. 욕심과 기대와 집착이 파도처

럼 끊임없이 밀려오는데, 어떻게 하면 한 순간이라도 몸과 마음을 고요
한 상태로 유지할 수 있을까.

　나는 절집 숲은 물론이고, 어느 숲이든 찾을 때마다 '지금 이 순간 이
공간'에 온전히 머무는 일에 집중한다. 시간과 공간의 합일에 의해 만
들어진 풍광 속에 놓인 나 자신에 집중함으로써, 일어날 수 있는 잡념
을 떨쳐버리고, 다른 일을 벌이고 싶은 욕망을 내려놓는다. 이런 마음
으로 숲(자연)에 몰입하면, '욕심과 기대와 집착'이 잦아들기 시작하며,
작은 것에도 마음의 풍요를 느낄 수 있다.

　이런 나의 방식이 모든 사람에게 통용될 수 있을지 자신할 수 없지
만, 몸과 마음을 고요한 상태로 만드는 나만의 다음 순서는 10번쯤 천
천히 심호흡을 하는 일이다. 여러분도 한번 시도해 보시라. 단순한 심
호흡만으로도 마음이 고요해지고, 다음으로 몸이 편안해짐을 느낄 수
있을 것이다. 이런 상태에 이르게 되면 다음 단계로 들어가기가 쉽다.
나무가 내쉰 날숨(산소)을 내가 들숨으로 마시고, 내가 내쉰 날숨(이산
화탄소)을 나무들이 들숨으로 마셔 영양분이 되어 자신의 몸을 서로 키
워 간다는 상상이다.

　이런 상상을 키워 가면 우리 주변을 둘러싼 자연이 단순한 사물이 아
님을 자각하게 된다. 나무와 내 자신이 딴 몸이 아니라는 자각이 심화되
면, 우리 주변의 모든 자연이 우리와 다른 몸이 아님을 깨닫게 된다. 만
일 이런 경지에 이르게 되면 자신이 주변의 천지만물과 거미줄처럼 서
로 연결돼 있음을 깨닫게 될 것이다. 바로 우주 안의 뭇 생명이 한 몸이

되는 순간이다. 불가에선 이런 깨달음을 동체대비同體大悲라고 했던가.

절집 숲에 한번 천착해 봐야겠다는 다짐을 한 것은 '숲과 문화연구회'에서 펴내는 『숲과 문화』에 안정사의 솔숲을 기고했던 1993년도 경이었다. 그러나 그 이후 숲과 관련된 이런저런 책을 펴내면서도 정작 절집 숲을 본격적으로 다룰 기회는 없었다. 그리고 마음의 빚으로 남아 있던 오래된 숙제를 할 수 있었던 것은 지난 3년 사이에 있었던 신묘한 여러 인연 덕분이었다. 최악의 출판 여건 속에서도 한 권의 번듯한 책으로 상재하게 된 행운은 운주사 김시열 사장님이 그 인연의 끈을 흔쾌히 이어받아 주었기 때문이다. 인연의 고리가 되어 준 많은 분들의 성원에 고마운 마음을 전한다.

2011년 4월

松眼堂에서 전영우

1부_절집 숲이 안겨주는 마음의 풍요

마음을
씻고
마음을
여는

개심사
솔숲

속도 강박증에 걸린 채 먹고사는 일로 허우적거릴 때, 헛된 망상과 강퍅해진 마음으로 심란할 때, 한 치 앞을 보지 못하는 어리석음이 눈앞을 가릴 때, 솔바람 소리는 그 무엇보다 든든한 위안이 된다. 봄바람이 심하게 불던 날, 솔바람 소리로 닫힌 마음을 활짝 열고자 개심사로 향했다.

예로부터 조상들은 솔바람 소리를 아끼고 사랑했다. 그래서 '송운松韻', '송성松聲'이라 칭하며 솔숲을 지나는 바람 소리에 특별한 의미를 부여했다. 우리 어머니들이 솔밭에 정좌하여 솔바람 소리를 태아에게 들려주면서 시기와 증오와 원한을 가라앉혔던 이유도 솔바람 소리가 상처 받은 영혼을 어루만져주고, 때 묻은 마음을 씻어준다고 믿었기 때문이다.

어느 절집인들 상처 받은 영혼을 치유하지 않으랴만, 솔바람 소리가 품고 있는 의미와 관련해 개심사를 떠올린 이유는 솔숲 입구에 자리 잡고 있는 '세심동洗心洞'·'개심사開心寺' 표석에 대한 옛 기억 덕분이었다. 바로 '마음을 씻고, 마음을 여는 절집'이라는 의미가 아니던가.

들머리 솔숲길

각기 세심동과 개심사가 새겨진 두 개의 조그마한 표석은 솔숲을 오르는 돌계단 초입 양쪽에 붙박이 모양으로 변함없이 자리하고 있었다. 웅장하고 화려한 것을 추구하는 세태에도 변함없이 정겨운 모습을 간직하고 있는 그 광경에 가슴이 저려왔다. 절집으로 향하는 숲길은 구도와 사색과 명상을 위한 길이 아니던가. 그 숲길이 편리함과 효율을 좇아 점차 자동차 길로 변하는 세태에, 강산도 변한다는 10년 세월에도 옛 모습을 그대로 간직하고 있는 것을 보는 감회가 복잡했다. 더불어 산천의 깊이와 크기에 따라 작은 인공물조차 앉힐 자리를 헤아려 배치했던 옛 스님들의 안목이 그리웠다. 공간 활용에 대한 옛 사람의 지혜가 새삼 그리운 이유는 오늘날 개발이라는 이름으로 사찰 주변에서 일어나는 엄청난 자연파괴 행위 때문이기도 하고, 무작정 편리와 실용만

좇는 우리네 삶의 가벼움 때문이기도 하다.

계단 길을 두세 굽이만 돌면 바로 다다를 수 있는 짧은 거리를 긴 여정인 양 느린 걸음으로 걷는다. 가슴을 펴고, 귀를 활짝 열고 천천히 걷는다. 마침내 고대하던 솔바람 소리가 쏴~ 하고 불어온다. 솔숲 위로 바람이 인다. 가지가 흔들리고, 가지 끝의 솔잎들도 물결처럼 일렁이기 시작한다. 장자는 바람을 '대지가 뿜어내는 숨결'이라고 했던가. 솔잎 사이로 지나면서 만드는 바람 소리에 잠시 걸음을 멈춘다. 영혼을 흔드는 소리를 담는다. 막혀 있던 귀가 뚫린다. 납덩이처럼 가슴을 짓누르던 망상이 심호흡과 함께 빠져나간다. 어느새 순진무구한 상태로 부처님의 나라에 도착한다. 어느 시인은 바람결에 실려온 냄새만으로도 솔숲을 지난 바람인지 참나무 숲을 지난 바람인지 아니면 대숲을 지난 바람인지 구분할 수 있다고 했는데, 우리들은 어떤가? 혹 솔바람 소리에 귀 기울이는 잠깐의 여유조차 아까워 목적지를 향해 걸음을 재촉하기 바쁘다면, 우리들은 일 중독자일지 모른다. 반면 바람결에 실려 온 계절의 독특한 향기를 맡을 수 있다면 자연의 진수를 남보다 더 깊고 진하게 체득하는 자연주의자일 것이다.

굽은 소나무의 생명력

개심사의 들머리 솔숲은 천년의 역사를 간직한 고찰답지 않게 대부분 50~60년 묵은 비교적 어린 소나무들로 이루어져 있다. 여기엔 여러 사연이 있겠지만, 6·25전쟁이나 이후 사회적 혼란기에 무방비로 훼손된 탓이 클 것이다. 또 다른 특징은 강원도의 백담사나 법흥사, 경북 울진의 불영사 경내의 곧게 자라는 소나무와 달리 개심사의 모든 소나무는

경지의 외나무를 다리를 건너면 해탈문에 이른다.

구불구불한 형태를 지니고 있다는 것이다. 이런 형태적 차이는 서해안이나 남해안의 인구밀집 지역에서 꽃피운 농경문화와 관련이 있다. 소나무는 이 땅의 어떤 나무들보다 건축재나 조선재로 활용도가 높다. 그래서 많은 사람이 모여 살았던 서해안이나 남해안의 구릉과 평야지대의 소나무들은 지속적으로 농경문화를 지탱하는 데 필요한 건축재와 조선재로 벌채되었다. 옛 사람들 역시 오늘날의 우리처럼, 재목감으로 줄기가 곧은 소나무들을 먼저 벌채해 사용했을 것이다. 수천 년 동안 곧은 소나무를 계속하여 벌채했으니 지금은 형질 나쁜 나무만 남은 셈이다.

　그러나 우리 소나무 고유의 독특한 아름다움을 표현하고자 하는 화가나 사진작가, 또는 시인들은 오히려 굽은 형태의 소나무에서 역동의 기운과 생명력을 느낀다. 그래서 쭉쭉 곧은 소나무보다 굽은 형태의 소나무를 더 선호한다. 굽은 소나무가 표출하는 조형적 아름다움 때문이다. 예술가들의 소나무관(觀)은 소나무를 베어서 쓸 재목으로 바라보는 임업적 시각과 전혀 다른 것이다. 이는 아마도 곧은 소나무보다 굽은 소나무들이 문학과 예술의 소재로 더 멋지게 형상화될 수 있기 때문일 것이다.

외나무다리로 영지影池를 건넌다. 개심사가 코끼리 형상을 한 상왕산 자락에 안겨 있기에 영지는 코끼리의 물통을 상징한다던가? 사방으로 가지를 뻗은 배롱나무가 먼저 객을 맞는다. 마음을 여는 절, 개심사는 654년(백제 의자왕 16년)에 창건되었고, 고려시대와 조선시대에 걸쳐 고쳐 짓거나, 수리하거나 또는 낡은 건물을 헐고 다시 짓는 과정을 여러 번 거치면서 오늘에 이르렀다. 개심사는 조선 성종 6년(1475)에 있었던 산불로 절집이 모두 소실되었다. 산불은 충청도 절도사를 지낸 김서형의 사냥 때문에 일어났고, 절집은 물론이고 주변의 모든 숲이 화마를 피할 수 없었다고 한다. 반면 이 고장의 다른 절집들은 임진왜란으로 전소되거나 파괴되었지만, 개심사는 전란의 해를 입지 않았다고 한다. 절집의 규모가 작은데도 개심사가 충남의 4대 사찰로 명성을 얻고 있는 이유는, 근대 한국불교 선종의 중흥조로 불리는 경허스님이 이곳에서 수도생활을 한 역사와 무관하지 않다. 개심사가 품고 있는 보물로는 대웅전(보물 143호)과 영산회괘불탱(보물 1264호) 등이 있다.

절집 꽃나무와 육법공양

개심사가 품고 있는 또 다른 보물은 이곳에 터 잡은 자연유산이다. 바로 매화와 복사꽃, 그리고 청백홍의 색깔로 꽃을 피우는 겹벚나무들이다. 이들 꽃나무(花木)들 중에서도 초여름이 시작될 시점인 음력 4월 초파일 전후에 3가지 색깔의 겹꽃을 피워내는 왕벚나무의 꽃이 유별나다. 어린아이 주먹만한 크기의 개심사 왕벚꽃은 희고 붉고 푸른 꽃을 피워내기에 5월의 개심사를 꽃 대궐로 탈바꿈시킨다. 특히 다른 곳에서 쉬 볼 수 없는 청색의 벚꽃이 단연 압권이다. 청벚꽃은 붉은빛이 덜한 반면, 꽃심이 청포도 같은 연한 녹색을 띠고 있어서 푸르스름해 보인다. 이런 사실을 모르고 보면 마치 병든 꽃처럼 보일 수도 있지만, 청벚꽃은 국내에서 유일하게 개심사에서만 자란다고 알려져 있다. 허름한 해우소 옆이나, 돌로 대충 쌓아 지은 오래된 낡은 창고 곁에서 변함없이 아름다운 꽃을 피워낸 벚꽃의 화려함을 감상하면, 개심사를 꽃 대궐로 부르는 이유를 수긍할 수 있다.

개심사의 수양벚꽃(박종율 제공)

개심사의 청벚꽃

벚나무는 예로부터 절집과 인연을 맺어왔다. 화개장터에서 쌍계사에 이르는 십리 벚꽃길, 백양사 초입의 벚꽃 길이나 천연기념물로 지정된 화엄사의 올벚나무, 개심사의 삼색 왕벚나무처럼, 절집에 이르는 도로변이나 절집에 벚나무를 심는 이유는 불가에서 벚꽃을 '속세를 떠나 극락(피안)의 세계로 들어가는 피안앵彼岸櫻'의 상징처럼 여기기 때문이다.

봄은 남녘의 화신이 북상하면서 무르익기 시작하는데, 가장 먼저 꽃을 피우는 절집의 동백이 개막 테이프를 끊고, 매화와 복사꽃이 그 뒤를 잇는다. 벚나무는 어쩌면 조금 늦게 봄이 무르익고 있음을 알리는 최종주자일지 모른다. 여름의 문턱에서 왕벚꽃으로 장식되는 꽃 대궐의 장관을 못 잊어 개심사에 왕벚나무의 개화 여부를 전화로 문의했다. '벚꽃'이라는 이야길 꺼내자마자 기다렸다는 듯이 바로 답이 돌아왔다. "아직 피지 않았습니다. 2~3일 더 있어야 필 것 같지만, 짐작일 뿐 그건 꽃이 피고 싶어야 피는 것 아닙니까?" 왕벚꽃의 개화 시기를 궁금해 하는 확인 전화가 전국 각지에서 얼마나 많이 걸려왔으면 바로 이런 답변이 튀어나올까? 불사나 스님의 안위보다 벚꽃의 개화를 확인하려고 수없이 걸려오는 전화를 받는 보살의 심경을 헤아려봤다.

이 땅의 사찰들은 장구한 역사의 사연만큼이나 각기 다른 꽃나무를 키우고 있다. 백련사, 선운사, 화엄사처럼 동백꽃이 봄철을 장식하는 절집이 있는가 하면, 직지사처럼 절집 마당 한구석에 자라고 있는 수백 년 묵은 개나리가 봄의 절기를 알리는 절집도 있다. 또 상원사나 부석사처럼 주변에서 쉽게 볼 수 있는 야생목인 산돌배나무의 꽃이 생명의 계절이 왔음을 알리기도 한다. 절집마다 제각각 다른 화목들이 자라는 데는 절집의 유구한 전통이나 스님들의 독특한 취향을 무시할 수 없지만, 불가에 전해 내려오는 육법공양六法供養의 전통으로 짐작해 볼 수도 있다.

육법공양이란 부처님께 바치는 초, 향, 차, 꽃, 과일, 쌀 등 6가지 공양물과 함께 깨달음과 관련된 6가지 법을 의미하기도 한다. 초는 자신을 태워(자비) 세상을 밝혀(지혜) 주기 때문에 '지혜의 등불'을 뜻하고, 향은 어둡고 가려진 곳까지 두루 향기를 나누어주는 공덕이 있기 때문에 '해탈의 향기'를 의미한다. 차, 특히 감로차甘露茶는 괴로움에 빠진

창고 주변의 벚꽃

중생에게는 부처의 가르침이 마치 감로수와 같기 때문에 '열반의 맛'을 뜻한다고 한다. 오랜 노력으로 만들어진 결과물인 과일은 개개인의 지극한 수행이 열매를 맺기 바라며 올리는 공양물로 '깨달음의 열매'를 뜻하고, 쌀은 봄부터 여든여덟 번의 노력으로 추수할 수 있기 때문에 '깨달음의 기쁨'을 나타낸다고 한다. 꽃은 열매를 맺기 위해 꼭 피어야 할 존재이며, 울긋불긋 피어나는 꽃의 아름다움은 세상을 아름답게 가꾸겠다는 보살행의 서원으로 여기기 때문에 '보살행의 아름다움'을 의미한다고 알려져 있다.

꽃이 초, 향, 차, 과일, 쌀과 함께 불가의 공양물이 된 사연을 알면, 계절을 가리지 않고 꽃을 피워내는 화목들이 절집의 진객으로 자리 잡은 이유를 다시금 확인할 수 있다. 또한 '보살행의 아름다움' 덕분에 우리가 고찰의 마당 한구석에서 절기마다 다양한 화목이 피워내는 꽃을 만날 수 있는 것이다.

와유臥遊의 즐거움

나의 남녘 봄맞이 절집 숲 순례는 보통 개심사에서 수양벚꽃을 감상하는 것으로 끝난다. 쌍계사의 십리벚꽃과 선암사의 무우전 고매古梅를 만난 후, 북상하는 화신을 따라 화엄사의 홍매와 백매에 취하고, 다시 백양사의 벚꽃과 고불매를 즐긴 후, 수양벚꽃의 멋진 모습까지 즐기면 그 해의 상춘행사는 최상인 셈이다.

봄만 되면 나는 왜 이런 걸음을 마다하지 않는 것일까? 그건 나만의 와유첩臥遊帖을 꾸미고픈 욕심 때문이다. "누워서 유람한다"는 의미의 와유는, 집에서 명승이나 고적을 그린 그림과 글을 보며 즐기는 행위를

일컫는 말로, 육신이 더는 움직일 수 없을 만큼
허약해지더라도 정신만 멀쩡하면 행할 수 있다. 그러니 와유첩
이란 누워서 유람할 수 있는 그림과 글을 모아둔 화첩이다.

　신문에 "조선시대 선비 김계온(1773~1823)이
금강산을 유람한 후 화원을 시켜 단원 김홍도의
『금강사군첩』을 본떠 그리도록 한 『오헌와유록
悟軒臥遊錄』을 1853년 다시 본떠 그린 와유첩이 17
억 2천만 원에 낙찰되었다"는 내용이 보도되었다. 조
선시대 와유첩을 소장하게 된 이의 경제적 여유가
부럽지만, 그런 와유첩을 소장할 수 없는 나의 처
지가 곤궁하거나 부끄럽지는 않다. 그 까닭은 건
강할 때 오늘 이 땅의 풍광을 가능한 한 많이 담아
서 나만의 와유첩을 간직하려고 애쓰고 있기 때문
이다. 봄만 되면 탐매행각이나 절집의 화목을 찾
아 나서는 나의 방랑벽도 그런 의지의 발로라 할
수 있다. 하루가 다르게 변하는 국토의 모습일망정, 절
기에 따라 그때 그 자리에서 누릴 수 있는 풍광의 아름다움을 가능한
한 절실하게 담고자 했던 것은 어느 누구도 피해갈 수 없는 나이 먹어
감에 대한 남다른 대비라고도 할 수 있다. 그래서 눈으로만 보지 않고
냄새로, 촉각으로, 소리로, 맛으로도 느끼고 가슴 깊이 새기고자 노력
하고 있다.

　옛사람들은 나이를 먹어 몸을 잘 움직일 수 없는 여건에서도, 맑은
정신으로 이 땅의 아름다운 풍광을 즐겼다. 그뿐만이 아니다. 눈앞에서

사라져 볼 수 없는 풍경도 옛사람의 글이나 그림을 통해서 머릿속으로 찾아갈 수 있다는 생각으로 와유의 풍류를 즐겼다. 와유의 삶을 추구했던 조상들의 옛 전통을 생각하면, 나 역시 그런 풍류를 누리고 싶었을 터이다. 와유란 바로 마음의 풍요를 얻는 안일安逸과 풍류風流의 또 다른 일상인 셈이다.

이 순간, 자신만의 와유첩을 준비하는 사람이 얼마나 될까? 만일 자신만의 와유첩을 준비하고 있다면, 여러분은 어떤 종류의 와유첩을 준비하고 있는가? 바라건대, 부디 눈앞에 보이는 풍광을 담는 데 급급하지 말라고 권하고 싶다. 우리 신체의 오묘한 감각기관을 십분 활용해 이 산하의 아름다움을 가슴 깊이 저장하는 방법을 몸으로 체득하는 일도 우리의 길어진 여생을 더욱 풍요롭게 만들어줄 좋은 방법이다.

와유첩과 관련된 자료를 뒤지다가 서울대 국문학과 이종묵 교수의 인상적인 글을 발견했다. "(조선 후기 실학자 성호 이익은) 아름다운 산천을 그린 그림과 글은 상상력을 촉발하는 매개물이라 하였다. 또 선천적인 맹인은 본 기억이 없으므로 꿈을 꿀 수 없다고 하였다. 상상력의 촉발을 위해서는 매개물로서 그림과 글이 있어야 하는 것이다. 도연명陶淵明의 은거를 꿈꾸는 사람은 귀거래도歸去來圖를 걸어놓고, 왕유王維와 같은 별서를 꾸미고 살고자 하면 망천도輞川圖를 걸어놓았으며, 왕희지王羲之처럼 곡수曲水에 술잔을 띄우고 시를 짓고 싶으면 난정蘭亭을 그린 그림을 구해 완상하였다."

성호 이익이 오늘의 우리에게 던지는 메시지는 무엇일까? 모든 것이 바쁘게 움직이는 세상살이 속에 현대인은 성호 이익이 추구했던 이런 목가적 삶에 관심이 없다. 오히려 더 큰 집, 더 비싼 자동차, 더 빠른 컴퓨터와 같이 물질적 욕망을 충족하느라 허우적거리고 있을 뿐이다. 빠듯한 일상에서 조금이나마 여유를 갖고 마음의 풍요를 쌓아갈 수 있는 유용한 방법으로 옛사람처럼 우리도 자신의 와유첩을 하나씩 만들어 가는 것은 어떨까 싶다.

굽은 나무로 절집을 지은 이유

개심사의 해탈문, 심검당, 범종각은 굽은 나무를 그대로 사용해 축조했기 때문에 독특한 모양을 하고 있는 것으로 유명하다. 범종각의 네 기둥이 모두 굽은 것이나, 심검당의 기둥과 들보가 굽은 목재로 지어진 것을 보면, 이 고장 소나무의 옛 모양을 어렵지 않게 그려볼 수 있다. 다시 말하면, 옛날 이 일대의 솔숲도 굽은 소나무의 형태적 특징을 가

굵기와 굽은 정도가 각기 다른 기둥과 들보로 지은 심검당

지고 있었을 것이란 추정을 쉽게 할 수 있다.

그러나 현재의 눈으로 과거의 일을 해석하는 잘못은 흔히 전문가라고 하는 사람들조차 쉽게 저지른다. 목재의 해부학적 연구로 고려시대나 조선시대의 절집을 비롯한 고건축물들이 소나무가 아니라 느티나무나 참나무로 지어졌다는 단순한 결과만을 근거로 삼아, 옛날에는 소나무 대신에 다른 수종이 건축재로 더 많이 사용되었을 것이라는 주장을 펴는 학자도 없지 않다. 하지만 이런 주장은 오늘의 잣대를 과거에 그대로 적용시키는 단견일지도 모른다. 산림학을 전공하는 내 안목도 다르지 않았다. 절집은 한 시대 최상의 문화를 꽃피운 성소랄 수 있는데 왜 굽은 나무로 절집을 지었을까? 재목으로 좋다는 소나무 대신에 옹색하게도 굽은 나무나 짧은 길이의 느티나무를 잇대어 재목으로 사용한 이유는 무엇일까? 개심사의 해탈문을 들어서면 누구나 가질 수 있는 이런 의문은 어느 해 여름 신응수 도편수와 함께 절을 찾는 길에 풀렸다.

경복궁 복원공사를 20년째 주관하고 있는 신 선생은, 예로부터 몇몇 국찰國刹을 제외하고는 가람을 짓는 데 필요한 목재는 운송수단이나 도로사정이 여의치 않은 탓에 절 주변 숲에서 조달할 수밖에 없었을 것이라고 설명하였다. 다행히 절집 주변에 좋은 솔숲이 있으면 소나무재를 쉽게 구했겠지만, 그렇지 못한 경우에는 인근에 자라는 느티나무나 참나무를 재목으로 쓸 수밖에 없었을 것이란 부연 설명도 이어졌다.

선생의 말을 개심사의 범종각이나 해탈문, 심검당에 적용하면, 개심사 일대의 소나무들은 옛날에도 굽었으며, 한때는 굽은 소나무조차 쉬 구할 수 없어서 느티나무와 같은 활엽수재로 절집을 짓거나 고쳤을 것이라고 유추할 수 있다. 이러한 유추는 중건 연대가 알려진 절집을 통해서 당시 옛 숲의 상태를 엿볼 수 있음을 의미한다. 어떤 이는 개심사의 심검당이나 범종각을, 굽으면 굽은 대로, 곧으면 곧은 대로 쓴 조상들의 미의식이 응축된 현장이라고 상찬을 아끼지 않았지만, 오히려 목재가 부족하면 부족한 대로 덧대고 잇대어 수행도량을 축조한 조상들의 지혜와 소박함을 확인할 수 있는 공간이라는 주장이 이치에 합당한 것은 아닐까.

사진과 글로 한국 전통건축의 가치와 아름다움을 지난 십수 년 동안 기록해 온 건축가 김석환 선생과 소나무 답사 여행길에 개심사의 당우를 축조한 건축재에 대한 이야길 나누면서 인상적인 설명을 들었다. 개심사의 절집이 이처럼 굽은 나무들로 축조된 이유에 대해 선생은 새로운 견해를 제시하였다. 절집 축조에 굽은 나무들이 그대로 사용된 이유는 고려시대에서 조선시대로 넘어오면서 숭유억불의 정치적 상황 못지않게, 조선의 통치이념인 성리학적 세계관도 무시할 수 없다는 것이다. 불교적 세계관에 의해 지배되던 고려의 시대상황은 가람의 건축도 일정부분 규격화하고 도식화하여, 규정된 형식으로만 축조됐을 것으로 짐작할 수 있으며, 그래서 다른 수종의 목재를 사용할망정 굽은 나무는 쓰지 않았을 거란 설명이다.

그러나 조선의 개국과 함께 만물이 음양의 조화로움으로 구성된 것을 진리로 인식한 성리학적 세계관은, 고려시대의 도식화된 가람 건축양식과 달리, 절집을 축조하는 데 굽은 목재를 건축재로 사용하는 것을 꺼리지 않도록 일정부분 영향을 미쳤을 것이라고 해석했다. 숭유억불에 의해 산중가람으로 내몰린 불교의 처지를 생각할 때, 조선시대에 성

리학적 세계관과 일정부분 융화할 수밖에 없었을 거란 설명도 이어졌
다. 특히 불교의 수행 전통이 교리 중심의 교종에서 선종으로 전환되면
서 이러한 조화로움을 받아들일 수 있는 여유가 생겼을지도 모른다는
설명이 인상적이었다.

산신각의 솔숲에서 나를 비운다

동편 산록의 산신각 주변 솔숲은 개심사의 숨은 명소다. 이곳은 들머리
언덕길의 소나무와 달리, 꽤 굵은 소나무들이 빽빽하게 숲을 이루고 있
으며, 특히 일반 관광객들이 잘 찾지 않는 한적한 곳이다.

개심사를 찾는 많은 이가 절집 앞을 둘러보고 마는데, 어느 계절이든
산신각의 솔숲을 꼭 찾아보라고 권하고 싶다. 봄꽃의 아름다움으로 온
절집이 화려하게 들썩거리는 계절일지라도, 혹은 송홧가루가 흩날리
는 신록의 계절일지라도, 산신각의 솔밭에서 자신을 한동안 그대로 놓
아둬 보길 바란다. 많이 읽고, 많이 보고, 많이 듣고, 많이 생각해야 하
는 것만이 재충전은 아니다. 오히려 너무 많은 할 일과 책임져야 할 업
무, 시간에 맞춰 해내야 할 과제 등을 잠시나마 잊고, 자신을 과감하게
비우는 것이야말로 절집 숲에서 실행해 보아야 할 일이다. 명상은 멀리
있지 않다. 고승대덕만이 할 수 있는 것도 아니고, 학문이 깊은 학자만
할 수 있는 일도 아니다. 용감하게 자신과 대면하면서, 자신을 만나는
일이 바로 수행이고 명상이 아닐까?

산신각 솔밭에서 보드랍고 화창한 봄바람을 따라 송홧가루가 구름
처럼 피어오른다. 청명한 봄 하늘로 피어오른 송홧가루 구름은 어느 틈
엔가 내 머리 위로 연두색 안개가 되어 내려앉는다. 옅은 송진 냄새가

온몸을 휘감는다. 솔잎에서 나
는 냄새와 다르지 않다. 세속에
찌든 영혼까지 청신한 기운으
로 씻기는 듯하다. 이웃나라 일
본 국민의 30퍼센트가 봄철만
되면 삼나무 꽃가루 때문에 코
와 눈과 기관지 알레르기 증상
에 시달리고 있는 데 반해, 우리
는 오래 전부터 송홧가루를 약
용과 식용자원으로 애용해왔
다. 『본초강목本草綱目』에는 "맛
이 달고 온하며 독이 없다. 심
폐를 윤潤하게 하고 기를 늘린
다. 풍風을 제거하고 지혈을 시
킨다"고 송홧가루의 효능을 설

개심사 산신각의 솔숲

명하며, 송진이나 솔잎보다 약효가 더 좋다고 밝히고 있다. 오늘날 현
대화된 기기로 분석한 결과 송홧가루에는 칼슘, 비타민 B_1, B_2, 비타민
E 등의 성분이 풍부해 혈관을 확장시켜 치매예방에 좋고, 중풍·고혈압
및 심장병은 물론 폐를 보하고 신경통, 두통 등에도 효과가 있다고 알
려져 있다.

　이런 공리적인 효능과 달리 송홧가루는 나에게 먼 옛날 솔밭에서 놀
던 어린 시절로 되돌아가게 만드는 시간여행의 실마리가 되어준다. 송
홧가루가 날리는 계절에 솔숲을 찾으면 잊지 않고 하는 나만의 의식이

있다. 박목월의 '윤사월閏四月'을 가만히 읊조리는 일이다.

    송화松花 가루 날리는

    외딴 봉우리

    윤사월 해 길다

    꾀꼬리 울면

    산지기 외딴 집

    눈 먼 처녀사

산신각에서 바라본 개심사 전경

문설주에 귀 대고
엿듣고 있다

눈으로 볼 수 없는 봄 풍경의 아름다움을 꾀꼬리의 울음소리로 상상하는 눈먼 처녀의 애틋한 모습을 떠올리며, 절기의 아름다움을 눈과 코와 귀와 입과 손으로 체험할 수 있는 지금 이 자리, 이 순간의 행복에 고마워한다.

마침내 산신당의 산신탱에 그려져 있는 소나무가 소리를 낸다. 산신 앞의 호랑이도 네 다리를 쭉 펴고 기지개를 켠다. 어느 틈에 솔숲에 바람이 인다. 켜켜이 쌓여 있던 생각의 고리들을 불어오는 솔바람에 흘려보낸다. 생각의 고리와 시름의 고리들이 산산이 흩어져 솔숲에 흩뿌려지고, 마침내 솔숲 속에 묻힌다.

입을 벌려 심호흡을 한다. 허파꽈리 저 밑바닥에 쌓여 있던 온갖 찌꺼기를 뱉어내고, 송홧가루가 묻어 있는 맑은 숲 공기를 가슴에 담는다. 한 번, 두 번, 세 번…… 몇 번 거듭되는 심호흡에 날뛰던 마음이 차분히 가라앉는다. 비워져가는 나를 만난다. 산신탱 속의 호랑이가 정겹고, 소나무가 편안하다. 어느 틈에 산신이 된 나 자신을 만난다. "모든 존재가 행복하기를, 모든 존재가 평화롭기를, 모든 존재가 조화롭기를" 반복해 읊조린다. 행복과 평화와 조화가 멀리 있지 않고 바로 내 마음속에 자리 잡고 있음을 느낀다.

백담사 에서
봉정암 에
이르는
순례자의
숲길

여름을 향해 달리는 절기임에도 이른 아침의 백담계곡은 서늘했다. 서늘한 아침 공기를 헤치고 봉정암을 향해 걸음을 시작한 지 얼마 안 되어, 삼보일배로 수행 중인 한 처사를 만났다. 처사의 행색은 단출했다. 작은 배낭 한쪽에 생수통이 담겨 있고, 종아리는 단단한 각반으로 감쌌으며, 우중에도 삼보일배에 지장이 없도록 방수용 바지에 등산화를 신고 있었다. 땅바닥을 짚고 절하는 데 편리하도록 손에는 두툼한 장갑을 끼고 있었다. 세 걸음 걷고 한 번 절하는 행위를 말없이 반복하는 처사에게 보조를 맞추어 잠시 함께 걷다가, 용기를 내어 말을 붙였다.

"처사님, 삼보일배의 여정은 어디까지입니까?"

"백담사에서 봉정암까지 할 참입니다."

"시간이 많이 걸릴 텐데요?"

"시간이 무슨 의미가 있습니까?"

우문현답이 좀 더 이어졌지만, 더는 대화를 원치 않는 수행자에게 무례를 무릅쓰고 마지막으로 어리석은 질문을 하나 더 던졌다. "왜 삼보일배를 하십니까?" 뻔한 걸 왜 묻느냐는 듯 안타까운 침묵이 잠시 흐른 뒤에, "나 자신에 대한 성찰의 시간을 갖고자 합니다"라는 짧은 답이 돌아왔다.

삼보일배는 '불보·법보·승보의 삼보三寶에 귀의한다는 뜻을 담고 있으며, 흔히 첫걸음에 이기심과 탐욕을 멸하고, 두 번째 걸음에 속세에 더렵혀진 진심塵心을 멸하며, 세 번째 걸음에 어리석은 치심恥心을 멸한다'는 뜻

삼보일배 수행자

이 담겨 있다고 한다. '세 걸음 걷고 한 번 절하면서 자신이 지은 모든 나쁜 업을 뉘우치고, 깨달음을 얻어 모든 생명을 돕겠다'는 서원을 하고 있는 이에게 삼보일배를 하는 이유를 물었으니 나의 결례가 지금도 부끄러울 뿐이다.

백담사에서 봉정암에 이르는 숲길은 우리나라에서 가장 아름다운 원시림 안으로 난 숲길이다. 삼보일배를 하는 처사처럼, 불자에게는 생애 한 번은 꼭 다녀와야 할 순례자의 숲길이라 할 수 있다.

세월이 가져온 내설악의 변화

이 세상에 변하지 않는 것이 있을까? 제행무상諸行無常이라. 백담사와 영시암과 오세암과 봉정암을 품고 있는 내설악도 예외는 아니다. 접근 방법과 각종 규제와 찾는 사람도 수많은 변화 중의 하나라고 할 수 있다. 30~40년 전에는 상봉 시외버스터미널에서 속초행 첫 버스를 타고 덜컹거리는 비포장도로를 4~5시간 달려 인제와 원통을 지나 용대리에서 내리면 설악산 대청봉을 향한 결연한 의지를 시험할 수 있는 20여 킬로미터의 긴 여정이 기다리고 있었다. 텐트와 취사도구, 이틀이나 사

홋치 식량이 들어 있는 배낭이 크고 무거웠지만, 산꾼들에게는 당연한 차림이었다.

그러나 세월이 많은 것을 변화시켰다. 새로 생긴 서울 - 춘천 - 동홍천 고속도로와 확장된 국도 덕분에 서울에서 용대리에 이르는 데 걸리는 시간은 불과 2시간 반으로 줄어들었다. 절집에 이르는 변화는 또 있다. 용대리에서 백담사에 이르는 8킬로미터의 계곡 길도 20여 분만에 주파할 수 있는 교통편이 생긴 것이다. 용대리 주민들이 운행하는 버스가 없던 시절엔, 그 계곡 길을 지프나 겨우 다닐 수 있었고, 대부분은 두 발로 걸어야 했다.

이 땅의 여느 국립공원처럼, 내설악을 찾는 이들에게도 제약이 많다. 국립공원 제도가 정착되지 않았던 시절엔 누구나 할 수 있었던 많은 일이, 오늘날은 하면 안 되는 일, 또는 할 수 없는 일이 되어버린 것 또한 세월이 만든 변화라 할 수 있다. 계곡에서 수영을 할 수 없음은 물론이고, 아무 곳에서나 취사를 해서도 안 되며, 함부로 야영할 수 없고, 정해진 등산로가 아닌 길을 이용하면 안 되는 규제들이 바로 설악산을 찾는 이들이 자연스럽게 수용해야 할 변화다.

그러나 무엇보다도 가장 큰 변화는 내설악을 찾는 탐방객들의 성격이다. 등산을 즐기는 산악인들 못지않게 봉정암의 적멸보궁을 찾는 순례자가 급격하게 늘어난 점을 간과할 수 없다. 절정기엔 봉정암을 순례하는 불자의 숫자가 하루에 3,000명에 달한다고 하니, 등산객보다 순례자의 숫자가 더 많다는 주장에 귀를 열 수밖에 없다. 그래서 내설악을 찾는 사람들의 행색도 단출해졌다. 순례자 대부분이 간식과 우의와 여벌옷을 넣을 수 있는 작은 배낭 하나만 달랑 메고 산을 찾기 때문이다.

백담사 초입 계곡의 소나무들

용대리에서 백담사에 이르는 '느림의 숲길'

백담사를 자주 드나드는 불자나 설악산을 계절마다 찾는 산악인에게, 용대리에서 백담사에 이르는 계곡 길은 결코 멀거나 지루하지 않다. 굽이를 돌 때마다 새로운 풍광이 펼쳐지고, 아름다운 숲, 깊이와 폭이 제각각인 계곡이 순간순간 나타나며, 물빛의 푸른 정도가 수시로 바뀌는 담潭이 어우러진 계곡 길은 절집이나 산을 찾는 사람들만을 위한 하늘의 축복이다. 어느 곳에서도 쉬 찾을 수 없는 긴 들머리 숲길은 계절에 따라 각기 다른 풍광을 선사하기에 그 길이 지루하기보다는 오히려 걷는 사람만이 특권을 누리는 것 같아 즐겁다. 특히 활엽수들로 이루어진 계곡 길의 신록과 단풍은 걸음품이 전혀 아깝지 않을 만큼 아름답다.

교통편이 없던 시절에 계곡 길의 마지막 모퉁이쯤에 있었던 백담사로 넘어가는 고갯마루 샛길은 아직도 잊을 수 없다. 오늘날과 달리, 계곡을 건너지 않고 산모퉁이 능선을 넘어 무금선원이 자리 잡은 곳으로 바로 내려서는 샛길은 환상적이었다. 지금처럼 당우堂宇가 많지 않고, 고갯마루 능선에서 내려다보면 아름드리 전나무들이 수호신장 모양으로 고졸한 백담사를 감싸고 선 모습이 신비스러움과 함께 고고한 기상을 뿜어냈다.

옛 추억을 더듬어 백담사를 찾은 지난 몇 년 동안, 아직도 기억 속에 생생하게 살아 있는 그 샛길을 가늠해보고자 몇 번이나 눈길을 보냈지만, 샛길의 흔적을 찾을 수 없었다. 백담사와 용대리를 왕복하는 교통편이 생기고, 절집 동편에 선원 건물이 앉혀지고, 또 이곳에 머물렀던 전직 대통령의 신변보호를 위해 샛길을 사용하지 않게 되었을 것으로 추측은 되지만, 옛길에 대한 추억은 더 강한 그리움으로 변했다.

최근 몇 년 동안 내설악을 드나들면서, 눈으로 직접 확인한 사실은 꽤 많은 이가 백담사와 용대리를 이어주는 버스를 이용하지 않고 즐겁게 걷는다는 점이다. 버스가 운행을 시작하기 전인 이른 아침시간이나 운행을 마친 뒤인 오후 6시 이후에 특히 가족 단위 방문객이나 동호인들이 계곡과 숲을 느긋하게 걷는 모습이 부러웠다. 하루하루 속도전에 내몰리고 있는 우리네 삶에서 자신의 능력에 맞게 자신의 운행속도로 자연을 관조하며 그 미묘한 변화까지 느끼면서 걷는 것은 아무나 할 수 없는 일이기에 더욱 그랬다.

백담사百潭寺는 자장율사가 647년(진덕여왕 1년)에 설악산 한계리에 창건한 한계사에서 유래됐다고 한다. 한계사로 창건된 후, 1,000년의 세월을 거치면서 운흥사, 심원사, 선구사, 영취사라 불리다가 1772년

백담사와 전나무숲

(영조 51년)에 이르러 오늘날의 위치에 자리 잡았다. 백담사 사적기에
는 1783년(정조 7년) 최봉과 운담이 백담사로 개칭했음을 밝히고 있다.
근대에 이르러 만해 한용운이 이곳에 머물며 『불교유신론』, 『십현담
주해』, 『님의 침묵』을 집필하면서부터 세상에 알려지게 되었다. 6·25
전쟁 때 소실되었다가 1957년부터 법당, 법화실, 화엄실, 나한전, 관음
전, 산신각 등이 재건되었고, 근래에 이르러 만해와 관련된 기념관, 교
육관, 연구관, 수련원, 도서관과 함께 기초선원인 무금선원이 건립되었
다. 백담사에는 국가 지정 문화재인 보물 제1182호 목조아미타불좌상
이 있다. 절 이름 백담白潭과 관련해 설악산 대청봉에서 절집까지 크고
작은 못(潭)이 100개째 있는 곳에 절을 세운 이야기가 전해 내려오고
있다.

백담사에서 영시암에 이르는 '미소의 숲길'

백담사에서 영시암永矢庵까지의 3.5킬로미터 구간은 봉정암에 이르는 11킬로미터의 여정 중에 가장 편한 구간이라고 말할 수 있다. 수렴동 계곡을 괄괄거리면서 흘러내려오는 물소리에 귀가 먹먹해지기도 하지만, 계곡 옆으로 난 목책로를 따라 주변의 풍광을 감상하면서 걷는 즐거움은 다른 절집에서는 쉬 경험할 수 없다. 울창한 숲길 사이로 난 평지와 다름없는 길을 느긋한 마음으로 음미하듯 걸으면, '가장 아름다운 미소'를 만나는 즐거움을 덤으로 얻을 수 있다. 그래서 나는 주저 없이 이 길을 '미소의 숲길'이라고 명명했다.

2009년 7월에 봉정암을 오르면서 경험하고, 2010년 5월 하순에 이 길을 다시 찾았을 때 또 한번 경험한 아름다운 미소를 잊을 수 없다. 봉

숲 속의 영시암

정암에서 새벽기도를 마친 불자들이 6시쯤, 미역국에 담긴 밥 한 덩이와 서너 조각의 오이김치로 아침 공양을 마친 후, 주먹밥을 배급받아 11킬로미터의 하산 길을 나서는 것이 적멸보궁을 찾는 순례자들의 일반적인 일정이다. 그래서 영시암 부근은 기도를 마치고 하산 중인 순례자들과, 기도를 위해 봉정암으로 오르는 불자들이 만나는 장소가 되기 쉽다. 오르든 내리든 방향에 관계없이, 모든 순례자의 얼굴에는 도시에서는 보기 힘든 미소가 가득했다. 특히 하산 길의 순례자들 얼굴에 가득 번진 미소가 인상적이었다. 간밤의 철야기도가 만족스러웠던 것인지, 왕복 20여 킬로미터의 순례 길을 무사히 마쳤다는 안도감 때문인지는 몰라도, 하산 길의 불자들에게서 풍기는 미소는 순수하고 자연스러워 보였다.

젊은 시절, 철마다 내설악을 들락거릴 당시엔 '영시암 터'라는 팻말만 있었을 뿐, 영시암의 실체가 없었다. 대신에 영시암 터 옆 평지에 며칠씩 야영할 수 있는 멋진 전나무 숲이 펼쳐져 있었다. 국립공원의 철저한 관리 덕분인지는 몰라도, 옛날의 그 전나무 숲은 한낮에도 어두컴컴할 정도로 울창하게 변해 있었고, 함부로 출입할 수 없음을 알리는 출입금지 표시판이 버티고 있었다.

영시암은 6·25전쟁으로 소실된 터에 지금도 불사가 진행 중이다. 백담사 주지로 있던 설봉스님이 삼연三淵 김창흡金昌翕의 후손인 일중一中 김충현金忠顯과 여초如初 김응현金膺顯 서예가 형제의 도움을 받아 1992년부터 복원 사업을 시작해, 옛 명맥을 이어가고자 당우를 건립하는 작업이 계속되고 있다. 영시암의 복원에 얽힌 사연을 조사하면서 영시암의 옛 주인이 삼연 김창흡이며, 삼연이 매월당梅月堂 김시습金時習

과 함께 설악산의 아름다움을 누구보다 먼저 세상에 널리 알린 인물이라는 사실을 새롭게 알았다.

삼연과 영시암, 또 삼연과 설악산의 관계를 알기 위해서는 그의 가계 家系부터 살펴보아야 한다. 삼연의 증조부는 김상헌金尙憲이다. 김상헌의 형 김상용金尙容은 병자호란 당시 비빈妃嬪을 호종護從하다가 강화도가 함락되자 자결한 충신이고, 아우 김상헌은 병자호란 때 척화를 주장하다 심양으로 끌려가면서 '가노라 삼각산아 다시 보자 한강수야⋯' 시조를 남긴 충신이다. 삼연의 형제들 역시 증조부나 아버지 못지않게 일세에 이름을 떨쳤다. 장남 김창집金昌集은 숙종 때 영의정을 지냈고, 둘째 김창협金昌協은 대제학을, 그리고 삼남인 김창흡과 넷째 김창업金昌業은 당대에 학문으로 이름을 떨쳤다. 우리 역사에서 부자 양대가 영의정을 지냈으며, 양대가 사사賜死된 가문은 이들이 유일하다.

삼연은 1689년(숙종 15년)에 부친 김수항이 장희빈 소생의 세자 책봉을 반대해 죽임을 당하자(己巳禍變) 1705년 백담사로 들어온 후, 4년 뒤에 내설악 깊은 곳에 정사精舍를 세우고 은거한다. 그는 은거지의 이름을 처음에는 삼연정사라 부르다가, 뒤에 영시암으로 명명했다고 한다. 1711년 어느 날 선생의 식비食婢가 영시암 뒤에 있는 골짜기에서 범에게 물려 죽는 변을 당하자 이곳을 떠나 지금의 화천군으로 거처를

옮겼다고 한다. 삼연이 남긴 시 '영시암永矢庵'은 부친의 죽음 뒤에 설악산에 입산하게 된 연유와 당시의 심경을 전하고 있다.

> 내 삶은 괴로워 즐거움이 없고
> 세상 모든 일이 견디기 어려워라
> 늙어 설악 산중에 들어와
> 여기 영시암을 지었네.
> (인제군지)

　노산 이은상이 1933년에 쓴 기행문 『설악행각』에는 영시암에서 삼연의 유적비를 읽고 그 소회를 밝히는 대복이 있다. 하지만 6·25진쟁 통에 그 유적비는 사라졌다. 삼연을 매월당과 함께 설악을 세상에 알린 인물로 꼽는 것은, 그의 학덕을 숭상한 많은 선비들이 영시암에 머물고 있는 그를 찾아 설악을 들락거리면서 설악의 비경을 시문으로 지어 세상에 널리 알렸기 때문이다. 그와 같은 내용은 「영시암기」에 기록된 '혹 휴양하려는 사람이 먼 곳에서 다투어 몰려왔고, 혹 기를 기르려는 선비들이 사방에서 구름처럼 모여들었다(或息心之人萬里爭趨 或養氣之士六合雲會)'라는 구절에서도 짐작할 수 있다. 또한 조선 후기 문신 김종후가 남긴 시는 삼연과 매월당의 영향력을 보여준다.

영시암에서 자고 오세암을 찾아

동봉(김시습)의 마음은 곧 선비 같고
삼연의 자취는 부처님일세.
홀륭하다. 이 산속에
천년을 한집에서 함께하세.

우뚝 솟아 엄숙하며 존엄한 천 개의 봉우리요
요란한 소리로 달리고 격렬하게 흐르는 만 갈래 물일레
살 곳을 가려 여기 머물면
어찌 그 덕을 본받지 않으리오.

산수가 여운을 간직하듯
내가 지내왔던 일 어제와 같네.

판자 감상은 허술하게 만들었어도
기와 처마 아래 비석은 읽을 수 있네.

가까운 것을 사랑하고 먼 것을 잊으라니
누가 이 의문을 해설해주려나.

(오세암 홈페이지)

영시암에서 오세암에 이르는 '사색의 숲길'

백담사에서 시작한 봉정암 길은 영시암에서 두 갈래로 나뉜다. 한 갈래
는 수렴동대피소를 거쳐 구곡담계곡 길을 따라 봉정암으로 오르는 길
이고, 다른 한 갈래는 오세암을 거쳐 서너 개의 산허리를 넘고, 또 서너
개의 계곡을 건너 봉정암에 오르는 길이다. 적멸보궁을 찾는 순례자들
은 물론이고 등산객들도 대부분 수렴동대피소를 거쳐 구곡담계곡 길을
따라 봉정암에 오르는데, 오세암에서 봉정암으로 오르는 코스가 더 힘
들기 때문이다. 그래서인지 영시암에서 오세암에 이르는 숲길은 인적
이 많지 않다. 아니 인적이 드물다고 해야 할 만큼 적막하다. 영시암에
서 오세암 가는 숲길은 그래서 혼자 생각하면서 걷기에 좋다. 삼보일배
를 하던 순례자처럼, 나 자신과 직접 대면할 수 있고, 무엇을 위해 사는
것이 좋은 삶인지 제 스스로를 돌아보기 좋은 숲길이다. 그래서 나는
영시암에서 오세암에 이르는 숲길을 '사색의 숲길'이라 명명해봤다.

이 길은 마등령으로 이어져 신흥사로 넘어가지만, 다른 한편으론 봉
정암으로 오르는 길로 갈라진다. 오세암까지는 완만한 경사길이 계속
되는데, 수백 년 묵은 아름드리 전나무와 신갈나무, 단풍나무
들이 우거져 있다. 노거수老巨樹를 만나면 나무 앞에서 거친
숨을 가라앉히고, 고개를 들어 하늘로 솟아 있는 거대한 덩치
를 가늠해 본 다음, 사방을 덮고 있는 잎들을
둘러보면 색다른 즐거움이 다가올 것이다.

이 숲길은 과거 설악산을 찾았던 옛 선인들과 대면할 수
있는 길이기도 하다. 멀리 신라의 자장율사는 물론이고, 매월
당 김시습(1435~1493)이 거닐던 숲길임을 인식하면, 2.5킬로

오세암과 수렴동 대피소의 3거리 표식판

오세암 주변 풍광

미터의 짧은 숲길이 예사롭지 않게 다가온다. 노산이 설악산을 답파하면서 남긴 기행문「설악행각」에 실린 글에는 "매월당 김시습의 유상遺像 이본二本 앞에 마음의 고개를 몇 번이나 조아립니다"라는 구절이 있다. 1930년대만 해도 암자에 매월당의 초상화가 소장되어 있었음을 미루어 볼 때, 오세암과 매월당의 인연이 얼마나 각별했는지 상상할 수 있다.

　오세암은 643년 자장율사가 창건한 관음암에서 유래됐다. 오세암이란 암자의 명칭은 관음설화를 담고 있어 흥미롭다. 관음암을 중건(1643)한 설정雪淨스님은 고아가 된, 형님의 네 살난 아들을 키우고 있었다. 어느 해 가을, 겨울 양식을 구하러 양양에 다녀와야만 했다. 길을 떠나기 전에 며칠 동안 먹을 밥을 지어놓고 조카에게 '관세음보살을 찾으면 보살펴 줄 것'이라 이른 후 길을 떠났다. 그러나 장을 보고 신흥사에 도착했을 때 밤새 내린 폭설로 마등령을 넘어올 수 없었다. 눈이 녹은 이듬해 3월에 돌아오니 죽었을 것으로 생각했던 조카가 목탁을 치며 관세음보살을 부르고 있었다고 한다. 해가 바뀌어 다섯 살이 된 동자가 관음의 신력神力으로 살아난 것을 기리고자 그때부터 오세암이라 불렀다고 한다.

그러나 노산은 「설악행각」에서 "오세(암)의 일컬음이 혹은 오세신동의 견성한 곳이라 해서 오세라고 일컬은 것이라고도 하는데, 여러 절 조사스님들의 기록을 보면 과연 '오세조사'란 이가 있기는 했으나 혹시 사실일 수도 있겠고, 또 혹은 말하되 매월당 선생이 이곳에서 도를 닦았는데 일찍이 그를 일러 '오세신동'이라고 일컬어왔던 것이므로 이곳을 '오세'라고 했다는 것인바 두 가지 말이 모두 문헌에는 없는 것인즉 어느 것이 옳은지 자세치 않다"고 서술하고 있다. 이런 이야기는 오세암과 매월당의 깊은 인연을 다시 한 번 확인해 주는 내용이라 할 수 있다. 매월당이 남긴 시는 500년 전의 설악과 오세암의 옛 모습을 전하고 있다.

저물 무렵(晩意)

천 봉우리 만 골짜기 그 너머로 (萬壑千峰外)

한 조각 구름 밑 새가 돌아오누나 (孤雲獨鳥還)

올해는 이 절에서 지낸다지만 (此年居是寺)

다음해는 어느 산 향해 떠나갈거나 (來歲向何山)

바람 자니 솔 그림자 창에 어리고 (風息松窓靜)

향 스러져 스님의 방 하도 고요해 (香銷禪室閑)

진작에 이 세상 다 끊어버리니 (此生吾已斷)

내 발자취 물과 구름 사이 남아 있으리 (樓迹水雲間)

오세암에서 봉정암에 이르는 '재충전의 숲길'

봉정암의 적멸보궁을 찾고자 백담사와 영시암과 오세암을 오른 순례자들에게 남은 마지막 구간은 오세암에서 봉정암으로 오르는 가장 힘든 4킬로미터의 숲길이다. 거리는 그리 멀지 않지만, 이 길은 오르막과 내리막이 3~4번 계속되는 길이라 힘이 들고, 지치기 쉽다. 그러나 첫 산마루에 올라서면, 저 멀리 대청봉의 부드러운 능선이 눈앞에 나타나고, 두 번째 마루에 올라서면 용아장성龍牙長城의 암봉들이 병풍처럼 눈앞에 펼쳐지는 장관을 볼 수 있다. 따라서 서둘 필요 없이 산마루에 올라설 때마다 주저앉아 눈앞에 펼쳐지는 풍광을 차분히 감상하면 저절로(?) 체력을 보충할 수 있다. 그래서 나는 이 길을 '재충전의 숲길'이라 명명했다.

오르막이 있으면 내리막이 있다고, 이 길은 서너 번 계곡을 가로질러 건너는 기회도 부여해준다. 첫 계곡은 가야동계곡의 상류로, 아기자기한 물길을 건넌다. 두 번째 계곡의 규모가 좀 크지만 그래도 수렴동계곡이나 구곡담계곡에 비하면 그리 크지 않다. 이 숲길의 최고 미덕은 지친 다리와 발을 쉬게 할 수 있는 계곡물로 접근하기가 좋다는 점이다. 등산화를 벗고, 졸졸 흐르는 계곡물에 발을 담그면서 산행의 속도가 조금 늦춰지더라도 몸과 마음을 느슨하게 쉴 수 있다.

인적 드문 깊은 산속에서 찬 계곡물에 발을 담그고 세상을 관조하는 탁족濯足은 누구나 즐길 수 있는 도락이 아니다. 자연을 즐기고, 자연의 가치를 아는 이들만 누릴 수 있는 즐거움이다. 흐르는 물속에 발을 담근 시간에 비례해 몸이 상쾌해지고, 기분이 깨끗해지는 쇄락의 즐거움을 느낄 수 있을 것이다. 어느 순간 도시의 온갖 욕망과 스트레스는 사라지고, 마음의 평화와 고요를 경험하게 될 것이다. 종교를 떠나 순례자로 변한 자신을 만날 수 있다면 순례는 대성공이다.

이제는 마지막 오르막길만 남았다. 이 오르막만 넘으면, 순례자의 최종 목적지인 봉정암이다. 바로 부처님 진신사리를 모신 불뇌사리보탑이 서 있는 봉우리에 직접 올라서는 여정만 남았다.

봉정암을 찾아 나선 순례자들

"노老 보살님, 뭐 하러 이렇게 힘든 길을 나섰습니까?" "부처님께서 소원을 다 들어주신답디까?" 영시암을 막 지나 인근의 전나무 숲을 관통하는 가파른 오르막길에 잠시 걸음을 멈추고 땀을 훔치고 있던 고령의 보살님은 나의 시답잖은 질문에 그저 얼굴 가득 미소로 답을 대신했다. 가슴에는 '대구 허 보살'이라는 작은 명찰이 붙어 있었다. 편치 않은 다리로 험한 산길을 힘들게 걷는 노인에게 봉정암 가는 길은 과연 어떤 의미가 있는 것일까? 사실 궁금했다. 이처럼 많은 사람들이 힘든 여정을 감수하면서 봉정암을 찾는 이유는 과연 무엇일까?

나의 궁금증은 봉정암 요사채의 지혜전 103호실에서도 이어졌다. 맨 먼저 방을 배정받은 덕분에 마치 주인처럼 뒤에 오는 처사들과 수인사를 나눈 후, 대화의 다음 순서는 자연스럽게 어떻게, 또 왜 왔느냐로

봉정암 주변 풍광. 멀리 대청봉이 보인다.

이어졌다. 하룻밤을 함께 묵게 된 열두 처사의 여정은 제각각이었다. 백담사에서 영시암과 수렴동대피소를 거쳐서 구곡담계곡 길을 타고 봉정암에 온 이가 있는가 하면, 구곡담계곡 길 대신에 영시암에서 오세 암을 거쳐 봉정암에 이른 일행도 있었다. 홀로 오색약수터에서 대청봉을 올라 봉정암에 온, 군 입대를 앞둔 대학생도 있었다. 봉정암에 온 사연은 제각각이었지만, 적어도 하룻밤을 절집에서 묵는 이들의 목적은 한결같이 적멸보궁 참배였다.

불뇌사리보탑을 배경으로 사진을 찍어주고, 한 중년 부부에게서 들은 답변이 아직도 기억에 생생하다. "왜 오셨느냐"는 나의 엉뚱한 질문에 "우선 이처럼 아름다운 자연 속에서 시간을 보내니 속세의 때를 씻어내고 정신이 맑아져서 좋고, 꽤 먼 거리를 직접 걸어야만 하니 건강

에 자신이 생겨 좋고, 그리고 5대 적멸보궁의 한 곳을 참배할 수 있으
니 좋을 수밖에 없지 않은가"라고 답하였다. 이 부부는 봉정암을 제외
한 다른 적멸보궁은 이미 참배했지만, 지리적 여건 때문에 미루고 있던
봉정암을 마침내 오르니 밀린 숙제를 마친 것 같은 기분이라 행복하다
고 했다.

봉정암 적멸보궁의 숨은 매력은 아마도 쉽게 다가갈 수 없는 지리
적 여건이 한몫 더했을 것이다. 다른 적멸보궁과 달리 봉정암은 해발
1,244미터의 내설악 깊은 곳에 자리 잡고 있다. 왕복 22킬로미터(동절
기엔 용대리-백담사 구간을 운행하는 버스가 운행을 멈춰 약 40킬로미터)의
발품을 팔아야만 참배할 수 있다. 따라서 봉정암 가는 길은 결코 쉽지
않다. 안락하지 못한 이 길에 계절을 가리지 않고 불자들의 순례가 끊
임없이 이어지는 이유는 과연 무엇일까?

우리에게 익히 알려진 순례자의 길은 기독교 3대 성지 중 하나로 일
컬어지는 '카미노 데 산티아고(산티아고로 가는 길)'다. 프랑스의 국경
도시 '생 장 피 드 포르'에서 시작해 피레네 산맥을 넘어 스페인으로 들
어가서 산티아고 데 콤포스텔라 대성당까지 가는 800킬로미터의 여정
이다. 1993년에 세계문화유산으로 등재된 이 길은 오늘날 기독교도뿐
만 아니라 전세계인의 사랑을 받는 순례자의 길로 이름을 얻고 있다.

이 땅의 불자들에게 '봉정암 가는 길'은 '카미노 데 산티아고'처럼
순례자의 길이다. 돌과 바위투성이의 험한 산길이지만, 빼어나게 아름
다운 데다, 무엇보다 누구에게나 공평하기 때문에 평화롭다. 이 길은
빈부를 가리지 않는다. 권세가 있고 없음을 따지지 않는다. 남녀노소를
가리지 않는다. 문명의 이기라는 자동차가 끼어들 틈을 주지 않는다.

오직 자신의 힘으로 걸어야만 다가갈 수 있다. 다섯 곳의 적멸보궁 중에 이처럼 먼 거리를 땀 흘려 직접 걸어서 가야만 하는 곳은 봉정암뿐이다. 바로 봉정암 가는 길이 '이 땅 최고의 순례자의 길'이라고 주장할 수 있는 이유다.

울창한 천연림 터널

'봉정암 가는 길'은 '산티아고로 가는 길'만큼 길지는 않지만, 하루아침에 만들어지지 않았다. 1,300여 년 전 당나라에서 모셔온 부처님의 진신사리를 봉안해 봉정암을 창건했던 자장의 선견지명이 녹아 있고, 소실된 봉정암을 중건한 원효의 땀방울이 맺혀 있으며, 독립과 불교 진흥을 모색했던 만해의 고뇌가 녹아 있는 길이기에 장구한 역사를 간직한 순례자의 길이다. 오늘날 수많은 불자가 이 순례자의 길을 찾는 이유도 시공을 초월해 자장과 원효와 만해를 만나는 한편, 힘든 길을 걸으면서 자신을 만나고, 가족을 만나고, 중생을 만나고, 자연을 만나고, 마침내 부처를 만나고자 함이 아닐까.

이 순례자의 길이 평화롭고 아름다운 이유는 또 있다. 봉정암에 이르는 모든 여정이 울창한 천연림으로 덮여 있는 숲길이기 때문이다. 용대리-백담사-영시암-오세암(또는 수렴동대피소)-봉정암에 이르는 이 순례자의 길은 단풍나무, 신갈나무, 굴참나무, 거제수나무, 함박나무, 벚나무, 개박달나무 등의 다양한 활엽수 천연림과 소나무, 잣나무, 전나무 천연림의 터널로 끊임없이 이어진다. 다른 곳의 숲길과 달리 이 순례자의 숲길이 더욱 각별한 이유는 문명의 편리함이나 안락함 대신에 부처님을 향한 신실한 믿음과 불자 상호간의 격려와 자신에게 던지는

⋯ 부처님 진신사리를 모신 봉정암의 불뇌사리보탑

순례자를 위해 펼쳐진 봉정암의 운해

수렴동 대피소의 초롱꽃과 다람쥐

용기가 충만하기 때문일 것이다. 인간다움을 나타내는 대표적 행위인 직립보행을 통해 자연 그대로의 원시적 불편함을 극복하면서 부처님의 나라에 다가갈 수 있는 원초적 능력을 확인할 수 있는 숲길의 의미는 그래서 더욱 새롭다.

보름 동안 독감을 앓다가 착 가라앉은 기분도 추스르고, 또 육체의 한계도 시험할 겸, 동해안에 200밀리리터의 비가 내린 다음날, 순례자의 길을 다시 나섰다. 20여 킬로미터에 달하는 순례자의 길을 걸으면서 고통도 많았지만, 그만큼 즐거움도 컸다. 미국의 심리학자 프레데릭 엠 허드슨 박사는 "노화老化란 육체는 쇠락해도 정신은 성장하는 것"이라고 정의했다던가. 나이듦을 두려워하고 거부하기보다 자연에서 찾는 작은 즐거움에도 늘 행복을 느낄 수 있는 긍정의 힘이 정신을 성장시킨다는 것을 새삼 확인했던 걸음이었다.

‘나’를
내려
놓는

전등사 의

명상 숲

이 땅 어느 절집인들 터 잡은 곳에 의미가 없으랴만, 어디 전등사만 할까. 전등사는 독특한 절집이다. 산성 안에 절집이 있기 때문이다. 그래서 전등사에는 산문이나 일주문이 없다. 대신 종해루宗海樓란 이름을 가진 남문과 누각이 없는 동문이 절집의 출입구로 사용되고 있다. 단군왕검이 세 아들(부루, 부소, 부여)에게 봉우리 하나씩 성을 쌓게 하여 만들었다고 전해오는 삼랑산성 안에 자리 잡은 절집의 위치도 유별나지만, 『조선왕조실록』을 보관한 '정족산사고'를 지킨 조선 왕실 종찰로서의 사격寺格도 이채롭다. 사고 수호 사찰은 전등사와 함께 월정사(오대산사고), 안국사(적성산사고), 각화사(태백산사고)뿐이기 때문이다.

전등사를 찾으면 숲을 순례하는 나만의 방식이 있다. 그 첫 절차는 식당으로 번잡한 동문거리보다는 한적한 남문으로 진입하면서 초입의 들머리 소나무 숲을 살피는 일이다. 다른 절집에 견주어 들머리 솔숲은 볼품없지만, 지난 40여 년 동안의 압축성장기에 작은 면적이나마 솔숲의 형태를 지켜낸 것에 고마워해야 할 형편이다. 그래서 절집을 찾을 때마다 살아남은 행운을 축복하며, 앞으로도 멋있게 살아가도록 소나무에게 축원한다. 다행스럽게도 인천시가 숲 가꾸기 예산을 들여 남문과 동문 주변의 소나무 숲 10헥타르를 가꾼다고 하니 앞으로도 이 솔숲을 더 지켜볼 수 있게 되었다.

남문을 들어서서는 왼편 부도전 소나무 숲을 잠시 거닐다가 종해루 옆으로 난 성곽 길을 따라 서문 쪽으로 오르는 것이 숲 순례의 다음 순서다. 서문 쪽으로 오르는 성곽 길은 경사가 급하기에 찾는 이가 많지 않다. 인적이 드문 성곽 길을 올라서면 동쪽과 남쪽은 물론이고 저 멀리 북쪽으로도 툭 트인 광활한 풍광이 나타난다. 그중에 인상적인 것은 김포반도와 강화도를 갈라놓은 염하鹽河라 부르는 강화

성곽길에서 바라본 남문

해협이다. 짧은 걸음품으로 이처럼 광활한 풍광을 한눈에 담을 수 있는 곳은 많지 않다. 그래서 나는 삼랑산성의 이 성곽 길 걷기를 즐긴다.

국가사적 제130호로 지정되어 있는 삼랑산성은 삼국시대 토성의 흔적을 간직하고 있으며, 고려시대에 이어 조선시대에도 산성을 보수하거나 새롭게 쌓은 기록이 전해지고 있다. 삼랑산성은 타 지역의 산성과는 달리, 성내에는 오직 전등사만 있기 때문에 역사성과 희귀성을 함께 간직한 산성으로 유명하다. 산성의 전체 길이는 2.3킬로미터로 높낮이의 편차가 크지 않기 때문에 남녀노소를 가리지 않고 누구나 쉽게 올라 일주를 할 수 있다.

산성의 가장 높은 곳은 해발 222미터인 정족산鼎足山 정상(그래서 정

남문에서 서문으로 향하는 성곽 길에서 바라본 전등사

족산성이라고도 한다)이며, 북문은 북벽의 서쪽에 치우쳐 산봉우리 사이의 말안장처럼 움푹 들어간 안부鞍部에 있고, 서문도 서남쪽 안부에 있으며, 동문은 남문의 북쪽으로 해발 107미터의 봉우리 북쪽 안부에 자리 잡고 있다. 지세를 이용해 성벽이 꺾여 도는 10여 곳에 성벽 일부를 돌출시켜 적을 측면에서 공격할 수 있는 곡성曲城 형태도 간직하고 있다.

　남문과 서문 사이에 난 성곽 길 산책 중에 놓치지 말아야 할 것은 마니산과 전등사를 조망하는 일이다. 마니산은 서문 부근 어느 곳에서도 바라볼 수 있지만, 전등사를 조망하기 좋은 장소는 남문과 서문 사이의 성곽 길 중, 가장 높은 지점에서 조금 벗어난 곳에 있는 벼랑바위다. 내 카메라의 GPS 좌표에 북위 37도37초7881, 동경 126도29초0019로 찍

전등사 마당의 느티나무

힌 이곳에선 삼랑산성 전체는 물론이고, 산성 속에 파묻힌 절집과 10여 년 전에 복원한 정족산사고까지 한눈에 넣을 수 있다. 절집 마당을 지키고 선 400년생 느티나무의 당당한 모습과 대조루對潮樓 옆의 우람한 단풍나무도 함께 확인할 수 있는 안목이 있으면 더 좋다.

서문 쪽으로 내려서는 성곽 길의 경사는 급하지만, 그도 잠시, 다시 경사 길을 조금 오르면 북문이 나온다. 해질 무렵에 성곽을 따라 걷다 보면, 정족산 정상 부근에서 서해의 낙조를 감상하고 동문으로 내려서는 것도 한 방법이다. 해질녘이 아니면 북문에서 사고 쪽으로 내려선 후, 사고 안에서 대문을 그림액자 삼아 주변 풍광을 감상하는 순서가 나의 대체적인 순례 방법이다.

정족산사고를 지키는 소나무들

정족산사고는 임진왜란의 산물이다. 한양의 춘추관春秋館과 충주·성주의 사고에 보관되었던『조선왕조실록』은 임진왜란으로 소실되었고, 전주사고의『실록』만이 전란으로부터 온전히 보전되었다. 유일본으로 남은 전주사고본이 묘향산사고로 피난했다가 마니산사고로 옮겨졌는데, 1653년 마니산사고에 보관 중이던『실록』들이 실화로 불타게 되자, 새로이 정족산성 안에 장사각藏史閣과 선원보각璿源寶閣을 짓고, 1678년에 남은 역대『실록』과 서책들을 옮겨 보관하면서부터 정족산사고는 업무를 시작했다.

정족산사고에 보관되었던 서책들은 일제강점기가 시작된 1910년 규장각도서와 함께 조선총독부 학무과 분실로 옮겨져 관리되었고, 오늘날 서울대학교 규장각도서로 그 맥이 이어지고 있다. 사고 건물은 1910년대 이후 헐렸지만, 그 정확한 시기는 알 수 없다. 1929년에 발간된『조선사찰31본산』에는 '절집에서 사고는 사라지고 터만 남았다'고 밝히고 있다. 전등사에 사고가 복원된 것은 1999년으로, 대조루에 걸려 있던 장사각과 선원보각의 현판도 복원된 이들 건물에 다시 달게 되었다.

어떤 끌림 때문인지 몰라도 전등사를 찾으면 나는 가능한 한 이 사고를 찾는다. 절집 경내가 넓지 않은 것도 한 이유일 수 있지만, 사고가 품고 있는 역사성에 끌리기 때문일지도 모른다. 사고 주변에는 수십 그루의 소나무가 사고를 호위하는 형상으로 서 있다. 이 소나무들은 낙락장송은 아닐지라도 사고가 조선왕조의 역사를 지켜낸 곳이라는 상징성 때문에 늘 새롭게 다가온다. 한적한 시간에 절집을 찾으면 대부분

정족산 사고 주변의 솔숲

사고에는 사람이 없다. 툭 트인 배경과 사고를 지키고 있는 소나무들을 한참 쳐다보면 근세 백년의 지난한 세월을 견뎌낸 절집의 저력과 함께 제자리를 그대로 지키고 있는 자연의 아름다움을 느낄 수 있다.

사고의 대문을 액자 삼아 바깥 풍경을 감상해 보면 침묵 속에서도 세월의 속삭임을 들을 수 있다. 사고 안에서 눈높이를 낮추어 대문 밖을 바라보면 대문 지붕의 처마선 바로 밑 중앙에는 두 그루의 굽은 소나무가 춤추듯 나란히 뻗어 있고, 그 오른편에 한 그루, 그 왼편에 굵은 두 그루의 소나무가 마치 그림처럼 화면을 멋지게 분할하고 있는 모습이 눈에 들어온다. 저 멀리 강화반도와 해협이 액자의 중간쯤에 나타나며, 산성의 양 능선이 중앙에서 아래로 떨어지고 있다. 서울에서 멀지 않은 곳에서 이처럼 아름다운 풍광을 감상하기란 쉽지 않다. 그래서 나는 전등사를 찾을 때마다 한참 동안 이 풍광을 혼자서 아껴가며 즐긴다.

전등사는 인천광역시 강화군 길상면 온수리 정족산성 안에 있는 사찰로 381년(소수림왕 11년)에 아도阿道화상이 창건한 진종사眞宗寺에서 유래한 절집이다. 고려시대에 여러 차례 수리 중건되었고, 조선시대와 일제강점기에도 중수되었다. 전등사傳燈寺라는 이름은 고려 충렬왕의 비 정화궁주가 이 절에 옥등玉燈을 시주한 데서 비롯했다고 한다. 사명寺名에 얽힌 또 다른 이야기는 '불법佛法의 등불을 전한다'는 뜻으로, 법맥을 받아 잇는 것을 나타낸다고도 한다. 문화재로는 대웅전(보물 제178호), 약사전(보물 제179호), 범종(보물 제393호)이 있으며, 대웅전 추녀 끝의 나부상裸婦像과 은행을 맺지 않는 오래된 은행나무에 얽힌 전설이 유명하다.

대웅전 추녀 끝의 나부상

남문에서 북문을 거쳐 사고지에 이른 나의 숲 순례 행각은 삼성각과 명부전, 약사전과 향로각을 거쳐 대웅전에 다다른다. 전등사 대웅전은 숲과 나무라는 실존적 관점에서 산림학도의 관심을 끄는 곳이다. 1749년 영조가 왕실의 종찰宗刹을 중건하는 데 필요한 목재를 시주했다는 기록이 있지만, 목재가 어느 곳에서 운반되어 온 것인지 알 수 없다. 『조선왕조실록』을 샅샅이 훑었지만 아쉽게도 소나무 산지에 관한 어떤 내용도 찾을 수 없었다. 왕실의 종찰을 축조하는 데 사용된 소나무 산지를 알 수 있는 기록을 찾는 일은 소나무와 관련된 옛 이용 관행을 파악할 수 있기 때문에 임업사적 측면에서 아주 중요한 일이다.

대웅전의 나부상은 전등사의 홈페이지에 실려 있을 만큼 전등사의

판타지로 유명하다. '절의 중건에
참여한 도편수가 절을 짓는 동안
아랫마을 주모와 정이 들었다. 그래
서 노임으로 받은 돈까지 주모에게
맡겨 관리하게 했다. 그러나 주모는
불사가 끝나기 전에 도편수의 순정
을 배반하고 맡겨놓은 돈을 챙겨
달아나버렸다. 이에 상심한 도편수
는 절 지붕의 처마 들보에 자신을
배반한 주모의 형상을 한 나부상을
만들어 끼워 넣어 날마다 독경소리

대웅보전 지붕을 떠받치고 있는 나부상

를 들으면서 참회하게 하였다'는 게 나부상에 관한 전설이다. 한때 전
등사 주지를 역임했던 고은 시인은 이 나부상에 얽힌 이야기를 다음과
같이 시로 풀고 있다.

　　강화 전등사는 거기 잘 있사옵니다.
　　옛날 도편수께서 딴 사내와 달아난
　　온수리 술집 애인을 새겨
　　냅다 대웅전 추녀 끝에 새겨놓고
　　네 이년 세세생생
　　이렇게 벌 받으라고 한
　　그 저주가
　　어느덧 하이얀 사랑으로 바뀌어

흐드러진 갈대꽃 바람 가운데
까르르
까르르
서로 웃어대는 사랑으로 바뀌어
거기 잘 있사옵니다.

　절집에서는 추녀 끝의 조각상을 나부상이라고 주장하지만, 허균 선생이 저술한 책 『사찰 100미 100선』에서는 나부상이 아니고 나찰상이라고 밝히고 있어서 흥미롭다. 허균 선생은 그 증거로 북서쪽(성문 방향을 기준으로 삼았을 때)에 있는 인물상의 파란 눈동자를 들고 있다. 조각상의 파란 눈동자는 불교의 다른 신중 계통의 인물상에서 볼 수 없는 나찰만의 특징이라고 한다. 법주사 팔상전 추녀 밑의 나찰상을 예로 들면서 여인상은 나부상이 아닌 외호신의 하나인 나찰상으로 보는 것이 타당하다고 주장하고 있다.
　절집에서는 이런 다른 해석조차 반길지 모를 일이다. 아니 그런 논쟁에 관심조차 두지 않을지도 모른다. 나부상이면 어떻고 나찰상이면 어떠랴. 나부상의 존재를 아는지 모르는지 절집 마당의 아름드리 느티나무는 오늘도 변함없이 그늘을 만들어 사람을 끌어 모으고 있다. 절집을 찾는 많은 이에게 그늘을 제공하는

동문과 남문의 합류 지점에 자리잡은 윤장대

400년 묵은 느티나무에 눈길을 준 후, 대조루를 거쳐 600년생 은행나무를 만나러 윤장대로 향한다.

대조루는 대웅전을 오르는 문루의 역할을 하며, 2층 문루 처마 밑에 전등사라고 쓴 현판이 걸려 있다. 앞면은 2층 건물로 그 풍채가 아담하나 대웅전에서 바라보면 1층 한옥의 형태다. 대조루에는 목은牧隱 이색의 시가詩歌가 걸려 있는데 그 내용은 다음과 같다.

나막신 산길 산길 끌며 청아한 맛 즐기는데
전등사의 늙은 스님 내 갈길을 알려준다
창틈으로 보인 뫼는 하늘가에 닿아 있고
누각 아래 부는 긴 바람 물결되어 여울지네
별자리들 아득하게 왕 별 속에 파묻혔고
안개둘린 삼랑성에 자그맣게 보이누나
정화공주 발원 깃대 누가 다시 세워주랴
먼지 찌든 벽 글 보니 길손 가슴 아프구려

(『조선사찰 31본산』에서)

600년생 은행나무가 느낀 역사의 무게

전등사의 은행나무는 600세가 넘은 나무로, 키가 30미터, 가슴 높이의 줄기둘레는 8미터에 달한다. 원래 이 나무는 암나무로, 매년 많은 양의 열매(은행)를 맺었다고 한다. 조선조 말엽에 조정에서 은행 공출을 지시했는데, 그 양이 실제 이 은행나무가 맺는 은행의 양보다 훨씬 많았다고 한다. 전등사에 부과된 공출량을 채우고자 스님들은 주변의 은행

나무들을 찾아다니며 은행을 털었지만 그 물량을 감당하기가 어려웠
단다. 그래서 스님들은 이 은행나무 아래에서 아예 열매를 맺지 않는
수나무로 변하도록 기도를 올렸고, 스님들의 기도 덕분인지 몰라도 이
후, 전등사의 은행나무들은 은행을 더 이상 수확할 수 없는 수나무로
바뀌게 되었다는 것이 전설의 내용이다.

　어느 해 가을, 윤장대 옆의 600년생 은행나무가 노랗게 물든 잎을 떨
어뜨리며 서 있는 모습을 보면서 문득 떠오른 것은 절집의 지난 600년
세월을 지켜본 생명체는 바로 이 나무뿐이라는 자각이었다. 은행나무
가 이 절집에 자리 잡게 된 정확한 사연을 아는 이는 없다. 그 옛날 절
집 살림에 보탬이 되고자 은행 수확을 목적으로 심었을 수도, 또는 조
선의 건국을 기념해 심었을지도 모를 일이다. 오늘날 보호수로 지정해
각별하게 보살피는 이유도 다른 곳에서 쉬 찾을 수 없을 정도로 오래된
나무이기 때문이다.

　그래서 이 은행나무의 입장에서 지난 세월을 한번 곱씹어봤다. 600
여 년이란 나무 나이를 역사에 대입해 보니 조선의 개국년(1392년)과
얼추 맞아떨어졌다. 나무의 나이에 따라 절집의 지난 세월을 시기별로
한번 조망해 보니 대단했다. 이 은행나무가 222세가 되었을 때(1614
년), 절집이 한순간에 잿더미로 변하는 화재 현장을 지켜보기도 했고,
229세(1621년)엔 불탄 잿더미 속에서 다시 옛 모습으로 되살아난 복원
현장에 환호했을 것이다. 그 당시 중건 과정을 곁에서 지켜본 덕분에
오늘날도 사람들의 입에 변함없이 오르내리는 대웅전 추녀 끝 네 귀퉁
이의 나부상과 목수 사이에 얽힌 이야기의 진위를 정확히 알고 있을 듯
하지만, 그저 입을 다물고 있을 뿐이다.

전등사의 은행나무는 이 절집의 사격이 한순간에 변하는 과정도 지켜보았다. 286세 되던 해(1678년), 『조선왕조실록』을 보관할 사고가 새롭게 들어서는 광경을 보았고, 315세 되던 해(1707년)에는 왕실의 문서를 보관하는 보사권봉소譜史權奉所의 소임이 주어지는 현장도 함께했다. 어디 절집의 성쇠만 지켜보았을까? 은행나무 나이 334세 (1726년) 되던 해에는 영조 임금이 이 절집으로 행차하는 엄숙한 광경

6백년 묵은 전등사의 은행나무

을 곁눈질할 수 있었고, 474세(1866년) 되던 해엔 프랑스 군대가 성내로 쳐들어오는 약탈의 현장도 지켜봤다. 479세(1871년, 고종 1년)가 되었을 땐, 전쟁에 대비한 무기보관소 포량고砲糧庫가 들어섰으며, 이듬해에는 산성 수비군의 주둔지인 산성별장소山城別莊所가 설치되는 것을 지켜보았다. 508세(1910년) 때는 일제의 관료들이 정족산사고에서 300년 이상 지켜왔던 『조선왕조실록』과 왕실의 문서들을 조선총독부 학무과 분실로 옮기는 모습도 내려다보면서 나라 잃은 서러움도 함께 느꼈을 것이다. 600년의 역사를 묵묵히 지켜본 은행나무가 경험했던 일들을 풀어놓고 보니, 절집 한 모퉁이에 서 있는 나무라는 생명체가 지닌 역사적 무게에 다시금 경이로움을 느낄 수밖에 없다.

남문과 동문 통행로 주변의 숲

은행나무가 부근에 몇 백 년째 터 잡아 살고 있는 윤장대는 남문과 동문 통로가 만나는 지점에 있다. 그래서 남문을 통하든 동문을 통하든 대부분의 방문객은 이 윤장대 옆을 지나서 전등사에 이른다. 남문으로 오르는 방문객들은 활엽수 속으로 난 길을 따라 윤장대를 거쳐 대조루 밑을 지나서 전등사에 이르기에 남문에서 대조루에 이르는 숲길의 아름다움을 놓칠 수 없다. 절집을 고대하고 남문을 들어선 방문객은 절집 대신에 오직 울창한 숲만 가득 펼쳐진 광경과 마주친다.

다른 절집의 들머리 숲처럼, 이 숲길도 전등사의 들머리 숲이라 할 수 있다. 이 숲길은 단풍철이 되면 노란색과 갈색 단풍으로 별천지를 이루는 활엽수 숲이 일품이다. 신갈나무, 상수리나무, 서어나무, 느티나무, 고로쇠나무, 엄나무들이 만들어내는 황갈색의 풍광은 계절의 정취를 즐기고자 길을 나선 이들에게 자연이 안겨주는 멋진 선물이다. 10월말부터 11월말까지 계속되는 이 단풍의 하모니는 놓

동문 부근의 숲

치면 후회할 만큼 절경이다.

　동문은 아치형으로 이루어진 홍예문이다. 장터마냥 번잡한 상점을 거친 후, 조금 어두컴컴한 터널 같은 홍예문을 벗어나면 눈앞에는 전혀 새로운 세상이 펼쳐진다. 동문을 거쳐 성안으로 딱 들어서는 순간, 눈앞에는 조금 전에 지나왔던 저잣거리와는 전혀 딴판의 녹색 세상이 펼쳐지기 때문이다. 그래서 많은 이가 동문 통로를 애용하는지도 모른다. 홍예문은 바로 성속聖俗을 확연하게 구분해 주는 경계라 할 수 있다. 남문에서 진입할 때와 마찬가지로, 동문으로 진입해도 울창한 숲에 가려서 가까이 있는 절집이 없는 듯한 느낌을 갖도록 절집을 앉힌 조상들의 안목이 새삼 부럽다.

　동문 부근에서 내가 즐겨 찾는 순례 길은 동문에서 남문으로 향하는 성곽 길이다. 이 성곽 길은 주변에 노송이 울창하고, 또 굽이쳐 도는 곡성曲城의 형태를 따라 성곽 길을 걸을 수 있어서 정겹다. 이 일대의 솔숲은 전등사 대웅전 뒤편의 솔숲과 함께 가장 굵은 소나무들이 자라고 있기에 차분하게 생각하기에 좋은 곳이다. 이곳을 찾을 때마다 나는 잠시라도 솔밭에 퍼질러 앉아 내 삶을 되돌아본다. 내가 솔밭에서 느긋하게 마음을 한곳에 집중하면서 지난 삶을 되돌아보고, 앞으로 살아갈 삶의 방향을 정리하는 이유는 숲이 명상에 효과적이라는 믿음 때문이다.

숲과 명상

전등사의 숲 순례가 끝난 후, 숲을 통한 명상에 얽힌 궁금증을 풀고자 전등사에서 숲 명상 체험 프로그램을 담당하는 스님을 찾았지만, 스님께선 서산 부석사로 거처를 옮겼다고 한다. 어렵게 연락처를 수소문해

남문에서 서문으로 향하는 성곽 길에서 바라본 전등사. 멀리 염하가 보인다.

스님께 숲과 명상의 관계를 전화로 물었다.

 "불교는 숲의 종교입니다. 부처님의 탄생과 수행, 득도와 열반이 모두 숲과 관련이 있습니다. 또한 동양의 문화는 숲이 우리에게 생명의 기운을 제공한다는 믿음에 기반을 두고 있습니다. 템플스테이의 목적이 산사에 묵으면서 사찰의 불교문화와 자연환경을 느끼며, 현대인의 스트레스를 해소하고 삶에 활력을 불어넣기 위해 만들어진 불교 체험 프로그램이기에 숲은 그러한 목적에 가장 적합한 체험의 장이 될 수 있습니다. 따라서 숲 체험은 수행을 돕는 방법이라 할 수 있습니다."

 숲의 기능에 대한 스님의 설명은 이어졌다.

 "도시에서 생활하는 현대인은 특히 숲에 있을 때, 몸의 활력이 증진되고, 머리가 맑아져서 지혜로움을 경험할 수 있습니다. 특히 나이가 드신 분들의 경우, 숲을 접하면 내면세계로 침잠해볼 기회를 얻게 됩니다. 그래서 숲 체험 프로그램을 포함시킨 것입니다. 숲은 인간에게 좋은 기운을 보내주는 호법신장의 역할을 수행한다고 감히 말씀드릴 수 있습니다."

명상과 숲의 관계를 좀 더 자세히 알고 싶다는 나의 채근에 스님의 설명은 계속되었다. "명상은 나의 삶에 녹아 있는 욕심, 존재, 욕망 같은 것들을 거두어내는 과정이라 할 수 있습니다. 본래 '나'가 없는데, 우리는 '내 가족' '내 명예' '내 재산'과 같이 끊임없이 나를 붙들고 있습니다. '나'라는 존재는 사대四大 지수화풍地水火風과 오온五蘊 색수상행식色受想行識이 인연의 법칙에 따라 시시각각 변해서 나타나는 한시적인 생명체이기에 본래 없는 것이라 할 수 있습니다. 불교를 무無의

전등사 부도전 주변의 솔숲

종교라 할 수 있는 이유도 여기에 있습니다."

　숲과 명상의 관계를 설명하시는 스님의 말씀은 거침이 없었다. "숲은 인연의 법칙이 재현되는 좋은 현장입니다. 숲은 일년 사시사철 시시각각 한 순간도 똑같은 모습을 가지고 있지 않습니다. 싹이 돋고 꽃이 피고 단풍이 들고 낙엽이 지는 숲의 모습은 사대오온에 따라 변해 가는 우리의 삶이 담겨 있는 또 다른 모습이라고 할 수 있습니다. 숲이 바로 거울에 비친 우리의 모습을 담고 있는 현장이라고 주장할 수 있는 이유도 여기에 있습니다."

　심리학에서는 명상과 참선을 '주의를 집중하는 노력'으로 정의하고 있다. 명상을 하면 마음이 편해지고 면역력이 증가되는 신체적인 반응도 이끌어낼 수 있다고 한다. 명상에서 중요한 것은 조용한 장소를 선택하는 것이라고 할 때, 소음을 막아주는 커튼 역할을 하는 절집 숲은 명상하기 좋은 곳임에 틀림없다. 명상 수행에 정진하는 수행자들의 절집이 숲 속에 파묻혀 있는 이유도 다르지 않을 것이다.

　절집 숲의 숨은 의미를 찾고자 했던 나의 시도는 스님의 설명으로 보다 명료해졌다. '나'를 벗어버리는 과정, '나'를 놓아버리는 과정이 명상이며, 항상 변화하는 숲을 통해서 '나'라는 존재의 참 모습도 반추할 수 있다는 비유는 신선했다. 절집 숲과 명상의 관계란 바로 절집 숲의 정신적 기능에 대한 답변 아니겠는가?

마음의
평화를
안겨
주는

불영사 의
숲

불영사 들머리 숲

굽이쳐 흐르는 계곡을 따라 걸음을 옮긴다. 불영교를 지나면서 절벽 위에 곧추선 금강송의 위용이 눈에 들어온다. 다시 한 구비를 도니 계곡은 사라지고 어느 틈에 첩첩산중에 들어선 기분이다.

얕은 경사 길을 따라 오르다 보니 숲의 모습도 변했다. 굴참나무, 서어나무가 숲의 주인 자리를 다투고 있다. 그 아래에는 산벚나무, 오리나무, 쪽동백, 단풍나무, 산초나무, 붉나무의 세상이다. 금강소나무들은 어깨 아래에서 다투고 있는 뭇나무들의 소란스러움에 그저 의연할 뿐이다. 방문객의 걸음이 뜸한 양성당 혜능선사의 사리를 모신 부도전에서 잠시 걸음을 멈춘다. 그리고 도시에서 지고 온 근심과 걱정을 내려놓는다.

오감을 활짝 열고 신록 속을 걷는다. 햇살에 나뭇잎들이 반짝인다. 생명의 활기를 느낀다. 그 짧은 순간에 수많은 꽃눈을 틔우고, 잎눈을 키워내는 자연의 힘을 가슴에 담는다. 숲의 정기를 마시고자 크게 심호흡을 한다. 들이키는 들숨으로 가슴 속에 생명의 기운이 쌓인다. 내뱉는 날숨으로 몸속에 쌓여 있던 스트레스도 함께 빠져나간다.

불영사에 이르는 숲길의 백미는 혜능선사의 부도전 주변이다. 이 일대 숲의 옛 흔적은 수명을 다해 지정이 해제된 천연기념물 157호 굴참

혜능선사 부도전 주변의 숲. 활엽수의 위세에 소나무가 쫓기는 형상이다.

나무의 그루터기에서 찾을 수 있다. 1964년 천연기념물로 지정될 당시 나무높이가 35미터, 둘레가 6.2미터에 이르렀다는 거목의 잔해는 아직도 숲 바닥을 지키고 있다. 울창한 숲과 함께 이 주변 숲에 조금만 관심을 기울이면, 부도전 뒤편 언덕에 멋지고 장대한 금강소나무들의 군락이 자라고 있음을 관찰할 수 있다. 또 길 건너편 숲에는 다양한 활엽수들이 자연의 복원력으로 금강소나무를 몰아내고 있는 현장도 볼 수 있다.

　그러나 불영사의 신비로움은 부도전 일대 숲을 지나면 갑자기 나타나는 새로운 풍광에서 만날 수 있다. 지금까지 지나온 길이 평지라곤 쉬 찾을 수 없는 계곡 길이나 사방이 꽉 막힌 숲길이었던 것과는 달리, 부도전을 지나 얕은 오르막길로 올라서면 갑자기 탁 트인 평지가 눈앞에 전개되기 때문이다. 이런 예측불허의 풍광은 불영사가 산과 물이 어

산태극 물태극의 불영사 계곡

울려 휘감아 도는 곳에 자리 잡고 있기 때문이다. 바로 산태극 수태극
의 현장이다.

불영사가 자리 잡은 지세는 '산이 오면 물이 이를 받아 음양이 조화
롭게 결합'되기 때문에 지기地氣가 충만해져 생기生氣가 가득해진다고
알려져 있는 형상이다. 풍수에서는 이런 장소를 '음래양수陰來陽受'라
부른다고 한다. 산과 물에 의해 구획되어 세속과의 고립과 단절을 적절
하게 이룰 수 있는 불영사가 오늘날 용맹정진하는 비구니 스님들의 선
원으로 명성을 얻고 있는 이유도 이런 풍수적 해석으로 그 면모를 엿볼
수 있다.

십년 만에 다시 찾은 게으름을 면하고자 먼저 절집 주변을 살펴보았
다. 대웅보전 뒤편의 금강소나무들은 호법신장護法神將마냥 여전히 당

당한 모습이다. 몇 그루의 장대한 소나무들이 천축선원 한켠을 지키고 선 모습도 변함없다. 부처님의 형상을 한 바위의 그림자가 비치는 불영지佛影池 주변에 새로 들어선 범종각도 예로부터 자리를 지켜온 양 잘 어울린다.

부도전 숲속에서 근심과 걱정을 내려놓은 덕분일까! 들머리를 보고 선 채마밭의 부처님도 반갑게 객을 맞이하신다. 평화로운 풍광에 조급하고 성말랐던 도회의 마음이 어느 틈에 사라지고 푸근하고 느긋해진 나를 만난다.

불영사 숲에 얽힌 말씀을 듣고자 주지 스님을 찾았지만 출타 중이셨다. 그 덕분에 열흘 만에 다시 불영사를 찾았다. 봉화 춘양을 거쳐, 태백준령에 걸쳐 있는 노루재, 꼬치비재, 회고개, 답운재의 고갯길도 힘든 줄 모르고 다시 넘을 수 있었던 것은 순전히 가슴속에 새겨 놓았던 불영사의 넉넉하고 푸근한 풍광 덕분이었다.

두 번 걸음의 목적을 단숨에 해결하려는 듯, 주지 스님께 숲은 수행자에게 어떤 의미를 지니는지 단도직입적으로 여쭈었다. "절집의 숲은 생명이다. 부처의 마음으로 산, 숲, 나무를 보면 나 자신도 산, 숲, 나무가 된다. 그래서 눈에 보이는 모든 것이 부처로 변한다. 동체대비사상으로 답을 대신하고 싶다. 내가 없으면 우주도 없다. 불영사에 들어오면 마치 어머니의 품처럼 편안하게 느껴지는 이유는 숲이 있기 때문일 것이다."

주지 스님의 말씀이 이어졌다. "불영사는 대중들에게 불법을 전수하는 곳이라기보다는 상념을 끊어지게 만들어 마음을 안정되게 하는 곳이다. 즉 이곳에 들어오면 가지고 있던 다양한 생각이나 의식의 여행이

오른편 능선의 부처 바위의 그림자를 담은 연못(佛影池)

천축선원을 지키고 있는 금강소나무

어느 틈에 종식되어 마음이 편안해진다. 그 이유는 숲 안에 들어오면 마음에 품고 있는 화나 몸의 독기가 빠져나가기 때문일 것이다."

숲이 우리를 정화시켜 마음의 평화를 안겨준다는 주지 스님의 말씀은 서구의 과학자들이 최근 녹색심리학(또는 환경행동학)의 연구를 통해서 밝히고 있는 숲의 정신적 치유효과와 다르지 않다. 숲을 찾으면 우리의 심성이 맑아지고, 심리적으로 안정되며, 정서적으로 편안해진다는 것을 밝히고 있는 녹색심리학의 다양한 연구들 중에 흥미로운 내용은 수술환자들에 대한 연구 결과이다. 병원의 입원 환자들 중에서 병실 창을 통해서 숲을 볼 수 있는 환자와 그렇지 못한 환자를 구분해 수술 뒤 회복률을 조사하였더니 전자가 후자보다 입원 기간이 상대적으로 짧았고 항생제에 대한 부작용도 적었으며, 의료진에 대한 불평불만이 적었다고 밝히고 있다. 숲이 살아 있는 병원과 같은 구실을 하고 있음을 밝히고 있는 이 연구로 인해, 녹색심리학에 대한 관심과 연구가 촉발되었음은 물론이다.

흥미로운 또 하나의 연구는 어려운 시험을 막 끝낸 두 그룹의 학생들을 대상으로 실시한 조사 결과이다. 한 그룹의 학생들에게는 녹색이 풍부한 숲을 보여 주고, 다른 한 그룹의 학생들에게는 회색 빛 도시의 경관을 보여 준 후, 이들 상반된 경관 경험에 대한 생리학적이며 심리학적 반응을 심장박동, 혈압, 근압수축, 뇌파 측정 등으로 조사한 결과, 자연경관인 숲을 본 학생들은 스트레스 정도가 낮아진 반면에 도심의 풍경을 본 학생들은 시험을 칠 때보다 더 긴장하여 더 큰 스트레스를 갖게 되었다고 밝히고 있다. 이런 연구 결과를 바탕으로 학자들은 숲을 현대문명의 폐해로 파생되는 스트레스의 해독제로 치부하기도 한다.

이 땅의 명산대찰들이 현대문명 병을 치유할 수 있는 살아 있는 병원이라고 주장할 수 있는 근거도 여기에 있다. 마음에 묻은 더러운 때를 씻고자 원하면, 또 물질문명과 소비문화에 짓눌린 가슴을 펴고자 원하면 절집의 숲을 찾자. 가슴에 가득 녹색을 넣어 스트레스를 날려버리자.

정조
임금의
효성이
녹아
있는

용주사 의
솔숲

용주사의 들머리 솔숲 길은 정겹다. 큰 산자락에 자리 잡은 여느 사찰의 들머리 솔숲 길과 달리 한달음에 다가갈 수 있는 숲길이다. 사천왕문을 지나 삼문三門까지의 숲길은 성속을 가르는 차폐遮蔽의 공간이나 속세의 때를 스스로 벗게 만드는 정화의 공간과는 다르다. 오히려 오밀조밀한 친근함이 배여 있고 따뜻한 정감이 묻어 있는 장원 속을 걷는 기분이다. 그래서 더욱 편안하고 친숙한 분위기를 느낄 수 있다. 마치 자애로운 육친의 손길을 온몸으로 느낀다고나 할까.

용주사는 정조가 경기도 양주 배봉산에 있던 아버지 사도세자의 묘를 인근 화산의 융릉으로 옮기면서 능원을 수호할 목적으로 세운 능침사찰陵寢寺刹이자 효행불찰孝行佛刹이다. 따라서 용주사에는 아버지 사도세자를 향한 정조의 애절한 효성의 흔적들이 곳곳에 녹아 있다.

산림학도의 입장에서 가장 흥미로운 이야기는 용주사와 융건릉 주변 소나무들이 정조의 노여움 덕분에 송충이의 피해를 입지 않는다는 이야기다. 오늘까지도 전해지는 이 이야기는, 어느 해 여름 융릉 참배를 끝낸 정조가 능역 주변을 거닐다가 솔잎을 갉아먹는 송충이를 보고, 미물인 송충이까지도 아버지를 괴롭힌다고 생각하여 이빨로 깨물어 죽였다는 데서 유래한다. 정조의 돌발적인 행동은 수행했던 시종들로

선원 앞마당의 솔숲

하여금 모두 송충이 구제작업에 뛰어들게 만들어 이 일대의 모든 송충이를 없앴다는 것이다.

소나무를 지키고자 송충이를 직접 씹은 정조의 이야기는 융릉 식수관에게 왕실의 내탕금 1,000냥을 하사하여 수원의 지지대 고개 정상에서 노송지대까지 소나무를 심게 한 이야기와 맥을 같이 한다. 아버지 사도세자를 모신 화산이 천하제일의 복지福地로 생기가 항상 충만토록 해주는 한편, 자신이 직접 계획하고 만든 직할 도시인 화성에도 생명의 기운이 충만하도록 심은 나무가 바로 소나무였던 셈이다.

정조와 소나무에 얽힌 이런 이야기를 접하게 되면, 예사롭게 봐 넘겼던 용주사 주변의 굽은 소나무들도 아버지 사도세자를 향한 정조의 애절한 효행의 마음이 담긴 생명유산임을 새롭게 깨닫게 된다.

용주사 건립의 단초는 정조가 보경스님으로부터 들은 '부모은중경' 설법이라고 한다. 『부모은중경』은 부모의 크고 깊은 10가지 은혜에 보답하도록 가르친 경전이다. 따라서 정조가 하사한 '부모은중경판'을 용주사 효행박물관에서 전시하고 있는 일은 지극히 당연한 일이다. 용주사의 홈페이지에는 정조가 읽은 『불설대보부모은중경佛說大報父母恩重經』의 내용을 다음과 같이 설명하고 있다.

"불교에서는 부모의 은혜를 열 가지로 설명하지요. 그 첫째가 아기를 배어서 수호해 주신 은혜, 둘째는 해산에 임하여 고통을 이기시는 은혜, 셋째는 자식을 낳고서야 근심을 잊으시는 은혜를 말합니다. 또한 쓴 것은 삼키고, 단 것을 뱉어 먹이시는 은혜가 네 번째요, 진자리 마른자리 가려 누이시는 은혜는 다섯 번째지요. 젖을 먹여서 기르시는 것이

정조의 숨결을 간직하고 있는 천보루 앞마당의 노거수들

그 여섯 번째이고, 더러워진 몸을 깨끗이 씻어 주시는 것은 일곱 번째 은혜입니다. 그리고 여덟 번째는 먼 길을 떠났을 때 걱정하시는 은혜를 말하고 자식을 위하여 나쁜 일까지 감히 짓는 것이 아홉 번째 은혜, 끝까지 불쌍히 여기고 사랑해 주시는 은혜가 열 번째입니다."

용주사가 아버지 사도세자를 위한 정조의 애틋한 효심이 녹아 있는 효행불찰이라는 이름이 거저 얻어진 것이 아님을 알 수 있는 곳은 또 있다. 독특한 형식의 삼문三門을 들어서면 눈앞에 나타나는 천보루의 주련에서도 부모의 은혜를 상기하는 글귀를 다시금 만나게 된다.

백 살 먹은 어머니가(母年一百歲), 팔십의 자식을 항상 걱정하시니(常愚八十兒), 그 은혜와 사랑은(欲知恩愛斷), 목숨이 다해야 비로소 떠나네(命盡始分離).

나무와 숲을 공부하는 학인의 또 다른 관심 대상은 정조가 심었다고 전해지는 회양목이다. 그러나 대웅전을 오르는 계단 왼편에 자리 잡고 있는 회양목은 안타깝게도 말라 죽은 모습이다. 이백 수십 년 동안 수명을 지켜오다가 오늘에 이르러 생을 마감하는 현장을 지켜보는 일은 서글프다. 아버지 사도세자를 기리는 정조의 손길을 오늘날까지도 간직하고 있던 생명체가 바로 이 회양목 아니던가.

대웅보전 앞의 고사한 회양목

정조의 숨결이 녹아 있는 회양목을 바라보면서 문득 떠오른 생각은, 부모님의 은혜를 기리고, 부모님의 체취를 느끼고자 원하면, 생전에 부모님들이 자주 찾았던 절집을 찾아보라는 것이다. 이런 생뚱맞은 생각은 절집의 노거수들이 생전에 절을 찾았던 부모님의 숨결을 간직하면서 오늘도 살아 있는 생명유산으로 우리들 곁에 있기 때문이다.

절집의 노거수는 부모님이 내 뱉던 날숨 속에 들어 있던 이산화탄소로 제 몸통을 키웠기에, 그 나무가 내뿜는 산소를 오늘의 우리들이 절집을 거닐면서 들숨으로 마시면, 바로 내 몸의 일부에 부모님의 체취를 다시 담을 수 있기 때문이다.

오래된 절집 나무들 곁에서 한두 시간 동안 머무르는 일을 부모님의 체취를 다시 담는 일과 다르지 않다고 주장하는 이치는 이처럼 단순하다. 바로 나무와 내가 딴 몸이 아니라 한 몸이라는 자각 덕분이고, 이런 자각이 심화되면 이 세상의 삼라만상이 모두 그물망처럼 촘촘히 연결되어 있다는 깨달음으로 이어지는 것은 아닐까.

조계종 총무원장을 지내신 월주스님께서도 똑 같은 말씀을 하셨다. "부처님의 뜻은 '유정무정 개유불성有情無情 皆有佛性'입니다. 사람이나 동물 등의 유정물은 물론, 바위나 흙 등의 무정물에도 모두 불성이 있기 때문이죠. 그래서 유정과 무정을 한 생명으로 봅니다. '삼라만상 두두물물森羅萬象 頭頭物物'이 한 몸이란 거죠."

바쁘신 주지 스님을 모시고 오늘의 관점에서 용주사와 융건릉의 관계를 여쭈었다. 융건릉이 문화재로 보호를 받고 있는 형편에, 용주사는 옛날처럼 능침사찰의 소임을 수행하기보다는 효 문화의 살아 있는 교육도량으로서의 임무를 다하고자 한다는 말씀을 주셨다. 특히 200년 이상 지속되어 온 용주사와 융건릉의 관계를 무시하고 용주사와 융건릉의 중간지대에 대단위 주거지역을 개발하겠다는 토지공사의 계획 대신에 효행 문화관을 설립할 수 있게 경기도와 협의 중이라는 이야기는 반가운 소식이었다. 정조 임금이 아버지 사도세자를 생기生氣가 가득한 천하제일의 복지라는 화심혈花心血의 화산으로 모신 예지가 효행문화의 산실로 되살아나는 데도 일조를 할 수 있길 간절히 빌었다.

95

융릉 주변의 소나무 숲

융건릉은 장조(사도세자)와 현경왕후가 함께 묻힌 융릉과 정조와 효의왕후가 함께 묻힌 건릉으로 이루어져 있고, 용주사에서 1.5킬로미터 떨어진 곳에 있다. 융릉은 매표소에서 오른편에 자리 잡고 있으며, 건릉은 왼편에 있다. 신록이 시작되는 계절에 융건릉의 숲길은 어떤 찬사가 아깝지 않을 정도로 아름답다. 숲 속에 안겨 있는 융건릉을 거닐면서 사도세자를 향한 정조의 효성을 상기해 보거나, 능역 주변에 소나무를 심어 생명의 기운(生氣)과 좋은 땅(吉地)을 염원했던 조상들의 자연관을 엿보는 것도 좋다.

탐진치를
떨쳐
내는

내소사
전나무
숲

내소사의 여름 전나무 숲길

남녀노소를 가리지 않고 절집을 들어서는 이들의 표정이 밝다. 청년과 중년들은 물론이고, 굽은 허리와 편치 않은 다리를 마다않고, 꽤 긴 숲길을 걸어온 노인들의 표정에도 불편한 기색을 찾을 수 없다. 긴 전나무 숲의 터널을 지나서 마침내 부처님의 나라에 들어섰다는 안도감 때문일까? 아니면 전나무 숲길을 거닐면서, 전나무가 내 뿜는 방향성 물질로 속세의 더러움을 씻고 마음을 가다듬었기 때문일까? 사천왕께 합장의 예를 올리는 수녀님의 모습 역시 인상적이다.

천왕문 한켠에서 절을 찾는 이들의 얼굴에 번진 맑은 미소를 보면서 절집이 안고 있는 숲의 의미를 다시 한 번 생각해 보았다. 부처님의 나라에 들어서는 첫 절차는 일주문을 지나 당당한 위풍 덕에 장엄함까지 풍기는 전나무를 대면하는 일이었다. 당당하고 장엄한 이들 전나무와 조우하는 순간, 대부분의 불자들은 자연의 경이로움을 가슴속에 되살려내고, 잊고 지냈던 종교적 감응을 복원시킨다. 전나무 숲 속으로 한 걸음 한 걸음 걸음을 옮길 적마다, 거대한 나무들이 자신을 내려다보고 있음을 더욱 뚜렷하게 자각하게 되고, 자연스럽게 몸가짐을 바르게 한다. 어느 순간 말문이 닫히고, 세속적 욕망이 사라지고, 본래의 순수한 모습으로 변해 있는 나를 만나게 된다.

전나무 숲을 거니는 통과의례는 바로 몸에 지니고 있던 속세의 탐진 치貪瞋痴를 소멸시키는 일과 다르지 않고, 그 결과 선하고 순한 본래의 얼굴로 되돌아 왔기에 밝고 맑은 얼굴로 부처님의 나라에 들어서는 것은 아닐까!

내소사 전나무 숲길의 명성은 나라 전역에 이미 잘 알려져 있다. 생명의 숲과 산림청이 주관하는 제7회 아름다운 숲 전국대회에서 '아름다운 숲길'로 선정되었으며, 건설교통부가 주관하는 한국의 아름다운 길 100선에 '아름다운 산책로'로 각각 2006년에 선정되어 더욱 유명세를 떨치고 있다.

그 덕분일까. 내소사를 찾는 탐방객들의 숫자가 한해 30만 명 이상이라고 한다. 이렇게 많은 이들을 불러들이는 동인은 과연 무엇일까? 한편으론, 관음조觀音鳥가 단청을 했다는 전설이 전해지는 대웅보전(보물 291호), 영산회괘불탱화(보물 1268호), 연꽃과 모란꽃으로 장식된

영산회괘불탱화

화사한 꽃살문의 불교 문화 유산도 빼 놓을 수 없고, 바다와 산을 함께 즐기는 변산반도 국립공원 구역 내 자리 잡고 있는 지리적 위치도 무시할 수 없을 터이다. 그러나 산림학도의 입장에선 아마도 다른 곳에서 쉬 경험해 볼 수 없는 들머리의 멋진 전나무 숲길을 휘휘 걷는 경험, 속세의 때를 벗는 새로운 경험 때문이라는 동인도 무시할 수 없다.

경내의 천년 묵은 할아버지 느티나무

　내소사의 전나무 숲은 이름에 걸맞게 독특한 생명유산으로 오늘도 제 몫을 다 하고 있다. 그러한 흔적은 내소사의 템플스테이에서 찾을 수 있다. 내소사의 템플스테이 프로그램은 '트레킹', '자연과 하나 되기', '나를 비우기', '마음자리 안에서' 등이 있는데, 모든 프로그램에는 전나무 숲을 명상과 체험의 공간으로 포함시키고 있다. 이 땅의 여느 사찰과 달리 적극적으로 절집의 숲을 활용하고 있는 시도가 인상적이고, 그 접근 방법에 성원을 보내지 않을 수 없다. 도시인이 쉬 체험할 수 없는 전나무 숲의 녹색프리미엄을 적극 활용하여 남녀노소를 불러 모으고, 절집의 예법과 문화를 익히게 만드는 한편, 나를 찾아가게 만드는 이러한 프로그램은 절집과 숲의 관계를 극명하게 조명해 주기에 더욱 각별하다.

　　내소사의 전나무 숲에 얽힌 이야기를 듣고자 주지 스님을 찾았지만 출타 중이시라 대신 진호眞浩 스님께 말씀을 청했다. 먼저 전나무 숲의 조성 경위와 역사를 여쭈었다. "지금부터 150년 전쯤 조선 말기에 선대 스님께서 일주문에서 사천왕문에 이르는 길이 삭막하여, 빨리 자라는 전나무를 심어서 오늘 같은 아름다운 풍광을 만들게 되었으며, 6·25전쟁 때도 절집은 피해를 적잖이 입었지만, 전나무 숲은 온전히 지켜낼 수 있었다"는 전해 내려오는 이야길 들려주신다.

　　"숲길의 전나무들이야 지난 수십 년 동안 변함없이 절집을 지켰지만, 먹고 사는 일이 급했던 지난 시절에는 관심을 가져주는 이도 많지 않았다. 하지만 삶의 질과 건강의 중요성을 중히 여기는 오늘날에는 숲의 진가가 재인식되는 것 같다. 백년 앞을 내다보고 나무를 심은 선대 스님의 선경지명에 놀라지 않을 수 없다"는 말씀은 산림학도를 위한 격려처럼 들렸다.

　　"전나무 숲길은 일주문에서 벗어던진 희로애락의 찌꺼기들을 마저 버리게 만드는 곳이다. 바로 마음을 비워내는 길이기에 전나무 숲을 거니는 일은 부처님을 만나는 사전의식과 다르지 않다"는 말씀은 고대하던 절집과 숲의 관계를 한마디로 나타내는 설명이었다.

　　이야기는 자연스럽게 전나무 숲의 아름다움으로 이어졌다. 전나무 숲의 향기는 한여름보다 오히려 겨울철이 더 좋고, 안개가 자욱한 날 아침 햇살이 비스듬히 숲 속으로 들어오는 풍경은 포행길에 나서는 내소사의 스님만이 경험할 수 있는 은밀한 즐거움이라는 말씀은 낯설지 않았다. 월정사의 전나무 숲에서 나 자신도 이미 그런 아름다운 풍광을 경험한 적이 있었기 때문이다.

내소사에 오르는 중간쯤에 자리한 지장암 단풍 숲

　　내소사를 찾는 이들은 전나무나 단풍나무 숲길은 물론이고, 부도밭 주변을 지키고 선 소나무에도 관심을 가질 필요가 있다. 변산 일대는 고려시대와 조선시대에 국가가 필요로 하는 궁궐재나 조선재의 조달을 위해 엄격하게 관리했던 소나무 보호지역이었고, 오늘날도 그 흔적은 내소사로 향하는 국도 변의 소나무 숲에서 어렵지 않게 찾을 수 있다. 이 일대에서 볼 수 있는 쭉쭉 뻗은 소나무의 멋진 자태는 중부지방이나 남부지방에서 우리들이 흔히 봐 왔던 굽고 왜소한 소나무들과는 확연하게 다른 모습으로, 옛 명성이 허명이 아니었음을 말해주고 있다.

　　간과하지 말아야 할 것은, 그런 소나무로 깎아 만든 내소사 대웅보전의 꽃살문이다. 이 꽃살문은 현존하는 사찰의 꽃살문 가운데 가장 오래된 것으로 알려져 있다. 모란꽃이나 연꽃을 솟을 모양으로 정교하게 새

전나무와 소나무가 지키고 있는 부도전

지장암 주변의 소나무 숲

빗모란연꽃살문　　　　　　　　　　　　　　솟을연꽃살문

겨 만든 꽃살문은 화려한 듯하면서도 소박한 느낌을 함께 주는데, 그러한 아름다움은 화려한 단청 색깔을 입히는 대신에 오랜 세월 동안 비바람에 노출된 나무결의 아름다움을 그대로 살린 장인의 미감 덕분이라고 할 수 있다.

　내소사는 수목을 숭배했던 우리의 토속신앙을 불교가 포용한 사례가 오늘날도 재현되고 있는 현장으로도 유명하다. 경내의 천년 묵은 할아버지 당산 느티나무와 절 입구의 할머니 당산 느티나무가 그 주인공으로, 오늘날도 매년 음력 정월 보름에는 변함없이 절집과 마을 주민들이 합심하여 당산제를 거행하고 있다.

2부 ─ 절집 숲이 품고 있는 전통 경관

해인사
솔숲에서

겸재와
고운을
만나다

해인사 일주문에서 봉황문에 이르는 신림

2009년 가을, 조선의 화성畵聖으로 일컬어지는 겸재 정선 (1676~1759)의 서거 250주년을 기념해 국립중앙박물관에서 '겸재 정선, 붓으로 펼친 천지조화天地造化' 특별전이 열렸다. 전시된 겸재의 그림을 보아가던 나는 「해인사도」 앞에서 일순 상념에 젖었다. '겸재는 진경산수의 대가이니 해인사 주변 풍광을 자기 눈앞에 펼쳐진 그대로 화폭에 담지 않았을까? 만일 그랬다면 290년 전 겸재가 그린 해인사의 풍광과 오늘날의 모습을 비교해볼 수 있지 않을까? 겸재 당시의 숲은 지금도 그 모습 그대로일까? 겸재가 그림을 그린 그 장소를 찾을 수 있을까?' 이런저런 궁금증이 솟아올랐다. 그 얼마 후 나는 새벽부터 서둘러 해인사를 찾았다. 손에는 겸재의 부채그림 복사본이 한 장 들려 있었다.

　겸재가 해인사와 가까운 하양의 현감(1721~1726)으로 재임하던 시기에 그린 것으로 추측되는 이 부채그림에는 290여 년 전 해인사 풍경이 선면(부채)에 고스란히 담겨 있다. 해인사의 가을 풍광을 담은 겸재의 「해인사도」에서 가장 먼저 눈에 들어온 것은 절집의 가람 배치였다. 그림 속 가람 배치는 오늘날의 해인사 가람 배치와 흡사해 가장 위에 자리 잡은 장경판전으로부터 절 입구의 홍하문紅霞門까지 정밀하게 묘

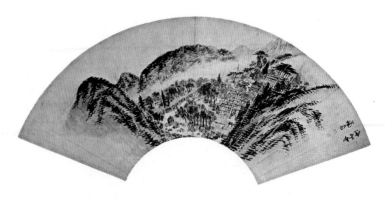

겸재의 해인사도

사되어 있다.

그뿐만이 아니다. 겸재의 그림에는 절집 주변의 나무와 숲과 산의 풍광도 구체적으로 묘사되어 있다. 그래서 절집의 누군가에게 겸재의 부채그림을 보여 주면 겸재가 그림을 그린 장소를 알려줄 사람도 분명 있을 것이란 막연한 믿음이 생겼다. 만일 그 장소만 알 수 있다면, 숲의 변화에 대한 내 궁금증도 바로 풀 수 있기에 궂은 날씨에도 아랑곳하지 않고 해인사를 향한 것이다.

절집 숲은 전통 경관의 보고

겸재가 그림을 그린 장소를 대강이라도 짐작해 보려고 먼저 그림의 시점視點부터 살펴보았다. 그림 속에 나타난 홍하문에서 장경판전이 시계바늘 방향으로 약 15도 기울어진 것을 보면 그림을 그린 장소는 건너편 산록으로 추정되었다. 해인사 경내는 물론이고 주변 부속 암자들의 위치가 사실적으로 그려진 안내도를 참고해 건너편 산록의 암자들을 찾아보니 금선암과 보현암이 유력한 대상지였다. 먼저 금선암을 찾

해인사
솔숲에서
겸재와
고운을
만나다

113

아가봤지만 큰절(해인사)과 너무 가깝고 위치도 높지 않아 제외하기로
하고, 다음 후보지인 보현암으로 향했다.

산 중턱에 자리 잡은 보현암의 비구니 스님께 겸재의 부채그림을 보
여드리고, 그림 속의 풍경을 바라볼 수 있는 곳이 주변에 있는지 여쭤
었다. 큰 기대 없이 혹시나 하고 드린 질문이었는데 고대하던 답변이
바로 나왔다. 암자 동편의 능선 길을 따라 10분여 올라가면 그림 속 풍
경을 볼 수 있는 장소가 나올 것이라고 했다.

내 어림짐작이 맞다니! 기쁜 만큼 발걸음도 빨라졌다. 가쁜 숨을 몰
아쉬며 능선 길을 올랐지만 빽빽한 수풀이 시야를 가려 건너편 풍광은
좀체 보이지 않았다. 그러나 그도 잠시, 어느 순간 눈앞에는 겸재의 부
채그림에 담긴 그대로의 모습이 펼쳐졌다. 겸재가 그림에 담은 풍광은

보현암 동편 산록에서 겸재의 시점으로 바라본 해인사 풍광

실제 모습과 크게 다르지 않았다. 그 순간, 새벽같이 절집 숲을 찾아 나선 여정의 고단함이 단숨에 가셨다.

우리 산하의 숲이 세월에 따라 어떻게 달라졌는지 알고 싶었다. 그리고 이런 나의 막연한 호기심과 소망을 겸재의 그림이 충족시켜 주었다. 사진 기술이 개발되지 않은 조선 중기에, 조선의 한 천재 화가가 그림으로 남긴 해인사의 풍광을 참고해 숲의 변화된 모습을 추적해 보려 한 나의 시도는 다소 무모하기는 해도 아주 성과가 없었던 것은 아니다. 겸재의 부채그림을 통해 290년이라는 세월 동안 해인사 주변 풍광은 변한 곳도 많지만 변하지 않은 곳도 많음을 확인할 수 있었다.

법보사찰이 끌어안은 국보급 숲

해인사는 화엄종의 초조初祖 의상대사의 법손인 순응화상과 그 제자인 이정화상이 서기 802년에 창건한 가람이다. 해인사 창건기는 신라 애장왕과 왕후의 도움으로 지금의 대적광전 자리에 최초의 절집이 세워졌다고 밝히고 있다. 해인사는 한국의 3대 사찰로 일컬어지는데, 부처의 가르침을 새긴 팔만대장경을 모신 법보사찰이기 때문에 얻은 명예라 할 수 있다. 삼보三寶사찰은 법보사찰 해인사와 함께 부처의 진신사리를 모신 통도사(불보사찰)와 수많은 국사를 배출하여 승맥을 잇고 있는 송광사(승보사찰)를 일컫는 별칭이다. 해인사의 위상은 팔만대장경판과 그 판각을 보관하고 있는 장경판전이 세계문화유산으로 지정된 것에서도 확인할 수 있다. 이 밖에도 한국 불교의 성지라는 위상에 걸맞게, 해인사는 국보와 보물 등 70여 점의 귀중한 문화재를 보유하고 있다.

귀중한 국보·보물급 문화재와 함께 해인사가 소유한 산림면적 (3,253ha)도 상상 이상으로 넓다. 해인사가 이처럼 넓은 산림을 보유하게 된 사연은 희랑대사와 관련된 것으로 알려진다. 신라 말기에 희랑대사가 왕건의 목숨을 구해준 공덕에 보답하고자, 고려를 건국한 후 태조가 가야산 일대의 모든 산림을 해인사에 귀속시켰다는 이야기다.

그렇다면 이렇게 넓은 절집 숲에서 과연 어느 곳을 먼저 둘러보는 것이 좋을까? 시간이 허락하면 매표소에서 홍류동계곡을 따라 소나무가 가득한 4킬로미터의 길을 걷거나, 동서쪽에 자리 잡은 산내 여러 암자를 탐방하는 것도 한 방법이다. 물론 건각이라면 가야산을 오르며 아름다운 풍광을 즐기는 것도 나쁘지 않다. 시간을 충분히 낼 수 없다면 먼저 경내를 둘러보고, 동편의 지족암과 희랑대, 백련암의 숲길을 걸은 후, 농산정의 솔밭을 찾는 순서를 권하고 싶다. 그럴 만한 시간조차도 없다면, 일주문에서 봉황문에 이르는 숲길을 걸은 후, 장경판전 뒤편의 솔숲을 찾아가는 것도 한 방법이다.

경내 숲
일주문에서 봉황문에 이르는 진입로 숲

일명 불이문不二門이라고 하는 일주문에 이르면, 우리 앞에 새로운 경험이 기다리고 있다. 고개를 뒤로 젖히지 않고는 한눈에 넣을 수 없는 장대한 나무들로 가득한 숲이 우리를 맞이한다. 일주문에서 봉황문에 이르는 길 주변의 숲은 1,200년 수도 도량의 역사를 그 자태로 뽐내려는 듯 당당하다. 양 길가에 선 아름드리 전나무와 회화나무, 느티나무는 평소 하찮게 보아오던 나무들이 아니다. 오히려 신성함을 갖춘 장엄한 모습이다.

　자연이 연출하는 장대함은 우리 각자의 행동거지를 조심스럽게 만들고 긴장감을 갖게 한다. 또한 인간이 얼마나 왜소하고 보잘것없는 존재인지 확인시켜준다. 그래서 자연스럽게 종교적 감정을 불러일으킨다. 숲이 내뿜는 세월의 무게와 신성한 기운을 직접 체험하면 흐트러진 몸가짐을 바로하고 어지러운 마음을 가라앉힐 수밖에 없다. 별로 길지 않은 이 숲길에서 우리는 어느덧 수도자로 변하고 있는 자신을 발견한다. 그래서 이 숲이 바로 선종禪宗의 정원임을 온몸으로 느낄 수 있다. 더불어 봉황문의 현판에 걸린 '해인총림'의 의미를 가슴 깊이 되새길 여유도 누린다. 이처럼 숲은 위대한 종교가 될 수 있을 뿐만 아니라 사람 됨됨이를 바꾸는 스승이 될 수도 있다.

1200여 년의 역사를 간직한 느티나무 고사목 그루터기

　이 숲에서 가장 인상적인 나무는 해인사 창건설화를 간직한 '죽은 느티나무'다. 이 느티나무는 해인사 창건 당시 종기 때문에 고생하던 애장왕비의 난치병을 고쳐준 기념으로 심은 것이라고 알려졌다. 1,200여 년의 세월을 지켜온 이 느티나무는 1945년에 고사했다. 오늘날 우리 눈앞에 존재하는 것은 고사목의 그루터기인 셈이다. 나무만이 1,000년 세월 동안 해인사를 들락거린 뭇 중생을 한자리에서 지켜본 생명체라는 사실엔 의심의 여지가

없다. 그리고 이런 사실은 나무가 절집 숲의 풍광을 온전히 지켜낼 수 있는 가장 중요한 요소임을 일깨운다.

장경판전 뒤편의 솔숲

해인사 경내에서 둘러봐야 할 또 다른 숲은 장경판전 뒤편의 솔숲이다. 이 솔숲에 주목해야 하는 이유는 해인사의 가장 귀중한 장경판전을 수호신장처럼 옹위하고 있는 형상 때문이다. 장경판전은 부처의 말씀을 기록한 경판을 봉안하고 있기 때문에 사격寺格을 상징적으로 나타낼 만한 가장 높은 곳에 자리 잡고 있다. 그래서 판전 건물은 일주문, 봉황루, 해탈문, 구광루를 차례로 거치고 부처를 모신 대적광전을 지나 해인사 경내의 맨 뒤쪽, 가장 높은 곳에 자리 잡았다. 풍수 지식이 짧은

장경판전 뒤편의 솔숲

사람도 장경판전 뒤편에 모신 수미정상탑에서 보현암을 품은 건너편 산록을 보면, 해인사가 풍수적으로 얼마나 멋진 터에 자리 잡고 있는지 금세 알게 된다. 가람의 가장 높은 곳에 자리 잡은 장경판전은 법보사찰 해인사의 상징이라 할 수 있다.

대부분의 풍수적 해석은 여기서 끝난다. 그러나 아무래도 산림 전문가인 탓인지, 나는 해인사의 상징인 장경판전을 지키는 솔숲으로까지 그 풍수적 해석을 확장하고 싶다. 앞에서도 설명했듯이 겸재의 「해인사도」에 쏠린 나의 관심은 가람 배치도 가람 배치지만, 그보다는 절집 주변의 풍광에 더 기울었다. 그중에서도 가장 먼저 시선을 사로잡은 곳이 바로 장경판전 뒤편 솔숲이었다. 「해인사도」에는 겸재 특유의 T자 형태로 형상화된 소나무들이 장경판전 뒤편 산록에 묘사되어 있다.

왜 장경판전 주변 솔숲은 예나 지금이나 이렇게 무성할까? 해인사의 가장 상징적인 장소를 옹위하는 솔숲에는 어떤 의미가 숨어 있을까? 겸재의 「해인사도」에 관심을 가진 이유도 어쩌면 이런 의문을 풀 실마리를 얻을 수 있으리라는 기대 때문이었다. 그리고 보현암 동편 산록에서 해인사를 바라보면서 쾌재를 부른 이유도, 겸재의 그림과 오늘날의 풍광을 비교했을 때 큰절 주변의 풍광은 적잖이 변했지만, 장경판전 뒤편의 솔숲은 변함없이 무성했기 때문이다.

장경판전 뒤편의 솔숲과 관련해서 사실적으로 확인할 수 있는 기록은 또 있다. 1920년대 조선총독부에서 발간한 『조선고적도

1920년대 『조선고적도보』의 해인사 풍경

보』에 실린 흑백사진이다. 이 흑백사진에는 90여 년 전 해인사 모습과
함께 가야산의 풍광이 담겨 있다. 사진에는 오늘날보다 훨씬 무성한 솔
숲이 장경판전을 옹위하고 있으며, 우백호에 해당하는 동산 위에도 멋
진 솔숲이 있음을 확인할 수 있다. 290년 전과 90년 전, 그리고 오늘날
에 이르는 세월 동안 왜 솔숲은 변함없이 장경판전 뒤편에 판박이마냥
그 자리를 지키고 있는 것일까?

그 이유는 소나무가 생기와 길지를 불러낸다는 믿음에서 찾을 수 있
다. 부처님의 말씀을 모신 장경판전의 터는 풍수적으로 해인사 경내에
서 최고의 길지吉地이고, 그 길지에 생명의 기운을 끊임없이 공급하고
자 소나무 숲을 수백 년 동안 지켜온 것이다. 조상들은 예로부터 생명
의 기운(生氣)이 왕성하도록 양택과 음택에 소나무를 식재했다. 소나무
로 생기를 얻는다는 믿음은 세계문화유산으로 지정된, 조선의 왕릉 주
변을 감싼 솔숲을 통해 금세 확인된다. 장경판전의 솔숲은 그 전형적
사례인 셈이다.

학사대와 서편 동산 위의 솔숲

해인사 경내에서 잊지 말고 둘러봐야
할 곳은 학사대學士臺다. 학사대는 큰
가람마다 전해 내려오는 지팡이 설화
의 현장이다. 독성각 뒤편 서쪽 언덕바
지에 자리 잡은 학사대의 전나무(천연
기념물 215호)는 신라의 대문장가 고
운 최치원 선생이 거꾸로 꽂아둔 전나

학사대의 전나무

경내 서편 동산의 솔숲

무 지팡이에서 유래했다고 한다.

학사대에서 언덕길을 곧바로 내려오면 서쪽 동산 위에 아름드리 소나무로 채워진 멋진 솔숲을 볼 수 있다. 시간이 넉넉지 않은 사람들은 간이의자도 마련되어 있으니 이 동산 솔밭에서 잠시나마 소나무와 벗해보는 게 좋다. 마침 매서운 겨울바람이 불어와 쏴- 하는 솔바람 소리라도 듣는다면 해인사 숲을 찾은 목적을 반쯤은 충족한 것으로 여길 만하다.

예술원 회원인 박희진 시인은 별들의 소리를 들을 수 있는 귀를 가져야만 솔바람 소리의 참된 맛과 멋을 음미할 수 있다고 했다. 바람과 소나무가 조우해서 만들어내는 단순한 솔바람 소리에도 우주의 영역으로까지 사유를 확장할 수 있는 마음을 지녔기 때문이다. 꽉 찬 머리로

희랑대로 오르는 길가의 부도전

는 이런 여유를 즐길 수 없다.

동편 암자로 이르는 숲길

해인사를 찾는 사람들은 대부분 큰절만 보고 돌아간다. 큰절이 팔만대
장경판을 비롯한 수많은 보물급 문화재를 보유하고 있으니 당연하다.
그러나 해인사의 숨은 풍광을 체험하고 한 순간이나마 세상사에 얽힌
집착을 떨쳐버리고 싶다면, 동편 산록의 암자로 이르는 숲길을 꼭 가보
라고 권하고 싶다.

  동편 암자의 숲길은 국일암을 거쳐 지족암과 희랑대 순서로 걷는 것
이 좋다. 인적이 드문 숲길을 마음 놓고 걷는 자유를 누릴 수 있고, 국
일암 못미처 갈 지之 자로 크게 굽이치는 경사진 길의 건너편 숲속에선

희랑대와 지족암의 풍광

부도의 고졸함을 감상할 수 있다. 백련암에 이르는 숲길은 산모퉁이를 돌 때마다 우리 고유의 수종들이 만들어내는 풍토성 높은 풍광을 다양하게 즐길 수 있다.

이런 숲길에서는 꽉 찬 머리를 비우거나 움켜쥐고 있는 욕심을 놓아버릴 일이다. 어떻게 비우고 어떻게 놓아버릴까? 보현암 동편 산마루를 내려서다 만난 비구니 스님이 그 실마리를 일러주었다. 포행(布行; 천천히 걷기)에 나선 스님께 인사를 드린 후 포행의 목적이 무엇인지 여쭈었다. 스님의 대답은 명료했다. 참선 중에 복잡한 머리를 비우고 마음을 안정시키고자 걷는 행위가 바로 포행이라고 했다. 머릿속에 꽉 찬 잡념을 버리는 것을 불가에서는 방하착放下着이라고 한다.

용기를 내어, 부질없는 욕심이나 삿된 욕망을 어떻게 버리는지 다시 여쭈었다. 인간의 욕심은 집착을 낳고 집착은 종국에 화를 불러내 우리를 끊임없이 괴롭히므로 그 집착을 놓아버리는 행위가 바로 마음을 비우는 것이라는 설명이다. 세속인만큼 크지는 않을망정, 수행자 역시 사람이라 걱정과 집착과 욕심을 달고 살 수밖에 없는데, 그럴 때면 기도를 하거나 절을 하고 새로운 화두를 붙잡는 한편 이처럼 포행에 나선다고 한다.

직업의 특성상 남보다 자주 숲을 찾아야 했던 나 역시 스님들이 포행으로 생각의 고리를 끊고 마음을 비워내는 것과 유사한 경험을 하곤 했다. 숲(자연)속에서 보낸 시간을 되돌아보면 그 순간 그 장소에서만 체험할 수 있는 기쁨, 감동, 즐거움 등에 대한 기억이 생생할 뿐 원색으로 날뛰던 도회의 세속적 욕망(명예와 출세와 물욕)은 쉬 떠올릴 수 없기 때문이다. 숲이 제공하는 다채로운 변화와 그것이 만들어내는 아름다

해인사
솔숲에서
겸재와
고운을
만나다

123

운 풍광은 마치 수행자의 기도와 절과 화두처럼 일상의 삿된 잡념을 잠시나마 비워낼 수 있도록 마음을 순화시킨다. 숲을 찾으려면 먼저 도회의 일상으로 꽉 찬 머리(탐욕, 분노, 어리석음)를 비우고, 대신에 자연의 아름다움을 한껏 담을 수 있는 감성의 그릇을 준비하라고 말하는 이유도 여기에 있다.

동편 암자로 이르는 숲길 중 풍광이 가장 아름다운 곳에 자리 잡은 암자는 희랑대와 지족암이다. 희랑대와 지족암에는 해인사의 대대적 중창에 기여한 나말여초 희랑대사의 족적이 남아 있다. 희랑암이란 명칭 대신에 희랑대라는 명칭을 사용하는 연유는 금강산의 보덕굴처럼 기기묘묘한 지세 위에 세운 암자이기 때문이다. 지족암은 두 암자 사이를 가르는 작은 골짜기 건너편 급경사지 위에 자리 잡은 암자다. 따라서 기암괴석과 소나무에 둘러싸인 아름다운 풍광의 이들 암자는 상대편 암자에서 바라봐야 그 진면목을 확인할 수 있다. 해인사의 장경판전에서 바라본 풍수적 지세 못지않게 희랑대의 안장바위에 걸터앉아 원당암으로 내려다본 지세는 풍수에 까막눈인 내게도 좌청룡 우백호, 내수와 외수가 한눈에 들어올 만큼 기막히게 좋았다.

희랑대에서 활엽수림 속으로 난 길을 500미터쯤 올라가면 성철스님이 만년에 주석하신 백련암에 이르게 된다. 백련암에서 희랑대와 지족암을 거쳐, 넓혀진 찻길 대신에 왼편 산자락으로 난 오솔길을 따라가면 큰절의 선원에 이르게 된다. 가야산 호랑이 성철스님이 학승들의 참선 수도를 독려하고자 매일같이 이 지름길을 따라 백련사와 해인사를 오르내렸을 생각을 하며 오솔길을 천천히 걷는다. 8년 동안 눕지도 않았다는 장좌불와長坐不臥, 10년 동안 바깥출입을 하지 않았다는 동구불출

洞口不出의 일화를 간직한 선승의 체취를 고스란히 간직한 숲을 거닐다 보면, 애쓰지 않아도 저절로 자기 삶의 의미를 되새겨보게 된다. 숲은 이처럼 선인들을 만나게 해주는 사유의 공간인 것이다. 성철 큰스님이 조계종의 제7대 종정으로 취임하며 발표한 취임 법어는 아직까지도 사람들의 입에 회자될 정도로 유명하다.

"부처님의 원만한 깨달음이 사방에 두루 비추니 고요한 상태는 사라지며 없어지는 것과 둘이 아니며, 보이는 온갖 세상은 관세음보살의 자비요 들리는 소리는 매우 아름답고 훌륭한 소리인지라, 보고 듣는 이 밖에 진리가 따로 없으니 여기에 모인 대중들은 알겠는가? 산은 산이요 물은 물이로다."

125

희랑대로 오르는 길

백련암 경내의 부처바위

그 유명한 '산은 산이요, 물은 물이다'라는 법어는 이 숲길에서 탄생했을지 모른다. 백련암 고심원 기둥의 주련에 새겨진 성철 큰스님의 열반송涅槃頌 또한 산사의 숲을 찾는 이들이 가슴에 새기고 싶을 만큼 서늘한 기운이 가득하다.

일생 동안 남녀의 무리를 속여서
하늘 넘치는 죄업은 수미산을 지나친다.
산 채로 무간지옥에 떨어져서 그 한이 만 갈래나 되는데
둥근 한 수레바퀴 붉음을 내뿜으며 푸른 산에 걸렸도다.
(生平欺狂男女群 彌天罪業過須彌 活陷阿鼻恨萬端 一輪吐紅掛碧山)

백련암은 해인사의 산속 암자 중 가장 높은 곳에 있어서 매화산을 비롯한 일대가 한눈에 들어올 만큼 시야가 탁 트였다. 백련암은 환적대, 절상대, 용각대, 신선대라 일컫는 기암들이 병풍처럼 에워싸고 있고, 그 기암들 사이에 아름다운 노송들이 자라고 있어 가야산 제일의 절승지로 잘 알려진 곳이다. 백련암이 400년 전에 중건된 이후로 줄곧 산중 어른들의 주석처였던 만큼 초입의 늙은 느티나무의 풍모마저 의젓하다.

홍류동과 농산정 주변의 솔숲

홍류동紅流洞은 가야산 국립공원 입구에서 해인사에 이르는 4킬로미터의 계곡을 가리킨다. 가을 단풍이 붉은 나머지 물이 붉게 보인다고 해서 이런 이름이 붙었지만, 토종 소나무들이 계곡을 따라 멋지게 자라고 있는 곳이기도 해 꼭 한번 걸어보라고 권하고 싶은 길이다. 홍류동 주변 풍광이 각별한 또 다른 이유는 신라의 대문장가 고운 최치원 선생이 만년에 이곳에 숨어 살다가 어느 날 흔적도 없이 사라졌다는 고사를 간직한 유적들이 있기 때문이기도 하다. 그중 대표적인 것은 산문 매표소에서 1킬로미터쯤 올라간 곳에 있는 농산정籠山亭과 제시석題詩石이다. 최치원이 바둑을 두었다는 농산정은 절벽과 암석과 맑은 물과 울창한 노송이 어우러져 절경을 이루는 곳에 자리 잡은 정자다. 제시석은 그의 유명한 농산시를 새긴 반석이다.

바위 더미를 미친 듯 달려 첩첩의 산봉우리 울리니
사람들의 말소리를 지척 간에도 분별하기 어렵네.
항상 세상의 시비소리가 귀에 들릴까 두려워

홍류동 농산정의 솔

일부러 흐르는 물로 온 산을 둘러막았네.

(狂奔疊石吼重巒　人語難分咫尺間　常恐是非聲到耳　故教流水盡籠山)

(최치원, 제가야산독서당 고운집 권1)

이 시는 최치원이 홍류동계곡에 독서당을 지어놓고 소일할 때 쓴 작품이다. 가야산이 세상의 시비를 싫어해 이 우렁찬 물소리를 산에다 둘렀다고 넌지시 말하면서 자신도 바로 그런 연유로 가야산에서 신선이 되었음을 알리고 있다.

농산정 주변의 솔숲은 홍류동의 백미라 할 만큼 빼어나게 아름답다. 해인사 숲의 마지막 여정을 이 농산정 솔숲으로 정한 이유는 단순하다. 모든 것을 벗어두고 어느 순간 신선이 되었다고 전하는 고운의 자취처럼 우리도 잠시나마 생활의 묵은 때와 무거운 짐을 벗어놓고 무상무념의 순간을 누려보자는 것이다.

해인사 숲을 거닐다가 다시 한 번 절실히 깨닫는다.

'우리 주변의 절집 숲은 천년의 세월까지 거슬러 올라가 옛 선인들의 체취를 그대로 느끼게 해주는 것을. 가깝든 멀든 간에 오랜 세월 절집을 지켜온 그 숲은 그야말로 살아 숨 쉬는 생명의 문화유산이다. 그러나 우리는 여전히 세상의 소란스러움에 묻혀, 계속해서 지켜져야 할 그 우렁찬 숲의 소리에 귀를 막고 있는 것은 아닌지. 생명문화유산으로서 숲은 인간의 삶에 숨결을 불어넣어가며 땅과 자연의 역사를 이어왔건만, 어리석은 인간이 그 역사의 숨통과 핏줄을 끊고 있는 것은 아닌지.'

절집을 지켜온 숲, 그 생명유산은 영속되어야 할 것이다.

통도사
들머리
솔숲,

한국의
상징적
풍광

통도사를 '한국의 3대 사찰' 혹은 '불보사찰佛寶寺刹'로만 한정한다
면, 이 절집을 과소평가하는 것이다. 물론 부처님의 진신사리와 가사를
간직한 불보사찰로서 이 절의 가치와 중요성은 말할 수 없이 크다. 하
지만 통도사를 찾는 평범한 방문자에게 일생 지울 수 없는 인상을 남기
는 것은 무풍교에서 시작되는 들머리 솔숲일지 모른다. 사람들은 이 솔
숲을 일컬어 무풍한송舞風寒松이라고 하며 통도팔경通度八景의 으뜸으
로 치는데, 실제로 불자가 아닌 방문자들에게도 큰 감동을 준다. 그래
서 통도사의 또 다른 보물이라고 감히 주장할 수 있다.

이런 주장을 펼칠 수 있는 것은 오늘날 점차 사라져가는 전형적인 농
경문화의 옛 풍광을 통도사 솔숲이 고스란히 간직하고 있기 때문이다.
이 솔숲은 절집의 숲도 적절히 관리하면 한국성韓國性을 살 드러내는 살
아 있는 문화유산이 될 수 있음을 상징적으로 보여주어 더욱 각별하다.

몇 해 전 소나무를 사랑하는 문화예술인들이 소나무 사진으로 세계
적 명성을 얻은 배병우 서울예술대학 교수를 청해 소나무에 얽힌 이야
기를 들었다. 선생은 특유의 농담으로 이야기를 시작했다. "우리나라
는 매년 엄청남 금액의 나무를 수입하지만, 나는 나무 한 그루 베지 않
고, 나무를 외국에 수출하고 있다." 이야기인즉 우리나라가 외국의 목

재 수입에 한 해 약 6억 달러를 지출하고 있는 데 반해 배 교수는 한 점당 수천만 원을 받고 소나무 사진 작품을 외국의 소장가들에게 팔고 있다는 것이다. 배 교수의 작품은 굽고 쓸모없는 나무라며 천대받는 토종 소나무만을 대상으로 하고 있으니, 이보다 더한 소나무 예찬이 있을까.

"우리 미술의 연약함에 대한 거부감 때문에 다이내믹하고 힘 있는 작품을 하고 싶었다. 그 일환으로 시작한 것이 소나무 작업이다. 소나무 작품을 흑백으로 제작하는 이유는 극동아시아에 전해 내려오는 수묵화 느낌을 사진으로 표현할 수 있기 때문이다. 소나무에 초점을 맞춘 이유는 한국을 상징하는 풍경이 소나무 숲이기 때문이다."
(솔바람통신 14호, '소나무와 나' 중에서)

소나무 숲이 한국을 상징하는 대표적 풍경이라고 생각한다는 점에서 배 교수와 나는 의견이 일치했고, 그 사실이 나는 기뻤다. 다만 배 교수가 경주 왕릉 주변의 소나무 숲을 대표적 풍경의 사례로 드는 데 반해, 나는 절집의 들머리 솔숲을 한국의 대표적 풍경으로 상정하는 점이 좀 다르다.

절집 들머리 솔숲의 유래
내가 한국을 대표하는 풍경이라고 상정한, 이 절집 들머리 솔숲은 과연 어떻게 형성된 것일까? 우리의 옛 선조들이 한 곳에 정착해 농경을 시작하면서 당면한 과업 중 가장 우선하는 것은 농작물을 키워낼 만한 지력地力을 유지하는 것이었다. 화학비료가 없던 그 옛날, 땅의 힘을 향상

무풍한송이란 이름을 간직한 통도사의 들머리 솔밭

시킬 수단은 퇴비뿐이었다. 농사의 성패가 퇴비를 안정적으로 확보하느냐 못 하느냐에 달렸다고 해도 과언이 아니었다. 퇴비는 인가 주변의 숲에서 자라는 활엽수의 잎과 가지, 그리고 풀을 채취해 가축과 사람의 분뇨와 함께 썩혀서 만들었다.

농경사회가 유지되던 50여 년 전만 해도 농경에 필요한 퇴비를 생산하고자 인가 주변의 활엽수를 끊임없이 벌채하고, 숲 바닥에 떨어진 가지와 낙엽 등 유기물도 계속해서 거둬들였다. 활엽수 벌채와 임상 유기물 채집이 계속되면서 인가 주변 활엽수 숲의 지력은 차츰 악화되어 활엽수가 더는 살아갈 수 없는 불량한 상태에 이르렀다. 불량한 토양 조건 때문에 활엽수가 점차 사라진 반면, 좋지 못한 토양 조건에서도 살아갈 수 있는 생명력 강한 소나무들이 점차 득세했다.

결국 인구밀집 지역에 형성된 소나무 숲은 농경사회에서 인간의 지속적 간섭으로 만들어진 '인위적 극상極相 상태'의 숲이라 할 수 있다. 극상이란 천이遷移 단계의 마지막에 나타나는 안정된 숲을 뜻한다. 온대지방의 경우 소나무처럼 햇볕을 좋아하는 양수陽樹로만 이루어진 숲을 그대로 두면 시간이 지나면서 차츰 그늘에 견디는 힘이 있는 신갈나무나 서어나무 같은 약음수弱陰樹 숲으로 변한다. 그 후 그늘에 견디는 힘이 아주 강한 까치박달나무와 층층나무 같은 음수陰樹들이 자리 잡는다. 이처럼 음수들이 제자리를 잡아 숲의 구조에 더는 변화가 생기지 않고 안정된 상태를 극상 상태라고 한다.

소나무 숲을 '인위적 극상'이라 일컫는 이유는 시간이 흐름에 따라 수종이 자연스럽게 바뀌어 이루어진 자연적 극상림과 구분하기 위해서다. 소나무 숲은 농경을 위한 인간의 지속적 간섭으로 인해 오랜 세월 극상 상태가 유지됐다. 농경문화에 의해 1,000년 이상 유지됐기에 일각에서는 소나무 숲을 이 땅의 풍토가 만들어낸 고유의 문화경관이라고 해석한다. 살아 있는 문화유산이라는 의미를 부여하기도 한다. 배 교수가 소나무 숲을 한국의 대표적 풍경이라고 한 것도 같은 이유에서일 것이다.

최근 전통문화경관의 중요성과 가치에 대한 인식이 제고되고 있지만, 우리 사회가 지난 50여 년 사이 농경사회에서 산업사회로 급격히 전환됨에 따라 농경문화가 일구어낸 독특한 전통경관이 사라지고 있는 게 현실이다. 한국성을 상징하는 소나무 숲도 사정은 마찬가지다. 단적인 사례로, 40년 전 전체 산림 면적의 60퍼센트를 차지하던 소나무 숲이 오늘날 25퍼센트 미만으로 줄어들었고, 소나무 단순림單純林의 구조도 급격히 바뀌고 있다. 농촌 인구 감소와 도시화로 인가 주변 소나무 숲은 자연의 천이에 따라 혼효림混淆林으로 급속하게 바뀌었다. 그나마 사찰 중 몇몇 곳이 소나무 숲의 옛 모습을 비교적 온전하게 간직하고 있는 것은 다행스러운 일이다. 그 전형적인 솔숲을 통도사에서 찾을 수 있다.

통도사는 신라 선덕여왕 제위시 지장慈藏율사가 당나라에서 불법을 배우고 돌아와 646년에 창건한 가람이다. 자장율사는 귀국하면서 가져온 부처님의 진신사리를 금강계단에 안치하고, 승려의 규범과 법식을 가르치는 한편 불법을 널리 전하면서 통도사를 계율의 근본 도량으로 만들었다. 통도사란 절 이름은 "영취산의 기운이 서역국 오인도의 땅과 통通한다"에서 유래했다고 한다.

고려시대에 세워진 대광명전(국보 제290호)을 제외한 대부분의 건물

들머리 입구 계곡의 솔숲

이 임진왜란으로 소실되었지만 17세기 전반 두 번에 걸쳐 영산전, 극락보전 등의 법당과 보광전, 감로당, 비각, 천왕문, 불이문, 일주문, 범종각 등이 중수됐다. 국보로 지정된 대광명전 외에 은입사동제향로(보물 제334호), 봉발탑(보물 제471호)이 있고, 성보박물관에는 병풍, 경책經冊, 불구 및 고려대장경(해인사 영인본) 등 다양한 사보寺寶가 소장되어 있다.

통도사 산문山門을 들어서면 길은 통도천을 가운데에 두고 왼편의 보행로와 오른편의 자동차 도로로 나뉜다. 무풍교 건너편으로 난 길은 자동차 왕래가 빈번해진 1990년에 만들어진 자동차 도로다. 무풍교 입구에서 청류교에 이르는 솔숲 사이로 난 1킬로미터 정도의 길은 보행로이며, 무풍한송舞風寒松은 이 들머리 솔숲을 일컫는 별칭이다. 이 들머리 솔숲은 그 별칭처럼 서늘한 기운의 소나무들이 울렁이는 바람에 따라 춤추는 형상으로 아름답게 늘어서 있다. 통도천을 따라 청류교를 만나는 지점까지 파노라마처럼 펼쳐진 이 같은 들머리 솔숲은 이제 통도사를 비롯해 몇 안 되는 절집에서만 겨우 만나볼 수 있다.

들머리 숲길이 1킬로미터니 그리 먼 거리라 할 수 없다. 산책하듯 걸어도 반시간이면 족하다. 서두를 이유가 없다. 10킬로미터 길이라도 되는 양 천천히 음미하듯 걷는 것이 이 솔숲의 진수를 만끽하는 방법이다. 산업문명이 요구하는 속도에 대한 환상을 버리고, 농경문화를 꽃피운 조상들의 느린 속도에 맞춰 걸을 때 비로소 들머리 솔숲의 아름다움을 가슴에 제대로 담을 수 있으니 말이다.

무풍한송 속을 걷는다. 걸음을 옮길 때마다 솔빛이 온몸을 간질인다. 솔향이 온몸을 감싼다. 솔바람이 온몸을 휘감는다. 솔빛과 솔향과 솔바람이 자유자재로 넘나드는 별천지를 걷는다. 느린 걸음으로 천천히 걷는다. 영혼을 씻어내는 황홀한 희열을 느낀다. 통도사 들머리 솔숲은 '걷는' 사람만 누릴 수 있는 축복이자 전율이다. 이런 감동은 차를 타고 일순간 획 지나쳐서는 절대로 느낄 수 없다. 자연친화적 정감은 그냥 얻어지는 것이 아니다. 새소리 바람소리 물소리를 들을 수 있는 마음의 여유가 필요하고, 소리와 소리 사이에 흐르는 침묵까지 읽어내는 마음의 눈이 있어야 한다.

솔숲을 걷는 일은 막연히 걷는 것과 다르다. 들머리 솔숲 길을 걷는 일은 업장을 벗고 정토淨土에 들어서는 통과의례이며, 고요와 자비와 평화와 청정세계에 진입하는 엄숙한 절차다. 지고지선의 부처님을 모신 절집에 이르는 숲길, 들머리 솔숲 길은 우리의 또 다른 얼굴이다. 이렇게 말하는 것은 그 숲에 한국을 한국답게, 한국인을 한국인답게 해주는 우리의 정체성이 녹아 있기 때문이다.

옛 방문객의 면면

이 들머리 솔숲에서 눈에 띄는 인공물은 하천 쪽에 일정한 간격으로 서 있는 10여 기의 석등이다. 영축산 통도사 사적비에 따르면 경봉스님이 통도사 주지로 재임하던 1937년경, 산문에서 동구까지 세운 것으로 알려졌다. 석등의 지대석은 2중 구조이고, 땅과 맞닿은 부분은 피지 않은 오므린 형태의 연꽃 모양이며, 그 위 8각형 면석에는 학, 코끼리, 사슴, 용, 호랑이 같은 동물이 새겨졌다. 전기가 들어오지 않던 시절, 불 밝힌 이 석등을 따라 통도사 들머리 솔숲을 거닐던 방문객의 감회는 어떠했을까?

이 들머리 솔숲을 언제부터 무풍한송이라 불렀는지는 알 수 없다. 일제강점기에 통도사 주지를 역임한 구하(九河, 1872~1965)스님이 남긴 한시 '무풍한송'으로 미뤄볼 때, 그 유래가 꽤 오래됐음을 짐작할 수 있다.

맑은 바람, 하얀 눈 몇 겁이나 지냈는가 (清風霜雪機經劫)

계곡 물과 돌 사이에 우뚝 높이 솟아 있구나 (特立溪邊水石間)

여의봉 앞 오가는 길 무풍교 앞으로 (如意棒前來去路)

일 없는 가을 구름 끊임없이 돌아오네 (秋雲無事有時還)

이 들머리 솔숲을 무풍한송이라 부른 흔적은 사중寺中에 통용되는 통도8경을 통해서도 엿볼 수 있다. 통도8경은 1경인 무풍한송을 필두로 2경은 취운모종(翠雲暮鍾; 취운암의 저녁 종소리), 3경은 안양동대(安養東臺; 일출시 안양암에서 큰절 쪽으로 보이는 경관), 4경은 자장동천(慈藏洞天; 자장암 계곡의 소沼가 달빛을 받아 연출하는 광경), 5경은 극락영지(極樂影池; 영취산의 수려한 풍경이 담기는 극락암 영지), 6경은 비로폭포(毘盧瀑布; 비로암 서쪽 30미터 거리에 있는 폭포), 7경은 백운명고(白雲鳴鼓; 백운암 북소리), 8경은 단성낙조(丹城落照; 단조산성에서 바라보는 저녁노을)를 말한다.

무풍한송의 들머리 숲길은 빠른 걸음이면 반시간으로 충분한 거리지만, 소나무와 주변 경치를 음미하며 걷는다면 한두 시간을 들여도 부족할지 모른다. 왼편 통도천의 계곡물과 암석 사이에서 우람하게 자라는 소나무의 멋진 군무를 감상하는 것은 기본이고, 오른편 산록의 바위에 새겨진 이름을 읽으며 통도사를 찾은 옛 방문객의 면면을 상상해보는 일도 이 솔숲의 의미를 더 깊이 즐기는 방법이다. 두 번째 팔각정을 지나 오른쪽에 솟은 큰 바위에서는 통도사 주지를 지낸 구봉당 지화스님의 이름을 찾을 수 있다. 들머리 솔숲 길의 끝자락 50미터 못 미친 곳 바위들에 새겨진 이름 중에는 목은 이색과 청음 김상헌, 선원 김상용 형제의 이름도 보인다.

목은 이색은 야은 길재, 포은 정몽주와 함께 고려 왕조를 지키고자 했던 충신이다. 역사의 전환기에 번민했던 심정을 자연의 경치에 빗대어 노래한 것으로 유명하다.

"백설이 잦아진 골에 구루미 머흐레라
반가온 매화는 어느 곳에 피엿는고
석양에 홀로 셔 이셔 갈 곳 몰라 하노라."

청음 김상헌과 선원 김상용 형제는 병자호란 때의 충절로 유명하다. 형 선원은 청나라 군대가 강화성을 함락하자 화약에 불을 붙여 자결했고, 남한산성에서 인조를 보필했던 아우 청음은 인조가 청 태조에 굴욕적으로 항복한 후 청나라로부터 위험인물로 지목돼 심양으로 끌려가면서 남긴 시조로 유명하다.

"가노라 삼각산아 다시 보자 한강수야
고국산천을 떠나려 하랴마는
시절이 하수상하니 올동말동하여라."

김홍도·김정희의 흔적

들머리 솔숲은 청류교에서 끝나고, 이 지점에서 보행로가 잠시 자동차 도로와 만난다. 산내 암자로 향하는 자동차 도로 대신에 부도원과 해탈문을 향해 걷다 보면 하마비를 만난다. 아무리 지체 높은 사람이라도 부처님의 나라에 들어서려면 예의를 갖추어달라는 표시다. 하마비가 서 있는 오른쪽 산록에도 이름이 새겨진 큰 암벽이 있다. 마치 부채를 편 것 같은 형태라 선자바위란 별칭을 얻은 이 바위에 빽빽하게 새겨진 이름들 사이에서 단원 김홍도와 그의 스승 복헌 김응환의 이름도 찾을 수 있다.

단원의 이름이 새겨진 이름바위

조선시대 「통도사 전경도」

이것은 김홍도와 김응환이 1788년 정조의 어명에 따라 금강산과 동해안 일대를 그림으로 그리고, 다시 1789년에 조선통신사 일원으로 대마도로 가면서 통도사에 들러 남긴 기록으로 추정된다. 김홍도의 흔적은 또 있다. 성보박물관이 소장하고 있는 「통도사 전경도」가 그것이다. 조선 후기 통도사의 전성을 실경으로 그린 이 그림에는 아름다운 소나무 숲 속에 안긴 통도사의 옛 모습이 고스란히 담겨 있다. 그러나 아쉽게도 낙관이 없고, 그림에 관한 기록도 없어 막연히 단원의 그림이라고 추정할 뿐이다. 들머리 솔숲의 바위들에선 친일 개화파인 윤치오尹致昨와 박

홍선대원군의 일주문 현판 　　　　　　추사의 주지실 현판, 탑광실

영효朴泳孝, 종두법으로 유명한 지석영, 대종교의 2대 교주이자 독립운동가인 김교헌金敎獻, 천도교 3대 교주 의암 손병희의 이름도 찾을 수 있다.

　자신의 이름을 돌에 새겨 영원히 남기려 한 사람도 많지만, 통도사 방문 길에 글씨를 남긴 이들도 있으니 그들 작품도 챙겨 볼 만하다. 일주문 현판 '영축산통도사靈鷲山通度寺', 관음전 맞은편의 원통소圓通所 현판, 4면이 각기 다른 이름을 가진 대웅전의 네 개 현판 중 서쪽의 '대방광전大方廣殿', 남쪽의 '금강계단金剛戒壇'이 홍선대원군 이하응의 글씨다. 통도사엔 추사 김정희가 쓴 서예작품 1점과 현판 글씨 4점이 전한다. 통도사 성보박물관에 소장된 '성담상계聖覃像偈'는 서예작품이고, '일로향각一爐香閣'의 현판, 주지실 앞의 '탑광실塔光室'과 오른쪽 문위에 걸린 '노곡소축老谷小築' 현판이 추사의 글씨로 알려졌다. '산호벽수珊瑚碧樹'라는 현판도 추사의 솜씨로 알려졌지만 정확한 소재가 확인되지 않았다.

조선왕조의 왕목

소나무 숲은 가장 흔한 사찰림이며, 들머리 솔숲은 절집 소나무 숲의 전형이다. 들머리 솔숲이 아름다운 절집은 많다. 청도 운문사, 영천 은해사, 영월 법흥사, 아산 봉곡사, 서산 개심사, 밀양 표충사, 합천 해인사, 금강산 신계사, 강화 전등사 등 어렵지 않게 떠올릴 수 있다. 들머리 숲의 형태는 비록 사라졌지만 경내에 아름다운 솔숲을 보유한 절집으로는 용주사, 불영사, 내소사, 직지사, 쌍계사 등이 있다.

1,000년 이상의 역사를 지닌 유서 깊은 고찰에서 흔히 접하는 솔숲은 어떤 연유로 생겼을까? 절집 솔숲에 대한 이런 의문은 한국의 전통 경관을 상징하는 소나무 숲의 역사성과 기능에 대한 물음이다. 사찰 소나무 숲의 역사성은 조선왕조의 왕목으로 자리 잡은 소나무의 상징적 기능에서 찾을 수 있다. 조선왕조는 왕족의 능역을 길지로 만들고, 생기를 불어넣고자 능역 주변에 소나무를 식재했다. 왕릉을 지키는 능사와 함께 임금의 태를 모신 태실 주변과 태실을 수호하는 원당사에 소나무를 심은 이유도 소나무의 상징적 기능을 활용해 왕조의 무궁한 번영을 추구하고자 했던 것에서 찾을 수 있다. 그 대표적 사례가 태실과 태봉산을 수호했던 은해사(인종 태실), 법주사(순조 태실), 직지사(정종 태실)가 오늘날까지 보유하고 있는 다양한 형태의 솔숲이다. 이중 은해사는 종친부에서 1714년 토지를 구입해 사찰 경내에 소나무를 조성한 기록이 남아 있다. 따라서 조선시대에 왕실의 원찰(원당사)로 지정된 사찰에서는 소나무를 각별히 보호했을 뿐만 아니라 식재도 빈번하게 행했을 것으로 추정된다.

사찰 솔숲은 물질적 기능도 감당했다. 조선 왕실이 시행한 산림제도에서 이를 확인할 수 있다. 조선 초기에는 왕실이 필요로 하는 관곽재, 궁궐재, 조선재 같은 소나무 국용재國用材의 원활한 조달을 위해 금산禁山을 지정해 소나무를 보호했다. 소나무 벌채를 금지한 이 산림제도는 송목금벌松木禁伐 또는 줄여서 송금松禁이라고 하며, 『경국대전』을

남쪽 산록의 솔숲 속에 있는 통도사 5층탑

비롯한 여러 법전에 이 용어가 남아 있다.

송금의 흔적은 영월 법흥사 인근 법흥리에서 발견된 '원주사자황장산 금표原州獅子黃腸山禁標'에서 엿볼 수 있다. 이 금표가 최근 발견된 점을 상기하면, 법흥사는 물론이고 주변의 사자산 일대가 왕실에 황장소나무 를 공급하던 우량한 소나무 산지였으며, 왕실에서 금산 보호의 소임을 법흥사에 맡겼을 것으로 추정된다. 조선 왕실이 황장목을 지키는 소임 을 사찰에 부여했을 거라고 추정할 수 있는 또 다른 사례는 치악산 구룡 사 입구의 황장금표다. 이밖에 왕실에 송홧가루를 공급하도록 통영 안 정사의 소나무 숲을 송화봉산으로 지정한 사례도 기록으로 남아 있다.

조선시대 선비들이 남긴 유람기와 옛 그림, 1920년대 일제강점기에 출간된 『조선고적도보』와 『조선사찰31본산』의 사진집 등을 참고하면,

이 땅의 명산대찰 대부분이 조선시대는 물론이고 일제강점기에도 소나무 숲을 보유했음을 확인할 수 있다. 비록 일제강점기와 6·25전쟁, 그 후 사회적 혼란기를 겪으면서 사찰 솔숲의 면적이 줄어들고, 숲의 형태도 소나무 단순림에서 소나무와 활엽수의 혼효림으로 변모했을망정 여전히 대부분의 절집이 솔숲을 보유하고 있는 건, 절집 솔숲이 이런 장구한 역사성을 간직하고 있기 때문이다. 절집 솔숲을 한국을 상징하는 대표적 풍경이라고 주장하는 이유도 여기에 있다.

오늘날 소나무 숲 면적이 줄어들거나 소나무 단순림이 혼효림으로 변해가는 것은 고래의 전통 문화경관이 사라진다는 의미다. 전통 경관의 중요성과 가치가 새롭게 제기되는 이때 소나무 단순림의 유지와 관리를 강조하는 것은 목재 수확을 최고의 가치로 여기던 재래의 산림 이용 방법 대신에, '전통 문화경관의 보호와 관리'라는 새로운 가치체계를 모색하려는 의도다. 절집 솔숲에 대한 새로운 시각이 바로 오늘날 절집 솔숲이 당면한 역사성이라 할 수 있다.

솔밭에서 확인하는 '무소유'

통도사에는 들미리 솔숲 외에도 곳곳에 아름나운 솔숲이 있다. 그중 한 곳이 바로 부도원 솔밭이다. 최근 활엽수들을 제거해 솔숲의 아름다움을 제대로 만끽할 수 있다. 월하 방장스님의 교시로 흩어졌던 부도와 비석을 솔밭에 모아놓으니 그 모습이 무소유를 실천한 고승대덕의 삶처럼 고졸하다.

3단으로 된 부도원 중 2단에는 근·현대 통도사 스님들을 모셔두었다. 1920년대 일제 수탈의 마수로부터 통도사 일대의 소나무를 지켜내

고, 임시정부에 독립자금을 제공
한 구하스님은 물론이고 경봉스
님과 월하스님, 벽안스님의 부도
를 이곳에서 만날 수 있다. 10기
씩 6줄로 서 있는 60여 부도 중
최근 작고한 스님의 부도들은 크
고 화려한 반면, 옛 스님들의 부

통도사의 솔밭 속 부도원

도는 소박하다. 물질적 풍요가 절집에까지 영향을 미친 것인지, 문중
후배 스님들의 특별한(?) 안목 탓인지는 세월이 흘러봐야 알 수 있을
것이다. 이런 차이에도 불구하고 부도원이 포근하고 안락한 느낌을 주
는 것은 주변을 둘러싼 솔밭 덕분이다. 솔밭이야말로 선대 스님들과 소
통할 수 있는 공간이다.

　통도사 솔숲 중에 찾아보아야 할 곳은 또 있다. 아치형 돌다리인 일
승교를 지나 서편 동산 솔숲에 안긴 5층 석탑 주변이다. 이곳에서는 저
멀리 영축산은 물론이고, 절집의 경내와 주변을 감싸고 있는 솔숲이 한
눈에 들어온다. 솔바람 소리를 듣고, 생명의 기운을 가슴에 가득 쌓기
에 더없이 좋은 곳이다. 취운암 쪽으로 내려서는 길도 주변이 온통 솔
숲이다.

　통도사 솔숲 중 진수는 금강계단金剛戒壇 옆 산록에서 찾을 수 있다.
금강계단은 부처님 진신사리를 모신 불보사찰 통도사의 정수인데, 그
정수를 지키고 있는 생명체 역시 붉은 수피를 자랑하는 우리 토종 소나
무다. 대부분의 참배객이 금강계단 상층 중심부에 자리 잡은 석종형 부
도를 지키고 선 붉은 소나무에는 눈길 한 번 주지 않고 지나치지만, 나

금강계단의 석종형 부도와 소나무

의 관심은 왜 하필 소나무가 그 자리를 지키고 섰나 하는 의문으로 이어진다. 해인사 장경판전을 옹위한 소나무들과 마찬가지로 금강계단을 지키고 있는 붉은 수피의 토종 소나무도 부처님 진신사리를 지키는 수호신장의 임무를 수행하는 신수神樹가 아닐까.

방치할 것인가, 적극적으로 지킬 것인가

오래된 절집은 역사가 녹아 있고 전통문화가 살아 있는 현장이다. 1,000년 하고도 수백 년간 불교문화를 지켜온 절집의 공덕은 문화재로 등록된 수많은 문화유산을 간직한 보고라는 점만으로도 충분히 입증된다. 하지만 그 못지않게 중요한 것은 절집이 장구한 세월 동안 주변의 아름다운 자연과 조화를 이뤄 한국적 경관을 만든 '자연유산의 보고'라는 사실이다.

급격한 산업화와 도시화로 하루가 다르게 국토의 모습이 바뀌고 있는 세태에 수백 년 이상 전통 자연경관을 지켜 온 공간은 절집뿐이라고 해도 과언이 아니다. 지난 수백 년 동안 절집 주변을 지켜 온 솔숲은 아름다운 풍광이 되어 한국인의 심성에 전통 문화경관으로 깊게 뿌리내렸다. 그래서 절집 솔숲은 그 자체로 우리 문화의 한 요소이고, 우리 국토의 또 다른 얼굴이다. 이런 의미에서 절집 솔숲은 바로 한국성의 또 다른 중요한 상징인 것이다.

그러나 이처럼 중요한 절집 솔숲을 제대로 지키고 있는 절집이 많지 않아 안타깝다. 통도사 솔숲이 각별한 이유도 수백 년 한결같이 자연유산인 솔숲을 솔숲답게 지켜내고 있어서다. 솔숲을 솔숲답게 지켜내는 일은 어렵거나 복잡하지 않다. 오히려 쉽고 단순하다. 그럼에도 수많은 절집에서 솔숲이 참나무를 비롯한 활엽수 숲으로 변해 가도록 방치하고 있는 실정이다. 이런 저간의 사정을 감안하면 솔숲을 솔숲답게 지켜내고 있는 통도사의 원력은 예외이고 파격이다.

소나무 숲은 인간의 간섭을 끊임없이 요구한다. 숲 바닥에 쌓인 낙엽을 채취하고 활엽수를 베어내지 않는 한 소나무 숲이 대를 이어 제 모습을 지켜내기 어렵다. 소나무는 햇볕을 좋아해 활엽수 그늘 밑에서는 살아갈 수 없고, 낙엽 부식물 위에서도 대를 이을 종자를 싹 틔울 수 없는 독특한 생육 특성을 갖고 있다. 화석 연료가 없던 농경사회에서 솔가리는 화력 좋은 땔감이었고, 절집 역시 조리와 난방에 필요한 연료를 확보하고자 솔가리를 채취해야 했다. 이 땅 방방곡곡의 솔숲처럼 통도사의 솔숲도 인간의 끊임없는 간섭 덕택에 그 명맥을 이어왔다. 그러

나 지난 50여 년간 급격하게 진행된 산업화가 소나무
숲에 대한 농경사회의 간섭(연료 채취, 활엽수 제거)을
중단시켰고, 그에 따라 이 땅의 솔숲들은 자연 복원
력에 따라 활엽수에 점차 자리를 내주고 있는 실정이
다.

　사실 통도사의 솔숲도 한때는 이 땅 대부분의 솔
숲과 별반 다르지 않았다. 방치해 둔 솔숲을 솔숲답
게 지켜낼 수 있었던 건 주지 정우스님의 혜안 덕분
이다. "영축산은 구하스님을 비롯한 많은 어른 스님
들이 지켜 온 소나무가 울창하게 자리하고 있습니다.
그러나 잡목들로 인해 그 모습을 드러내지 못했고,
심지어 죽어가는 나무들도 있습니다. 처음에 사중과
지역 언론의 반대도 만만치 않았지만, 그들을 설득하
는 노력을 한 결과 지금은 모두들 지원과 관심을 아
끼지 않고 있습니다." 주지스님의 이 말씀은 통도사
솔숲을 지켜내고자 겪은 고초를 헤아리는 데 부족함
이 없다.

　다른 절집들이 이런저런 형편으로 또는 주변의 시
선이 무서워 감히 시도할 생각도 못하던 일을 단숨에
추진할 수 있었던 데는 절집이 보유한 문화유산 못지
않게 솔숲도 훌륭한 자연유산임을 절실히 인식한 덕
분일 터이다. 따라서 '불보사찰 통도사'란 명칭을 사
용하는 만큼 '전통 문화경관을 지키는 통도사'라는

수식어도 자연스럽게, 또 자주 사용되기를 바라는 마음이다. 통도사 들머리 솔숲의 그 호쾌하고 시원한 기상을 미래의 아이들에게도 선사할 수 있기를 바란다.

솔숲 속의 자장암

'한글 로드'
따라 걷는
생명문화
유산
기행,

법주사
솔숲

어느 절집인들 주변에 소나무가 없으랴만, 법주사의 소나무는 정이품송 때문에 각별하다. 2006년 문화관광부는 우리 문화를 대표하는 100대 민족문화 상징으로 '민족 상징'(2개), '강역 및 자연 상징'(19개), '역사 상징'(17개), '사회 및 생활 상징'(34개), '신앙 및 사고 상징'(9개), '언어 및 예술 상징'(19개)을 발표했다. 소나무는 '강역 및 자연 상징'의 하나로 진돗개, 한우, 호랑이와 함께 이 땅에 생육하고 있는 식물 중에서는 유일하게 포함됐다. 우리에게 식량을 제공해주는 벼나 보리, 또는 약효가 뛰어난 인삼이나 다양한 맛을 내는 과수果樹는 포함되지 않고, 이 땅에 뿌리내리고 사는 4,300여 종류의 식물 가운데 소나무만이 민족문화의 대표적 상징에 포함된 이유는 무엇일까. 소나무가 우리에게 어떤 존재이기에 이런 대접을 받는 것일까.

소나무는 지난 수천 년 동안 건축재와 조선재의 중요한 원료였고, 도자기와 소금 생산에 필요한 연료였음은 물론이고 흉년에 주린 배를 채워준 구황식물의 구실도 해왔다. 그러기에 소나무는 농경사회를 유지하는 데 없어서는 안 될 소중한 생명자원이었다. 농경사회에서 소나무가 베푼 다양한 물질적 혜택은 우리 정신세계에까지 영향을 끼쳐 지조와 절조, 생명과 길지, 풍류와 안일과 같은 상징체계로 녹아들었다. 그래서 소나무는 우리 문화를 상징하는 대표적 아이콘이 됐을 것이다.

그런 소나무를 상징적으로 가장 잘 나타내는 나무는 단연 정이품 소나무라 할 수 있다. 사방으로 뻗은 줄기의 형상이 어느 쪽에서 보든 마치 정규분포곡선처럼 아름다운 대칭을 이루면서 당당하게 자라는 모습을 본 사람들은 순간적으로 그 아름다움에 매료될 수밖에 없다.

또한 한국인이면 누구나 세조 임금과 정이품송에 얽힌 이야기를 들어보았을 것이다. 세조가 법주사를 방문하고자 법주사 들머리에 당도했을 때 소나무가 제 스스로 처진 가지를 들어올려 임금의 가마가 무사히 지나가도록 했고, 그것을 가상히 여긴 임금이 오늘날 장관급에 해당하는 정2품이라는 벼슬을 하사했다는 이야기는 우리 조상들이 나무를 인격체로 본 수목관의 결정체다.

오리 숲길의 소나무들

그러나 소나무와 관련된 내용이 700여 회 이상 수록된 『조선왕조실록』을 보면 세조가 소나무한테 벼슬을 내렸다는 기록은 어디에서도 찾을 수 없다. 정이품송에 전해 내려오는 이야기는 우리 모두 사실처럼 믿고 싶어하는 나무(자연)와 인간의 돈독한 관계를 전하는 한 편의 설화인 셈이다.

법주사는 불법을 구하러 천축으로 건너가 경전을 얻어 귀국한 의신義信스님에 의해 553년(신라 진흥왕 14년)에 창건됐다. 법주사란 이름은 법法이 안주할 수 있는 탈속脫俗의 절이라 하여 붙여졌다고 한다. 임진왜란과 정유재란으로 가람 건물 대부분이 불타버렸지만, 1624년 벽암스님에 의해 중창되었고, 1787년(정조 11년)에 23대 왕이 될 순조의 태를 인근 태봉에 안치하면서 태봉수직사찰이 되었다. 오늘날은 금산사와 함께 미륵신앙의 요람으로 특히 유명하다. 법주사 경내에는 팔상전(국보 제55호), 쌍사자석등(국보 제5호), 석련지(국보 제64호) 등의 국보와 사천왕석등(보물 제15호), 마애여래의상(보물 제216호) 등의 중요 문화재가 있다.

한글 창제 도운 신미대사와 세조의 인연

정이품송이 우리 문화를 상징하는 아이콘의 심벌로 우리 가슴속에 자리 잡은 가장 큰 이유는 법주사를 찾은 세조와 정이품송에 얽힌 판타지가 존재하기 때문이다. 이 판타지의 배경을 조금 더 깊게 살펴보면, 우리 문화의 핵심인 훈민정음의 창제에 기여한 불교의 공덕과 함께, 이른바 '한글 로드'(말티재-정이품송-법주사-복천암)라는 애칭까지 얻게 된 또 다른 판타지의 세계를 만날 수 있다.

역사는 이 일을 세조가 1464년 2월 28일 법주사 복천암의 신미대사(信眉大師, 1403~1480)를 만나고자 나선 걸음이라고 밝히고 있다. 단종을 폐하고 왕위에 오른 세조는 피부병을 심하게 앓고 있었는데, 훗날 세종을 도와 집현전 시절부터 한글 창제에 적극적으로 참여(일설에는 한글 창제를 주도)한 대학자이자 고

정이품 소나무의 옛 모습

승인 신미대사가 머물고 있던 복천암을 찾았고, 3일간의 기도와 법문으로 안정을 찾게 되었다는 이야기가 전해진다.

세조는 도괴 직전의 상원사 적멸보궁을 복원시켜 달라는 신미대사의 청을 받아들여 복원공사에 필요한 재원을 나라에서 지원하게 했다. 세조와 신미대사의 인연 덕분에 오대산 월정사의 적멸보궁이 복원됐고, 복원을 기념해 상원사 걸음을 하게 된 세조가 밤중에 계곡물로 목욕할 적에 문수동자가 등을 밀어주어 피부병이 나았다는 것은 불가에서 전해 내려오는 유명한 이야기다.

청주에서 출발한 세조 일행은 말티재 아래 대궐 터에서 하루를 묵었다고 기록돼 있다. 다음날, 소나무로 빽빽하게 덮여 있는 말티새의 험한 고갯길을 넘어 평지로 내려섰을 때 주변 소나무들 중에 저 멀리 군계일학처럼 멋진 한 그루의 나무가 눈에 들어왔을 터이다. 저 소나무로부터 부처님의 나라까지는 십리 길. 아마도 험한 고갯길을 넘느라 지친 가마꾼들을 쉬게 하는 한편, 흐트러진 수행원들의 의관衣冠도 정제할

금강문 앞의 숲길

수 있도록 소나무 밑에서 잠시 걸음을 멈추게 했을지도 모를 일이다.

추측건대, 후세 사람들은 임금이 가마에서 내려 쉬어간 소나무를 신성한 왕권을 부여받은 나무로 치부했을 터이고, 그래서 정이품이라는 벼슬을 하사받은 나무로 판타지를 꾸몄을지도 모른다. 또는 궁궐을 짓고 배를 만드는 데 없어서는 안 될 나라의 중요한 자원인 소나무를 더욱 철저히 지키고자 지엄한 왕권의 상징을 잘생긴 소나무한테 부여(상징적 이입현상)했을 수도 있다.

이런 사연 때문에 예부터 나라에서는 정이품 소나무를 보호하고자 각별히 애를 썼다. 그 상징적인 예는 1980년대 초 솔잎혹파리의 공격으로 많은 소나무가 해를 입었을 때 이 소나무만은 큰돈을 들여 주위에 대규모 방충망을 설치, 솔잎혹파리의 공격을 막은 일이다.

정이품송은 원래 '삿갓 또는 우산을 편 모양'으로 단정하고 아름다운 모습이었는데, 1993년 강풍으로 서쪽 큰 가지가 부러졌고, 또 이후 폭설 피해로 서쪽의 남은 가지들조차 많이 상했다. 정이품송이 자연재해로 아름다운 수형이 훼손될 때마다 여러 언론매체가 앞 다투어 기사화한 이유도 이 소나무가 가진 상징적 가치에 있을 것이다.

아쉽게도 세조 일행의 걸음까지 멈추게 만들었다고 믿고 싶은 아름답고 당당하던 정이품송의 모습은 오늘날 더 이상 찾을 수 없다. 오늘날은 가장 아름다운 소나무라는 옛 영광을 뒤로하고, 2001년 정이품송의 화분을 이용해 삼척 준경묘의 미인송과 교배해 얻은 종자로 후계목을 양성해서 보호하고 있는 실정이다.

우리 소나무가 간직한 기개와 당당한 풍채를 상징하던 정이품 소나무가 병충해와 눈과 바람의 피해로 쇠퇴해가는 안타까운 모습을 조연환 시인(전 산림청장)은 이렇게 읊었다.

정이품송

정규분포곡선으로 상징되던 네 모습이
허물어지는구나
네 팔뚝을 부러뜨린 자가 누구더냐
육백년을 버텨온 네가
견딜 수 없을 정도의 힘센 폭풍이 있었더냐
하루살이 솔잎혹파리가 네 팔뚝을
뚝딱 먹어 치웠단 말이냐

너는 알고 있으리라

육백년간 승진 한 번 못하면서도

지켜온 정규분포 네 기개를 꺾고

비정규분포로 너를 무너뜨린 자들이 누구인지를

폭풍, 벼락, 천적보다

얼마나 더 무서운 자들인지를

그래, 찌그러진 네 모습으로

똑똑히 일러 주어라

저들의 소행을

한 천년 더 살아가면서

(조연환의 시집 『숫돌의 눈물』에서)

문화적 가치 대 생태적 가치

'한글 로드'를 따라 법주사를 향하고자, 새로 낸 터널 지름길 대신에 보은 읍내에서 험한 말티재를 넘는다. 정이품송 앞에서 차를 멈추고 '한글 로드'의 콘텐츠를 다시금 상기한다. 500여 수행원을 대동하고 오리 숲길로 향하던 세조 임금의 행차를 상상하면서 일주문을 지난다. 법주사를 찾는 수많은 방문객은 640여 년 전 한글 창제를 도운 신미대사와 세조의 인연은 물론이고 불가의 숨은 기여를 과연 알고 있을까.

직업의식을 속일 수 없는지, 상상의 날개를 더 이상 펼칠 수 없다. 자연의 질서에 따라 참나무와 단풍나무 등 활엽수의 세력에 눌려서 소나무가 점차 사라지는 천이遷移 현장이 오리 숲길 곳곳에서 펼쳐지고 있기 때문이다. 천이가 이런 속도로 진행되면 법주사의 또 다른 자랑거리인 들머리 솔숲은 우리 눈앞에서 조만간 사라질지도 모를 일이다. 법주사의 들머리 솔숲 역시 국립공원으로 지정돼 있어 함부로 손댈 수 없는 형편이다. '한글 로드'의 중요한 자연유산인 솔숲이 사라지도록 그대로 방치하는 것이 순리일까.

2010년 8월 23일부터 28일까지 서울 코엑스에서 2,500여 명의 전세계 산림과학자가 모인 가운데 제23차 세계산림과학대회(IUFRO) 서울총회가 열렸다. 총회에 앞서 17개 나라에서 온 산림과학자 60여 명과 절집에서 하룻밤을 묵으면서, 절집 숲의 전통적(종교적) 문화 가치와 현대 사회가 요청하는 생태적 가치 사이에 상존하는 알력을 해소할 수 있는 방안을 모색하고자 절집 숲 현장에서 토론회를 열었다. 토론에 참여한 외국 학자들은 시찰림의 종교적 활용과 보전에 대한 종교계와 정부 사이의 갈등 해소책에 대한 조언을 구하고자 하는 나의 호소에 좋은 해결책을 쉽사리 제시하지 못했다. 참가자 대부분이 단숨에 해결할 수 없는 어려운 과제라는 데 의견을 모았을 뿐이다.

지난 천 수백 년 동안 종교적 목적으로 사용되어 온 절집 숲에 대한 불교계의 견해는 정부(지자체나 국립공원관리공단)와 다를 수밖에 없다. 거칠게 정리하면 사찰 측은 수행과 포교 등 종교적 목적을 위해 절집 숲을 좀 더 적극적으로 활용하려는 데 반해 정부 측은 미래 세대를 위해 생태적 가치(생물다양성과 경관 보전)를 더 중시한다. 종교적 목적으로 유지해 온 절집 숲의 이용과 보전에 대한 갈등의 대표적 사례는 사찰림이 국립공원(또는 도립공원이나 군립공원) 면적의 30퍼센트 이상 편입된 사찰에서 더욱 심각하게 불거지고 있다.

'소나무 순례' 적기는 가을과 겨울

세계산림과학대회 서울 총회 기간 중 나는 '문화가치와 지속가능한 산림경영' 분과에서 우리 사회가 당면한 사찰림의 이 현안에 대해 절집 현장에서와 같은 문제 제기를 했다. 그러나 학술회의 참가자 대부분은 매우 조심스럽게 반응했다. 기독교의 전통이 뿌리 깊은 유럽에서 온 학자들은 물론이고, 미국이나 남미에서 온 학자들이 제안하거나 조언한 내용도 한정적이었다. 분과 학술회의의 주최자 겸 사회자인 이탈리아 피렌체 대학의 마우로 아그놀레티 교수는 사안의 민감성 때문에 이 한 가지 주제만으로도 우리 분과에 배분된 이틀간의 시간을 모두 할애해도 결론을 도출하기 쉽지 않을 만큼 어려운 주제라고 정리했다. 또 당장 양자를 모두 만족시킬 수 있는 해법을 찾기란 쉽지 않다고 결론지었다.

국토가 망가지고, 자연과 생태의 가치가 고양되면 될수록 사찰림에 대한 우리 사회의 기대치는 높아질 수밖에 없을 터이고, 그에 비례해서 종교적 문화 가치와 생태 가치 사이의 긴장은 증대될 것이다. 이 분야의 갈등을 해소할 수 있는 중지를 모을 방법을 찾아야 할 때다.

이런 무거운 주제에서 조금 벗어나 법주사 절집 숲을 즐기는 한 방법은 한글 로드를 따라 말티재에서 복천암까지 소나무를 순례하는 것이다. 소나무를 순례할 경우 숲이 우거져 소나무가 잘 보이지 않는 여름철보다 소나무의 형태가 확실하게 드러나는 낙엽 진 가을이나 겨울철이 좋다. 보은군에서 운영하는 말티재의 솔향공원(소나무 전시관)을 먼저 방문한 후 정이품 소나무를 만나고, 법주사 사하촌 공원에 일렬로 선 멋진 낙락장송과 오리 숲 곳곳에 자라는 소나무를 감상하는 순서도 소나무를 즐기는 한 방법이다. 법주사 수정교 앞의 속리산사실기비

백암대사비 주변의 숲

俗離山事實記碑 주변 솔숲엔 옛 모습을 엿볼 수 있는 아름드리 소나무가 무성하다.

걸음품을 팔 자신이 있으면 법주사에서 비로봉으로 오르는 숲길 곳곳의 소나무 감상도 권한다. 저수지를 지나면 태평교가 나타나고, 조금만 더 오르면 탑골암으로 갈라지는 삼거리 주변에서 아름드리 소나무들을 감상할 수 있다. 탑골암 위에 순조 태실이 있음을 떠올리면 아름드리 소나무가 무성한 이유는 어렵지 않게 짐작할 수 있다. 복천암에서 서향 산록을 바라보면 기세도 당당한 소나무들이 아름답게 자라고 있는 모습이 눈에 들어온다. 놓치지 말아야 할 풍광이다.

들머리 숲에서 복천암에 이르는 단풍 숲

가을철, 남하하는 단풍을 따라 절집 숲 순례를 떠나보자. 우리 산하의 단풍은 보통 하루에 50미터씩 고도를 낮추고, 25킬로미터씩 남하한다고 알려져 있다. 그래서 9월 하순 강원도 산간지방에서 시작한 단풍은 10월 중순 중부지방을 거쳐 하순에는 중부 해안과 남부지방으로 내려온다.

나의 절집 숲 순례도 자연의 운행속도에 맞출 수밖에 없다. 10월 초순에 시작되는 나의 단풍 행각은 먼저 강원도 최북단의 건봉사나 백담사를 찾는 것으로 시작된다. 10월 중순에는 월정사를 찾고, 하순에는 강화의 전등사, 그리고 문경의 김룡사와 김천의 직지사를 차례로 찾는 것이 대체적인 가을 단풍 순례 순서다.

법주사의 단풍은 10월 하순이 제격이다. 특히나 2010년 10월 하순에 새벽 일찍 혼자서 거닐면서 즐기던 오리 단풍 숲길의 풍광을 잊을

일주문 주변의 단풍

수 없다. 봄철의 신록이나 활엽수에 가려서, 잎이 진 겨울철에야 제 모
습을 온전히 드러내는 들머리 소나무들과는 달리 가을철의 오리 숲길
은 색동 단풍 숲의 별천지로 변해 있었다.

누구나 아는 사실이지만, 단풍을 찾을 계획이면 가능한 한 번잡함을
피하는 것이 상책 중의 상책이다. 특히나 유별한 우리나라 단풍놀이 행
락객의 인파를 피할 수 있는 방법은 의외로 간단하다. 새벽 일찍 절집
을 찾아 떠나는 부지런함과 함께, 가능하면 주말을 피하는 것만으로도
여유롭게 절집 숲의 단풍을 한껏 즐길 수 있다. 인적이 드문 이른 시간
이면 오리 숲길을 천천히 음미하듯 걷고, 가능하면 오리 숲길을 왕복하
면서 단풍 숲의 풍광을 가슴에 담아도 좋다. 오르내리는 방향에 따라서
눈에 들어오는 단풍의 풍광이 제각각 다름을 느낄 수만 있으면 이미 상

당한 수준의 감상안을 지닌 자연 애호가임에 틀림없다. 특히 일주문 주변에서는 걸음을 멈추고 형형색색으로 변한 단풍잎들을 한 자리에 서서 방향을 조금씩 바꿔 가면서 감상해 보는 것도 한 방법이다.

절집에서 복천암까지 단풍 숲길을 거니는 방법도 추천하고 싶다. 큰 절(법주사)에서 복천암에 이르는 등산로는 어느 절집 숲길과 비교해도 결코 뒤지지 않는 아름다운 숲길이다.

복천암은 세조가 신미대사 등과 함께 3일 동안 기도를 하고, 길목의 계곡(목욕소)에서 목욕을 한 덕분에 피부병이 깨끗이 나았다는 이야기가 전해지는 유서 깊은 암자로, 공민왕의 친필인 무량수無量壽라는 편액이 걸려 있다. 암자 지척에 있는 '이뭣고다리' 주변의 풍광은 금강산 마하연, 지리산 칠불암과 더불어 구한말 3대 선방의 하나로 이름을 얻

전나무가 있는 복천암 숲길

은 이유를 상상할 수 있을 만큼 아름답다.

절집의 보리수와 전나무

법주사 대웅보전 앞의 두 그루 피나무(*Tilia amurensis*)는 달피나무라고
도 하며, 한자로는 보리수菩提樹로 표기한다. 보리수는 석가모니 부처
님의 득도를 지켜본 나무로, 불자는 누구나 이 나무에 관심과 사랑을
쏟는다. 잎이 인도보리수와 닮았고, 또 열매로 염주를 만들기 때문에
불자들은 보통 피나무를 보리수나무라고 부른다. 절집에서는 피나무
의 사촌 격인 보리자나무(*Tilia miqueliana*)도 흔히 볼 수 있는데, 이 나무
의 열매 역시 염주로 쓸 수 있기 때문에 스님들이 중국에서 많이 들여
온 나무로 알려져 있다.

대웅보전(보물 제915호) 앞의 피나무

천왕문 앞의 전나무

그러나 이 땅에는 큰 키로 자라는 피나무와 달리 '보리수나무'라고
불리는 관목이 따로 자라고 있다. 그밖에 상록성 덩굴나무로 자라는
'보리장나무'와 '보리밥나무'도 있다. 이들 나무 역시 모두 염주에 알
맞은 열매를 맺는다.

법주사는 미륵신앙의 도량이다. 미륵보살은 대승불교의 대표적 보
살 가운데 하나로, 중생을 구제할 미래의 부처를 말한다. 미륵신앙에는
용화수龍華樹라는 나무가 나오는데, 일명 보리수라고도 한다. 대웅보
전 앞마당의 두 그루 피나무는 따라서 용화수라 할 수 있다. 미래의 부
처는 용화수 앞에서 성불하기 이전까지는 미륵보살이라 하고, 성불한
이후는 미륵불이라 한다. 미륵불은 56억 7천만 년이 지나면 사바세계
에 내려와 화림원 용화수 아래에서 성도해 3번의 설법으로 300억의 중
생을 제도한다는 미래불未來佛을 말한다. 이 3번의 법회를 '용화삼회'
라고 한다. 해석하기에 따라서 대웅전 앞마당에 버티고 있는 피나무 두
그루는 불교적 의미를 간직한 살아 있는 자연유산인 셈이다.

법주사가 보유한 수많은 국보와 보물 못지않게 나의 눈길을 붙잡는
것은 천왕문 앞의 전나무다. 세조가 찾은 복천암 입구에도 두 그루의
전나무가 당당하게 서 있다. 당간지주처럼 굳게 하늘로 뻗은 천왕문 앞
두 그루 전나무의 존재 의미는 무엇일까.

전나무 숲을 보유한 월정사나 내소사와는 별개로 전나무는 이 땅의
수많은 절집에서 가장 흔하게 발견할 수 있는 나무다. 지난 3년간 절집
숲을 순례하면서 놓치지 않고 관찰한 것은 절집의 전나무 유무였다. 단
언컨대 역사가 오래된 절집치고 전나무 없는 절집은 없었다. 서늘하고
추운 곳에 자생하는 한대성 수종인 전나무가 온화한 남도의 여러 절집

에서까지 자라는 이유는 무엇일까. 스님네들이 이들 전나무를 직접 심었기 때문이다.

스님들은 왜 절집에 다른 나무보다 전나무를 많이 심었을까. 왜 절집 곳곳에 무리지어 심거나 또는 삼문(三門; 일주문, 천왕문, 불이문) 주변에 마주 보게 두 그루의 전나무를 심었을까?

절집을 찾을 때마다 전나무에 대한 이런 의문이 떠올랐고, 그때마다 스님께 그 연유를 여쭈었지만, 시원한 답변을 얻지 못했다. 전나무가 절집에 자리 잡게 된 사연 중에 이런저런 책을 뒤져 얻은 가장 그럴듯한 설명은 당나라 조주선사의 유명한 화두 '정전백수자庭前柏樹子'와의 연관성이었다.

'정전백수자'란 선사의 한 제자가 "조사가 서쪽에서 온 뜻이 무엇입니까(祖師西來意)"라고 묻자, "뜰 앞의 잣나무(庭前柏樹子)니라"는 선문답에서 유래한 고사다. 우리나라에선 간화선에 얽힌 이 화두를 설명할때, 뜰 앞의 잣나무로 해석하지만, 실제로 '柏(백)'은 측백나무를 나타낸다. 사실 이 선문답에 대한 해석은 나무의 종류가 중요한 것이 아니므로 측백나무 대신 잣나무라 해도 화두의 의미가 변질되거나 손상되지 않기에 큰 문제는 없다.

결론적으로 전나무가 절집에 특히 많은 이유는 간화선의 화두로 언급된 측백나무와 전나무가 외형상 비슷한 모습을 갖고 있기 때문이라할 수 있다. 그 연유는 전나무와 측백나무를 나타내는 한자의 자전에서 찾을 수 있다. 중국 후한 때 허신(許慎, 30~124년경)은 한자 9,353자를 수집해 540부部로 분류하고, 육서六書에 따라 글자의 모양을 분석해 『설문해자說文解字』를 편찬했다. 이 자전은 전나무가 '잎은 소나무, 줄기는 측백나무를 닮았다'고 풀이한다. 그리고 옛 문헌에는 전나무를 뜻하는 회檜가 측백나무를 뜻하는 백柏과 함께 백회柏檜로 사용되기도 했다고 한다. 서산대사 휴정이 남긴 옛 시는 이러한 해석을 더욱 뒷받침하고 있다.

草堂詠柏(초당에서 전나무를 읊다)

둥근 달도 보름 넘지 못하고 (月圓不逾望)

해도 정오면 스스로 기우네. (日中爲之傾)

초당 뜰 앞에 서 있는 전나무 (庭前柏樹子)

사시사철 저 홀로 푸르구나. (獨也四時靑)

_서산대사(休靜)

결국 전나무는 측백나무와 비슷한 모습을 간직했기에, 예부터 선 수행을 하던 스님들이 측백나무 대신 전나무를 절집에 많이 심은 데서 유래했다고 볼 수 있는 것이다. 절집마다 조주선사의 화두로 언급된 측백나무와 비슷한 전나무를 심어서 곧고 당당하게 자라는 전나무의 수형樹形과 엄동에도 늘 푸른 상록성을 통해, 참선 수행에 임하는 수행자의 올곧은 수행 자세와 서릿발 같은 지계持戒의 강직함을 끊임없이 본받고자 했기 때문이라고 할 수 있다. 이 땅 수많은 절집의 전나무들이 참선 수행에 나선 고승대덕의 동반자였다는 사실을 알게 되면, 절집 숲이 포용하고 있는 만물이 제각각의 의미를 간직한 생명문화유산임을 다시금 깨닫게 될 것이다.

수호신장의
소임을
다하는

신계사 의
금강
송림

백설기 한 봉지와 생수 한 병. 봄비에 흠뻑 젖은 우리네 일행에게 건네진 초파일 공양은 조촐하고 애틋했다. 빗길 속을 헤쳐 금강산 구룡연을 탐방한 후, 하산길에 들린 신계사에서 맞은 2007년 사월 초파일은 그래서 더욱 잊을 수 없다. 북녘 땅에서 남녘의 스님과 함께 부처님 오신 날을 맞이하리라곤 상상하지도 못했던 일이었기에 그 감회는 더욱 컸다.

너나 할 것 없이 내리는 비를 피하고자 대웅전 처마 밑으로 들어서니 스님 한 분이 반갑게 객을 맞았다. 신계사 복원 공사의 도감으로 계신 제정스님이었다. 사제동행師弟同行 세미나의 일환으로 학생들과 함께 남북 산림협력사업의 현장(양묘장 및 밤나무 조림지)이 있는 금강산을 찾게 된 사연을 말씀드린 후, 신계사 복원사업에 대해 들었다.

남북의 협력으로 이룬 신계사 복원

스님은 신계사가 장안사, 유점사, 표훈사와 함께 금강산 4대 사찰의 하나로 6·25때 모든 전각이 소실되었지만, 남북 불교계가 힘을 합쳐 복원사업을 펼치고 있는 현장이라는 말씀을 먼저 하였다. 이어 "남북이 한마음으로 무혈無血통일, 평화통일의 길을 열어 주실 통일부처님을

신계사 터가 북한의 국보유적임을 알리는 표석과 복원불사 준공식(대한불교조계종 제공)

모실 도량을 복원하는 사업"이라고 그 의의를 설명하시는 한편, "남의 목재와 기술, 북의 물과 모래, 흙, 고증 등을 합하여 하나가 되는 시절 인연"에 의해 진행되고 있는 불사라고 강조하였다.

신계사의 복원사업은 고산스님께서 1998년 복원법회를 개최한 이후 10년 적공의 불사라 할 수 있다. 금강산 연등행사와 함께 남북 최초로 신계사 터에 대한 지표조사(2001)가 실시되었고, 이어 의향서 교환(2002)과 함께 기공식(2004)이 차례로 이어졌으며, 역사적 복원불사의 도감은 제정스님에게 맡겨졌다.

신계사의 복원불사는 대웅보전의 낙성을 시작으로 대향각, 극락전, 수승전, 최승전, 만세루 등의 순으로 진행되었다. 복원불사에 대한 10년 적공의 대미는 조계종 총무원장 지관스님과 조선불교도연맹 유영선 중앙위원장의 참석에 의해 2007년 10월 13일 개최된 준공식으로 장식되었고, 그해 연말 복원불사의 도감 소임을 맡았던 제정스님의 남측 귀환으로 사실상 종료되었다.

신계사 복원에 대한 설명 후, 스님의 말씀이 수호신장처럼 절집 주변에 버티고 서 있는 아름다운 소나무 숲으로 이어진 것은 너무나 자연스러운 일이었다. 대웅전 앞에서 신계천 쪽으로 바라보는 풍경은 아름다웠다. 화채연봉에 낮게 가라앉은 비안개와 짙푸른 솔숲이 자아내는 정취는 선계가 따로 없는 듯했다.

마침 신계사에는 우리 일행 20명 외에는 다른 탐방객이 없었다. 남쪽 여러 단체의 지원으로 신계사를 품고 있는 창 터 솔밭 한 모퉁이에 만들어진 양묘장 방문을 위해 현대아산 측이 별도의 버스를 배차한 덕분에 별도로 움직일 수 있었고, 그 덕분에 신계사를 품고 있는 주변 경관의 아름다움을 스님과 함께 우리 일행만이 오붓하게 나눌 수 있게 된 셈이었다.

신계사의 금강소나무

대웅전 앞에서 바라본, 신계천 주변의 송림이 자아내는 계절마다의 빼어난 아름다움을 조목조목 설명하시는 스님의 음성에는 소나무에 대한 진한 감흥이 배어 있었다. 소나무가 주는 그런 감흥의 즐거움이 얼마나 크고 깊은지를 조금이나마 경험한 나는 스님의 말씀에 따라 머릿속으로 신계사 주변의 아름다운 솔숲을 함께 노니면서 즐거웠다. 스님의 긴 소나무 예찬은 삼일포 소나무 이야기로 마침내 끝났다.

금강소나무로 둘러싸인 신계사

당신의 소나무 예찬이 너무 길었음을 느끼신 것일까? 마침내 학생들에게 물었다. "어디서 왔느냐"는 스님의 질문에, "국민대에서 왔다"는 대답이 이어졌고, 다시 이어진 스님의 말씀은 의외

신계사 일원의 창 터 솔밭은 북한의 천연기념물 416호로 지정된 문화재이다.

였다. "국민대라면 소나무 전문가인 전영우 교수를 책을 통해서 알고 있다"는 말씀이 튀어나왔기 때문이었다. "우리들을 인솔하신 저분이 바로 전교수다"라는 학생들의 응답에 나는 겸연쩍게 스님 앞에 설 수밖에 없었다. 그리고 다른 이들의 의중은 개의치 않고 한동안 소나무에 대한 이야기가 스님과 나 사이에 더 이어졌음은 물론이다.

사실 신계사의 소나무는 이름값을 톡톡히 하는 소나무라 할 수 있다. 창 터 솔밭을 비롯하여 신계사 일대의 소나무가 유별난 이유는 이 일대의 솔숲이 북한의 천연기념물 제416호로 지정된 자연유산이기 때문이다. 자연유산으로 보호받고 있을 만큼 이 일대의 소나무들은 곧고 기품 있게 자라는 빼어난 자태 때문에 예로부터 미인송이라는 별칭도 얻고 있었다.

신계사의 소나무가 갖는 또 다른 이름값은 '금강소나무'란 명칭에서도 찾을 수 있다. 강원도 대관령 일대나 경북 북부지방인 울진과 봉화 일대의 곧은 소나무들을 흔히 금강소나무라 일컫고 있는데, 이런 명칭은 사실 금강산에 자라는 곧은 소나무에서 유래된 것이기 때문이다.

지금부터 80년 전 일본인 조림학자 우에기 호미키(植木秀幹) 교수는 이 땅 방방곡곡의 소나무 산지를 답사한 후, 강원도 금강군에서 경북 청송지방에 이르기까지 태백산맥과 영동지방 일대에 곧게 자라는 소나무를 일컬어 '금강형 소나무'라고 명명하였고, 그 후부터 이 지역의 소나무들은 '금강소나무'라는 별칭을 얻게 되었다.

신계사 소나무와 나의 인연은 1999년으로 거슬러 올라간다. 초기 금강산 관광은 제약이 많았다. 옛 신계사 터 주변에서 우리 일행에게 주어진 시간은 단 20분뿐이었다. 빠듯한 구룡연 관광으로 지친 일행들은 버스에서 내리는 일조차 성가시게 여겼지만, 나는 망설임 없이 하차하여 삼층석탑 주변의 솔밭을 잠시나마 거닐면서 빼어난 자태의 금강소나무가 품어내는 품격을 감상할 수 있었다.

두 번째 방문했던 2006년도의 금강산 걸음은 남녘의 지원으로

솔잎혹파리 피해로 고사한 창 터 솔밭

온정리 일대에 조성된 밤나무 숲과 창 터 솔밭 한 모퉁이에 조성된 양묘장 사업의 성과를 평가하는 업무 때문이었다. 현지 근무자의 호의적인 배려 덕분에 오붓하게 신계사 일대의 솔밭 길을 마음 놓고 걸을 수 있는 기회도 이때 처음 얻었다. 그러나 원산 방향에서 내려온 솔잎혹파리의 피해로 앙상하게 말라버린 소나무들만 창 터 솔밭을 가득 메우고 있었기에 오히려 걱정만 안고 돌아왔다.

학생들과 사제동행 세미나의 일환으로 세 번째 방문한 2007년의 경우, 적어도 신계사 주변의 소나무들은 건강하고 푸른 모습을 그대로 간직하고 있는 듯해서 기뻤다. 그러나 남북관계가 경색됨에 따라 금강산 관광은 물론이고 신계사를 다시 찾는 일도 기약을 할 수 없게 되었다. 남북이 '한마음으로 무혈통일, 평화통일의 길을 열어 주실 통일부처님'을 모신 신계사에서 맞이했던 부처님 오신 날을 상기하며, 신계사와 창 터 솔밭의 금강소나무를 다시 찾을 날을 손꼽아 기다려본다.

영원의
안식처로
되살아
난
은해사 의
솔숲

성속을 가르는 들머리 솔숲

솔밭 길을 여유롭게 혼자서 걷는다. 함께 걷는 도반이 없어도 외롭지
않다. 아니 서둘 필요조차 없이 내 속도에 맞추어서 느린 걸음으로 걸
으니 오히려 더 편안하다. 그 덕분일까. 호젓한 숲속에서 잊고 지내던
나를 만난다. 함께 살면서도 쉬 만날 수 없었던 나 자신을 절집의 숲속
길에서 마침내 만난다.

세속에 부대끼면서 켜켜이 쌓이기만 했던 삿된 욕심이 빠져나간다.
부귀와 영화를 꿈꾸던 집착도 스러져간다. 원색의 욕망과 망상이 사라
진 자리에 본래의 나 자신이 들어섰다. 간만에 참모습의 나를 만나는
충만감에 가슴이 벅차오른다.

솔숲 길을 걷는 일이 자기 성화의 과정임을 확인이나 시키는 듯, 쏴~
하고 솔바람이 불어온다. 어느 틈에 속세의 탐욕을 벗어던졌다. 한결
가벼워진 마음으로 부처님의 세계로 접어든다. 저 솔숲 길 끝에 부처님
이 계신 절집이 있다.

새벽 일찍 집을 나서 팔공산 은해사에 당도했을 때, 승용차를 이용하
거나 여럿이 무리지어 온 일행들과는 달리 들머리 솔숲 길을 홀로 걷고
있는 사람의 모습이 눈에 들어왔다. 여유롭게 솔숲을 걷는 모습을 사진

에 담으면서, 성속聖俗을 가르는 들머리 솔숲의 의미와 그 가치를 혼자
상상해 보았다.

고승대덕의 산실 은해사

영남의 명산 팔공산 서쪽에 자리 잡은 은해사는 조계종 25교구 본사
중 하나로 경북의 대표적 사찰이다. 천년 고찰 은해사는 신라 41대 헌
덕왕 1년(809년) 혜철국사가 창건하였고, 오늘날은 8개의 부속 암자와
다양한 불교문화재를 간직하고 있다. 은해사는 일연스님과 원효스님
의 추모 다례제를 매년 열고 있는데, 이로써 은해사가 역사의 소용돌이
속에서도 여러 고승들을 배출하였음을 알 수 있다. 이들 고승 속에는
신라시대의 원효와 의상대사가 있고, 고려시대의 지눌 보조국사와『삼
국유사』를 저술한 보각국사 일연스님도 포함된다.

근세에 이르러 은해사는 추사와의 각별한 인연 덕분에 김정희가 쓴
다섯 점 편액 글씨를 보유하고 있다. 문루의 '은해사銀海寺' 현판, 불전
의 '대웅전大雄殿', 종루의 '보화루寶華樓', 조실스님의 거처인 '시홀방
장十笏方丈', 다실인 '일로향각一爐香閣'이 그것이다. 이밖에 백흥암에
있는 여섯 폭 주련柱聯과 추사 글씨 중 최대작이라 할 '불광佛光'도 있

추사가 썼다고 전해지는 불광 편액과 은해사 현판

다. 간송미술관의 최완수 선생은 은해사에 있는 추사의 글씨를 두고 이렇게 평했다. "무르익을 대로 익어 모두가 허술한 듯한데 어디에서도 빈틈을 찾을 수가 없다. 둥글둥글 원만한 필획이건만 마치 철근을 구부려 놓은 듯한 힘이 있고 뭉툭뭉툭 아무렇게나 붓을 대고 뗀 것 같은데 기수의 법칙에서 벗어난 곳이 없다. 얼핏 결구에 무관심한 듯하지만 필획의 태세 변화와 공간배분 땐 그렇게 절묘할 수가 없다." 한 공간에서 추사의 작품들을 이처럼 쉽게 만날 수 있는 것은 결코 흔한 일이 아니다. 종교 여부를 떠나 많은 사람들이 은해사를 찾는 이유도 이런 사연이 한몫하기 때문이라 할 수 있을 것이다.

은해사 들머리 솔숲의 유래

은해사는 지혜롭게도 일주문에서 대웅전으로 향하는 길을 둘로 나누어 이용하고 있다. 왼편으로 난 길은 부도전을 지나 보화루에 이르는 보행로로 300년 세월의 울창한 송림 터널을 지나는 길이다. 오른편으로 난 차도 역시 솔밭 사이를 지나 극락교를 건너면 보화루에 이른다. 어느 길이나 솔숲 터널을 지나지만, 그래도 일주문 앞에서 차를 버리고 왼편으로 난 보행로를 따라 소나무 숲길을 걸어보라고 권하고 싶다.

은해사 주변의 숲은 5백여 년 동안 철저하게 관리되어 왔다. 그 사연은 은해사가 1546년 인종의 태실을 지키는 사찰(仁宗胎室守護寺刹)로 지정되어 철저하게 보호되었기 때문이다. 조선시대 임금의 태를 안치한 태실 주변의 산림은 태봉산胎封山으로 지정되어 함부로 경작하거나 묘지를 쓸 수 없도록 일반인의 출입을 엄격하게 금했다. 불교가 억압받던 조선시대에도 은해사의 사세가 지속적으로 유지될 수 있었던 이면에는

일주문에서 극락교를 지나 보화루에 이르는 솔숲 길 ⋯▶

인종의 태실과 주변 숲

태실수호의 임무에 대한 왕실의 각별한 보호 덕분이라고 할 수 있다.

은해사와 조선 왕실과의 관계는 숙종 38년(1712년)에 종친부에서 사찰 입구의 땅을 구입하여 대대적으로 소나무를 심었던 기록(1714년)으로 엿볼 수 있다. 오늘날 우리들에게 말할 수 없는 즐거움을 안겨주고 있는 들머리 솔숲은 이런 역사를 말없이 증언하고 있는 살아 있는 생명문화유산이라 할 수 있다.

왕가의 종친을 관리하던 조선 왕실의 종친부가 은해사의 들머리 입구에 왜 소나무를 심었을까? 그 답은 조선 왕조가 소나무를 생명의 나무로 믿었기 때문이다. 예로부터 풍수지리적 관점에서 소나무는 생기를 불러내고, 땅을 길지로 만든다고 믿어왔다. 이런 풍수적 믿음은 왕릉 주변에 소나무를 심게 하고, 군왕의 거주지인 궁궐 주변에도 낙락장

부도전을 지키는 소나무들

송들을 자라게 하였다. 조선시대 임금의 옥좌 뒤를 장식한 일월오악도 병풍 그림에 소나무가 나타난 이유도 다르지 않다. 이런 점을 상기하면, 임금의 태실을 수호하는 사찰에 생기와 길지의 상징인 소나무를 심는 것은 너무나 당연한 일이었다.

은해사 소나무의 생육 특성

은해사 소나무의 가장 뚜렷한 외형적 특징은 줄기가 굽은 형태로 자라는 점이다. 꾸불꾸불하게 자라는 줄기의 이런 생장 특징은 곧게 자라는 영월 법흥사의 소나무와 분명 다르다. 내륙지방에 자리 잡고 있어도 이처럼 소나무 줄기의 생육형태가 각각 다르게 나타나는 이유는 지질이나 기후와 같은 생육환경이 다르고, 지난 수천 년 동안 사람들이 솔숲을 이용한 형태나 정도가 달랐기 때문이다. 인구가 밀집된 지역의 경우, 좋은 형질의 나무만 계속해서 잘라 쓴 이용 양태 때문에 소나무의 나쁜 형질이 다음 세대로 축적되어 줄기의 굽은 특성이 고정되었을 것으로 추정하는 전문가도 있다.

곧은 줄기의 소나무들이 재목감으로 활용도가 높은 것은 사실이지만, 조형예술을 추구하는 화가나 사진작가들은 오히려 굽은 소나무를 더 사랑한다. 몇 번 휘어진 형태를 띤 소나무들이 상징하는 기운과 활력과 생명력은 곧은 소나무에서 쉽게 표현되지 않기 때문이다.

은해사 솔숲의 감상법은 저마다 멋진 조형미를 자랑하는 굽은 소나무들의 아름다움에서 찾는 것이 먼저다. 그 다음 순서는 아름다움을 간직한 개개의 독립된 소나무들이 모여서 만들어내는 통합의 아름다움을 감상하는 것이다. 어느 한 그루 못난 소나무가 없지만, 튀지 않고 겸손하게 자기 자리에서 제몫을 하면서 함께 어울려서 만들어내는 아름다움을 감상할 수 있다면 최상의 감상안을 가졌음에 틀림없다.

자연에서 태어나 자연으로 회귀하기

태실수호사찰림의 역사를 간직한 은해사 솔숲은 자연 훼손이 심화되는 오늘의 관점에서 새롭게 주목받고 있다. 바로 은해사 사찰림이 국내에서 최초로 수림장樹林葬의 공간으로 활용되고 있기 때문이다. 수림장은 화장된 유골분을 지정된 추모목 아래에 묻는 장례법으로, 수목장으로도 알려져 있다. 묘지나 납골묘의 전통장법은 봉분과 비석, 그밖에 인공적인 시설물을 설치하는 장례법인 반면, 수림장(수목장)은 인공적 시설 없이 살아 있는 나무 아래 유골분만 묻는 지극히 자연친화적 장례법이란 특징이 있다.

　수림장은 전통장례에 따른 사회적 비용의 절감, 부족한 묘지 확보의 대안, 국토의 효율적 이용 극대화 등의 이점 때문에 지난 몇 년 사이에 바람직한 장례문화의 대안으로 우리 사회에 널리 소개되었다. 그러나 이런 장점을 지녔음에도 여러 가지 이해관계가 얽히고설켜 있는 곳이 세속세계이다 보니 수림장에 대한 논의만 무성할 뿐 실질적으로 운영하고 있는 곳은 많지 않은 실정이다. 그런 상황에서 은해사는 불교계 최초로 3년 전부터, 그것도 소나무 숲을 수림장림으로 개설하였다. 그의미를 확인하고자 먼저 수림장의 현장으로 걸음을 옮겼다.

　수림장이란 안내판 뒤로 보이는 소나무 숲은 바닥이 깨끗하게 정리된 여느 솔숲과 다르지 않았다. 그러나 자세히 살펴보니 소나무 줄기에 손바닥만한 크기의 명패가 붙어 있고 망자들을 추념하고자 몇몇 나무들 밑에는 국화꽃 송이가 놓여 있었다. 그러나 제사를 위한 제단이나 비석, 향촛대 등의 인공물은 전혀 볼 수 없었고, 그냥 주변에서 흔히 봐왔던 소나무 숲과 다르지 않았다. 안내판에 적힌 '자연과 영원으로 가는 길'이란 문구는 자연에서 태어나 자연으로 회귀하는 지혜로운 방법이 수림장임을 간결하게 표현하고 있었다. 나무 밑에 묻힌 유골분은 흙으로

소나무 수림장림과 영생목에 달린 망자의 성명과 생몰년이 기록된 명패

되돌아가고, 결국은 나무가 살아가는 데 필요한 영양분이 되어 신성한 나무로 되살아나는 것이리라. 그래서 영생목이라고 부르는 것일까.

불가에서 전해지고 있는, 불교의 생사관이 잘 갈무리된 어구가 문득 떠오른다.

태어남은 어디서부터 왔으며 (生從何處來)

죽음은 어디로 향해 가는가? (死向何處去)

산다는 것은 한조각 구름 일어나는 것이요 (生也一片浮雲起)

죽는다는 것은 한조각 구름 스러지는 것이라. (死也一片浮雲滅)

뜬구름 자체는 실체가 없으며 (浮雲自體本無實)

나고 죽고 가고 옴도 또한 이와 같음이라. (生死去來亦如然)

그 가운데 한 물건 항상 또렷이 드러나 있으니 (獨有一物常獨露)

맑고 맑아서 생사를 따르지 않음이로다. (湛然不隨於生死)

산을 산답게, 숲을 숲답게 가꾸는 일

주지스님을 찾아 수림장에 대해 몇 가지 여쭈었다. 먼저 불교계에서 최초로 수림장림을 개설한 이유를 묻는 우문에, "불교는 다른 종교에 비해 교육과 복지는 물론이고, 신자들의 사후를 보살피는 일에도 최선을 다했다고 할 수 없다. 수림장은 신자들의 마지막까지도 책임진다는 생각을 실천으로 옮긴 것"이라는 현답이 돌아왔다.

그러나 스님들의 마음과 달리 세속 세계의 법은 여러 가지 제약이 있을 수밖에 없다. 불교계에서 수천 년 동안 지켜온 사찰림들 대부분이 문화재법이나 공원(국립 및 도립)법에 묶여 있어서 사찰 독자적으로 숲을 활용하여 새로운 복지와 문화사업을 펼치는 데는 현실적인 제약이 많다. 빨리 현실적이고 조화로운 법적·제도적 장치를 마련해야 한다는 주지스님의 주장은 필자의 생각과 다르지 않았다.

은해사의 경우, 현재 400여 그루의 소나무가 망자들의 영생목으로 지정되어 있으며, 개인은 물론이고, 부부간, 가족간에도 수림장을 거행할 수 있다고 한다. 특히 불교신자뿐 아니라 일반인과 타종교인 등 누구나 수림장을 모실 수 있다니, 그 무차별의 마음이 고스란히 전해져 왔다. 하긴 자연의 마음과 불가의 마음이 어찌 다르랴.

수림장림 옆에 새롭게 심어진 어린 소나무들과 깔끔하게 정리된 들머리 솔숲은 다른 절에서는 쉬 찾을 수 없는 인상적인 모습이었다. 은해사에서 특별히 나무를 심고, 숲을 가꾸게 된 동기도 신선했다. "지금껏 시찰림을 방치해 두었는데, 그것은 직무유기라 생각한다. 명산대찰에서 수행하는 승려들은 절집 못지않게 산을 산답게, 숲을 숲답게 가꾸는 일에 공력을 쏟아야 한다는 믿음을 수림장을 개설하면서 더욱 절실하게 갖게 되었다"는 말씀이 바로 그것이다. 수행과 영생의 안식처가 된 솔숲을 거닐면서 숲과 절집과의 관계는 물론이고, 지속적으로 그 기능을 확장시켜 나가는 절집 숲의 의미를 곰곰이 생각해 보았다.

천년
세월을
견뎌온

표충사 의
죽전
수림

표충사는 이 땅의 수많은 사찰들 중에 사당과 서원을 함께 안고 있는 절집으로 유명하다. 그러나 절집과 숲의 관계를 지켜보고 있는 산림학도의 입장에서는 표충서원 못지않게 1,300여 년 이상 전통경관을 지켜오고 있는 죽전수림竹田樹林이 있어 더욱 각별하다.

'대밭과 울창한 숲'에 얽힌 이야기는 표충사 창건사에서 찾을 수 있다. 창건사에는 "재약산을 오른 원효대사가 푸른 대밭과 무성한 숲이 있는 남쪽 계곡에서 다섯 색깔의 상스러운 구름(五色祥雲)이 피어오르는 것을 보고 죽원정사竹園精舍를 건립"한 것에서 절집의 시원을 밝히고 있다. 이후, 임진왜란 때 승병을 일으켜 왜적을 물리친 사명대사의 공적을 기리고자 세운 표충사당을 표충서원으로 승격하고, 이 사당에 대한 수호 임무를 표충사가 맡으면서 오늘의 '사명대사 호국성지 표충사'로 자리 잡게 되었음은 우리들이 대부분 아는 사실이다.

죽전수림의 흔적으로 남은 대밭과 솔숲

1,300여 년 전 원효대사가 재약산에서 봤던 '죽전수림'은 과연 어떤 모습이었을까? 이즈음도 재약산 중턱에서 표충사를 내려다보면 관음전의 뒤편 산자락을 뒤덮고 있는 멋진 장관의 푸른 대밭을 볼 수 있다. 그

3층 석탑 위로 대숲에 안긴 대광전과 관음전이 눈에 들어온다.

러나 대밭과는 달리, '수림'에 대한 내용은 아쉽게도 어떤 나무들로 이루어진 숲인지를 밝힌 구체적인 흔적을 찾을 수 없다.

상상력을 발휘하여, 농경사회에서의 산림 변천 속도가 산업사회의 오늘날처럼 빠르지 않았을 것으로 상정하면, 먼저 상상할 수 있는 나무는 소나무다. 소나무로 추정하는 이유는 오늘날도 표충사 가람 주변에서 수백 년 묵은 아름드리 노송들을 쉽게 접할 수 있기 때문이다. 특히 대밭의 경계 밖이나 서향 산자락의 노송들을 보면 죽전수림을 일컫는 숲이 솔숲이라고 주장해도 크게 지나친 이야기가 아닐 수 있다.

여느 솔숲과 마찬가지로 표충사의 솔숲도 활엽수들이 잎을 떨어트린 겨울철이 되면 더욱 확연하게 나타난다. 들머리 입구의 730여 그루 노송들도 옛 풍광을 상상하는 데 보탬이 되지만, 아쉽게도 다른 절집의 소나무들처럼 활엽수들의 힘찬 생명력에 점차 밀려 숲의 주인 자리를 내주고 있어서 가슴 아프다. 그나마 다행스러운 사실은 송진 채취로 일제 강점기에 훼손된 노송들이 최근에 외과적 치료로 원기를 회복하고 있다는 점이다.

표충사 숲의 또 다른 의미는 일주문에서 수충루 사이의 공간에 있는 굴참나무 숲에서 찾을 수 있다. 이 굴참나무 숲에는 몇몇 건축물이 있는데, 공적비를 모신 영은각永恩閣과 절집의 수호신을 모신 가람신각伽藍神閣이 그것이다. 특히 가람신각은 '죽은 자의 영혼인 영가靈駕가 경내로 들어가기 전에 잠깐 모시는 곳'으로, 표충사만이 간직하고 있는 독특한 종교적 건물이라고 알려져 있다. 따라서 굴참나무 숲은 신이나 영가가 머무는 곳을 지키는 신림神林이라 할 수 있다.

영은각과 가람신각을 품고 있는 굴참나무 신림

흥미로운 사실은 절 주변이 대밭이거나 솔숲 일색인데, 가람신각을 모신 일주문에서 수충루 사이의 숲은 굴참나무가 주종을 이루고 있는 점이다. 이 신성한 숲이 간직한 독특한 의미를 조금이라도 더 살펴볼 양으로 주차장으로 활용되고 있는 굴참나무 숲을 다시 한 번 천천히 걸어보았다. 편리함과 안락함을 위해 곳곳의 빈 공간을 주차장으로 활용하고 있는 못난 안목이 안타까웠지만, 아름드리 굴참나무들이 곳곳에서 자라고 있는 것으로 보아 최근에 조성된 숲이 아닌 것만은 분명한 사실이다.

일주문 입구에까지는 소나무와 함께 다양한 활엽수들이 자라고 있는데, 왜 이곳 신성한 숲의 주 수종은 굳이 굴참나무일까?

굴참나무로 이루어진 신성한 숲

참나무로 이루어진 신성한 숲의 유사한 사례는 서울의 종묘에서도 찾을 수 있다. 종묘는 조선시대 임금의 신위를 모신 신성한 공간으로, 그 특성상 세속적인 주변 공간과 격리되어야 했고, 따라서 종묘 주변은 성속의 차폐 수단으로 숲이 조성되었다. 조상들은 성속을 가르는 차폐 기능을 극대화하고자 정전 주변의 숲에는 가벼워 보이는 꽃나무니 화려한 단풍이 드는 나무들 대신에 엄숙하고 경건한 분위기를 자아내는 갈색 톤의 참나무류를 많이 심었다.

굴참나무로 이루어진 가람신각의 신성한 숲 역시 참나무로 조성된 종묘의 숲과 유사한 사례라고 의미를 부여하면 지나친 견강부회일까? 서산, 사명, 기허대사의 영정을 모신 충효의 영역은 물론이요, 부처님을 모신 불국토와 함께 영가를 위한 신성한 영역까지 독립된 공간으로

영각과 만일루 앞에는 화려한 꽃을 피우는 목백일홍이 자리잡고 있다.

분할하고 있는 독특한 공간 활용의 묘를 생각하면, 결코 지나친 해석이라고 할 수 없다. 이러한 해석은 사천왕문을 들어서면서부터 전개되는 사찰영역에서 자라고 있는 나무들과 대비하면 더욱 분명해진다. 사찰영역에는 목백일홍을 비롯하여 여러 종류의 울긋불긋한 꽃나무와 화초들이 조성되어 있을 뿐 아니라 단풍이 아름다운 나무들도 심어져 있기 때문이다.

죽은 자의 영혼이 쉴 수 있도록 신성한 숲과 왜적으로부터 나라를 구한 사명대사의 충혼이 서려 있는 표충사당과 서원이 펼쳐진 곳. 그리고 부처님을 모신 절집까지 성격이 제각기 다른 세 영역을 넓지 않은 공간에 아름답게 구획할 수 있었던 옛 스님들의 안목이 새삼 그리워지는 이유는 무엇일까?

이 땅의 풍광을 하늘에서 담고자 아홉 번이나 방문한 프랑스의 세계적 사진가 얀 브트란트는 절집처럼 주변 자연과 인간이 만든 건축물을 멋지고 조화롭게 펼쳐내고 있는 사례를 본 적이 없다는 소감을 피력한 바 있다. 그렇다. 절집은 우리 조상들이 수천 년 동안 자연과의 조화로움을 추구해 온 삶의 지혜가 응축된 살아 있는 문화유산이다. 또 절집을 감싸고 있는 산과 숲은 자연의 일부가 되어 지혜롭게 생활해 온 조상들의 영혼이 녹아 있는 소중한 자연유산이기도 하다.

내원암으로 오르는 솔숲 길

오늘날 자행되고 있는 다양한 개발 행위로 우리 주변의 전통문화 경관들이 끊임없이 사라지고 있는 현실을 생각할 때, 천년 세월 동안 원효의 숨길이 녹아 있는 숲을 지켜낸 중심에 절집이 있다는 사실은 우리 모두에게 축복이자 행운이다. 절집이 간직한 이런 기능을 생각하면, 문화유산과 자연유산을 지키고 있는 스님들의 책무는 그래서 더욱 막중하다.

3부 — 절집 숲이 지켜온 자연유산

봄을
부르는

선암사
고매

우수 경칩을 지나면 탐매探梅꾼들의 마음이 바빠진다. 봄을 여는 향기를 남보다 먼저 즐기고자 언제 어디로 걸음을 나설지 궁리하느라 말이다. 너무 일찍 서두르면 꽃망울 맺힌 매화를 만날 뿐이고, 너무 늦게 나서면 수많은 상춘객의 소음으로 때 묻은 매화를 만날 수밖에 없다. 그래서 탐매꾼들은 한매寒梅, 동매冬梅, 설중매雪中梅를 더 귀하게 여기는지 모른다. 덜 풀린 날씨 때문에 번잡하지 않을 때 눈 속에서 인동의 세월을 지나 꽃을 피운 봄의 전령 매화를 오롯이 독차지할 수 있으니 말이다.

탐매나 심매尋梅 행각은 예부터 격조 높은 봄맞이 행사(迎春)였다. 혹한의 세월을 견뎌내고, 은은한 향기와 고아한 아름다움으로 누구보다 먼저 봄소식을 전하기에 매화는 선비들의 사랑을 받았다. 탐매에 빠진 애호가들은 취향에 따라 각기 백매, 청매, 홍매의 아름다움을 최고라고 주장하는가 하면, 산속이나 물가에서 자라는 야매野梅, 굽은 가지에 내려앉은 푸른 이끼가 감싸고 있는 고매古梅, 달밤에 핀 월매月梅는 물론이고 시로 보고 그림으로 읽는 매화를 통해서 봄의 향기를 감상하기도 했다.

오늘날도 산청삼매山淸三梅나 호남오매湖南五梅가 탐매꾼들의 입에 오르내린다. 산청삼매란 지리산 자락의 산청을 중심으로 자라는 세 종

선암사 팔상전 뒤편의 6백 년생 선암매

류의 매화를 가리킨다. 고려 말의 세도가 원정공 하즙이 심었다는 원정매元正梅, 강희안이 단속사에서 공부하며 심었다는 정당매政堂梅, 남명 조식의 남명매南冥梅가 여기에 속한다. 호남오매는 백양사의 고불매, 선암사의 선암매, 가사문학관 뒤편 지실마을의 계당매, 전남대의 대명매, 소록도 중앙공원의 수양매를 일컫는다.

정보통신 혁명의 광풍이 숨 가쁘게 몰아치는 바쁜 세태 속에서도 탐매 행각은 변함없이 이어지고 있다. 마치 느리게 사는 삶의 전형인 양 속도전의 치열한 경쟁에 초연한 듯, 매화를 찾는 즐거움으로 마음의 풍요를 얻는다. 취향에 따라 다르지만 지리산 자락의 산청을 먼저 찾기도 하고, 정자골인 담양 소쇄원 백매와 식영정 홍매가 꽃눈을 터뜨릴 때만 애타게 기다리는 탐매꾼도 있다. 국가에서 자연유산으로 지정한 매

화엄사 각황전 옆의 홍매

화 중에 강릉 오죽헌의 율곡매(천연기념물 484호)를 제외한 나머지는 모두 남녘의 절집에 터를 잡고 있다. 바로 화엄사 길상전 앞의 백매(천연기념물 485호), 백양사의 고불매(古佛梅, 천연기념물 486호), 선암사의 선암매(仙巖梅, 천연기념물 488호)가 그것들로, 절집과 매화 사이에 얽힌 사연도 예사롭지 않다.

20여 그루의 늙은 매화

지난 수백 년 동안 봄의 전령 노릇을 해온 선암사의 600년 묵은 늙은 매화는 올해도 변함없이 꽃을 피웠다. 이즈음 각황전에 모셔둔 철불鐵佛의 미소가 더욱 정겨운 까닭은 무우전無憂殿 돌담길을 따라 무리지어 핀 고매古梅의 꽃망울이 터지는 합창에 취한 덕분일 것이다. 아니면 백매화가 내뿜는 암향暗香 때문일까. 선암사의 매화가 전국의 탐매꾼들에게 무우전매로 칭해지며 사랑받는 이유가 여기에 있다. 무우전은 대웅전 북동쪽, 선암사에서 가장 외진 곳이랄 수 있는 곳에 자리 잡고 있다. 그 뒷마당에 철불이 봉안된 각황전이 있고 그 옆 마당에 달마선원이 있다.

선암사의 매화가 탐매꾼들의 사랑을 받는 이유를 또 하나 들자면, 무우전매가 한두 그루가 아닌 20여 그루라는 점이다. 늙은 매화 한 그루만 있어도 그 향취와 자태를 즐기려는 탐매꾼들을 끌어들이기에 충분

한데, 수백 년 묵은 고매가 20여 그루나 있으니 이 좋은 기회를 탐매꾼
들이 놓칠 리 없다.

옛 문인들은 가지에 붙은 꽃이 많지 않고(稀), 나이를 먹어(老), 줄기
와 가지는 마른(瘦) 매화의 꽃봉오리 형상(蕾)으로 등위를 매겼다. 무우
전 돌담 곁에서 400~500년 묵은 매화들은 고매가 지녀야 할 이런 품
격을 간직하고 있다. 늙은 등걸에서 용틀임하듯 기이하게 구부러지고
뒤틀린 가지가 힘차게 뻗어 나와 점점이 붉은 꽃과 흰 꽃을 피워내는
자태는 탐매꾼들의 사랑을 독차지하기에 부족함이 없다. 이중 2007년
11월에 천연기념물 488호로 지정된 매화는 무우전 건너편 호남제일선
원과 팔상전 사이의 통로에 있는 600여 년 묵은 백매다.

나이를 먹어 감에 따라 소나무가 간직한 품격의 아름다움을 즐길 수

있는 여유가 생기고 거기에 비례해 안목도 높아지듯 매화를 제대로 감
상하는 데도 세월이 필요하다. 몇 번이나 이런저런 절집을 들락거렸지
만, 젊은 시절엔 매화의 아름다움을 가슴에 절실하게 담질 못했다. 나
이 들어 새삼 그 아름다움을 알게 된 계기는 몇 년 전 봄에 경험한 매화
의 향기 덕분이다.

새벽같이 서둘러 길을 나선 덕분에 이른 아침 시간에 절집에 당도했
다. 언제나처럼 '번잡해지기 전에 먼저 사진을 찍어야지' 하는 조급한
마음에 무우전으로 걸음을 재촉했다. 인적 없는 곳에서 몇 장의 사진
을 찍고 자리를 옮길 때, 지금껏 경험하지 못했던 아련한 향기가 코끝
을 스쳤다. 탐매꾼들이 은은하게 풍겨오는 이 암향을 '봄을 부르는 손
짓'이라고 이름 붙인 이유를 그제야 어렴풋이 알 수 있었다. 늙은 매화
나무 아래에서 홀로 암향을 즐긴 이른 아침의 도락道樂은 4시간을 쉬지
않고 달려온 여정의 피로를 단숨에 보상했다. 꽃이 핀 시간과 공간의
절묘한 조화로움이 베푼 마법을 즐길 때의 감동은 거창하고 화려하며
현란한 인공적인 즐거움과는 품격이 달랐다. 자연이 창조하는 순간순
간의 아름다움을 확인하는 이런 경험들이 쌓이면, 우리네 삶이 더 풍요
로워지리라.

달마수각의 아름다움

조계산 자락의 선암사는 고구려 승려 아도화상이 529년에 창건했다.
그때 이름은 해천사海川寺. 이후 통일신라 시대에 도선이 비보도량을
세워 삼층석탑(보물 제395호)을 비롯해 7점의 보물과 함께 대웅전, 팔
상전, 원통전, 금동향료, 일주문 등 지방문화재 12점도 보유하고 있다.
흔히 방문객들은 선암사를 들르면 꼭 보아야 할 3가지로 '건너면 속세
의 때를 벗고 신선이 된다'는 승선교(보물 제400호), 화장실로서는 유일
하게 문화재(자료 214호)로 지정된 해우소, 그리고 무우전 돌담가의 늙
은 매화나무를 든다. 하지만 스님들은 오히려 늙은 매화와 함께 1,000
년 세월을 버텨온 차나무와 달마선원의 수각水閣을 더 큰 자랑거리로
여긴다.

야생차밭을 사진에 담고자 겨울 선암사를 찾았을 때, 포행 중인 스님
을 찍어드린 덕분에 일반인의 출입이 금지된 달마전 선방과 그 안마당
에 있는 수각도 둘러볼 수 있었다. 우리나라에서 가장 아름다운 수각이
라는 스님의 자랑처럼 달마선원의 수각은 흔히 볼 수 있는 수각이 아니
었다. 일명 '칠전七殿선원 수각'으로 알려진 이 수각은 다양한 크기의
돌로 깎은 함(石函)으로 이루어져 있다. 이 수각의 바깥에 바로 무우전
매화가 무리지어 자라고 있다.

스님은 선암사의 천년 야생차밭에서 흘러내리는 달마수각의 약수로
끓인 차를 대접하면서 매화와 함께 수각에 얽힌 이야기를 들려주셨다.
물을 담는 돌함은 각기 다른 목적으로 사용되도록 크기가 다른 4개의
자연석을 깎아 만들었고, 물통마다 통나무와 대롱을 이어 차례로 물이
아래로 흘러내리게끔 되어 있다. 차나무 밭에서 흘러나온 약수 중 맨

선암사 달마원 수각

위에 있는 가장 큰 사각형 석함에 담긴 것은 상탕上湯으로 부처님께 올리는 청수나 차를 끓일 때 사용하며, 두 번째에 있는 타원형 석함의 물은 중탕中湯으로 스님과 대중의 음용수로 사용된다. 세 번째 아담한 크기의 동그란 석함의 하탕下湯은 밥을 짓고 과일과 채소를 씻는 데 사용되며, 마지막으로 곁가지를 내어 만든 듯한 가장 작은 석함의 물은 허드레 탕으로, 몸을 씻거나 빨래를 할 때 쓰는 물이라는 설명이 이어졌다. 1,000년의 역사를 간직한 야생차밭에서 흘러나온 약수가 통나무와 대롱을 타고 수백 년의 세월은 족히 견뎌냈음직한 돌항아리에 차례로 흘러내리는 수각은 선암사에서나 찾아볼 수 있는 예스러운 풍경임에 틀림없다. 돌함에 흘러내리는 물이야 다 같은 물일 텐데도 제각각 의미를 달리 부여한 선방 스님들의 의도가 무엇일까? 궁금했지만 여쭈어보질 못했다.

달마수각의 아름다움과 함께 아직도 기억에 남는 것은 승방의 문고리를 한번 잡아보라던 스님의 권유다. 스님의 권유는 진지했다. 그 진지함에 이끌려 나는 선방의 문고리를 잡았다. 스님의 설명인즉 수많은 수행자가 밤낮으로 선방을 들락거릴 때마다 문고리를 잡았기 때문에 선방의 문고리에는 선승의 기가 응축되어 있다는 것이다. 그래서 불자들이 선방의 문고리를 잡는 것을 행운으로 여긴다고 한다. 선방 문고리의 효험을 확인할 수 있는 직접적인 방법은 없지만, 용맹정진에 힘썼던 수행자들의 생기生氣를 문고리를 통해 전수받는다는 기분에 나는 처음 생각보다 오랫동안 문고리를 쥐고 있었다. 사진 한 장이 만든 스님과의 인연의 고리는 선방 문고리를 잡아보는 것으로 끝이 났다.

차 문화의 뿌리는 절집

다시 무우전 돌담길을 지나 달마전 뒤편 차밭으로 걸음을 옮긴다. 엄동설한을 거뜬히 이겨낸 푸른 차나무들이 눈에 가득 들어온다. 생명력이 질긴 조릿대에 서식공간을 빼앗겨 생장이 불량한 삼인당 옆의 차나무들과 달리 달마전 뒤편의 차나무들은 다행스럽게도 튼실해 보였다. 직사광선을 좋아하지 않는 차나무에 그늘을 드리워주는 은행나무, 단풍나무, 삼나무 등의 큰나무(喬木)들이 듬성듬성 서 있는 모습이 인공 차 재배지와 다른 풍경이다.

야생차밭 너머 전각 지붕들이 겹겹이 펼쳐진 모습이 아름답다. 사철 변치 않는 녹색으로 절집을 안온하게 감싸고 있는 풍광은 이 땅 어느 곳에서도 찾아보기 힘든 선암사만의 비경이다. 그 독특한 풍광이 새로운 의문을 불러일으킨다. 외래식물인 차나무(매화도 2,000여 년 전 중국에서 들어온 외래식물이다)가 어떤 연유로 선암사에 자리 잡았을까?

차나무는 중국에서 전래됐다. 『삼국사기』에 따르면 우리나라에 차나무가 전래된 시기는 신라 흥덕왕 때다. 당나라에 갔던 사신 김대렴이 차나무 열매를 가져왔으며, 흥덕왕이 그 열매를 지리산 남쪽에 심게 했던 것에서 이 땅의 야생차가 시작되었다.

우리나라의 차문화는 사찰에서 이끌어왔다고 해도 과언이 아니다. 당나라를 왕래했던 스님들의 차에 대한 관심과 애정 덕분에 이 땅에 자리 잡은 차나무는 불가와 독특한 인연을 이어왔다. 불교의 진흥에 따라 신라와 고려시대에는 차를 마시는 풍습이 민간에까지 성행했고, 그 흔적은 '다반사茶飯事' '차례茶禮'라는 용어를 통해서도 확인할 수 있다. 조선시대 사대부와 선비들도 차 문화를 즐겼다. 하지만 불가에서만큼 튼실

하게 맥을 잇지는 못했다. 숭유억불 정책에 따라 나라 전역에서 성행하
던 차 관련 풍습이 쇠퇴했지만, 차와 관련된 문화의 맥은 불가를 중심으
로 면면히 이어졌고, 그에 얽힌 이야기가 오늘날도 회자되고 있다.

예부터 스님의 수행생활과 차는 불가분의 관계였다. 부처님의 가르
침대로 마음을 닦고 번뇌 망상으로부터 해방되기 위해서는 고요와 안
정이 필수적인데, 차를 마시면 그런 상태를 유지하기가 훨씬 수월하다
는 것은 누구나 아는 상식이다. 또 찻잎에 함유된 각성제 성분이 잠을
쫓고, '살생하지 말라' '훔치지 말라' '거짓말하지 말라' '사음하지 말
라' '술을 먹지 말라'는 다섯 계율 중에 마지막 계율을 지키는 데 좋은
대체 수단이 된다. 불가오계에 따라 차는 스님들끼리는 물론이고, 손님

을 맞을 때도 술을 대신해 훌륭한
음료이자 기호식품으로 쓰였다. 차
는 부처님께 올리는 중요한 공양물
이기도 하다. 차 공양 자체가 공경
의 표시이자 불법佛法을 따르겠다
는 수행의 의미를 간직하고 있다.
오늘날 우리 사회에서 차 문화가
새로이 개화하고 있는 이면에는 수
백 년 이어온 불가의 풍습과 노력
이 있었음을 기억해야 한다.

차나무 꽃이 절집과 관련 있다고
주장하는 이도 있다. 대부분의 초목
이 엄동설한에는 꽃을 피우지 않는

213

차꽃

데, 차나무 꽃은 서리가 내리는 10월부터 12월까지 핀다. 꽃은 불가에서 등, 향, 차, 곡식, 과실과 함께 육법공양물의 하나다. 차나무의 청초한 흰 꽃은 꽃이 없는 동절기에 꽃 공양의 훌륭한 소재가 되기에 이런 주장이 나왔을 것이다.

차나무 꽃잎이 다섯 개인 데서도 의미를 찾을 수 있다. 다섯 꽃잎이 차나무가 품은 다섯 가지 맛, 고苦·감甘·산酸·신辛·삽澁을 상징한다는 것이다. 인생을 너무 힘들게(澁), 너무 티를 내면서(酸), 너무 복잡하게(辛), 너무 쉽고 편하게(甘), 그렇다고 너무 어렵게(苦)도 살지 말라는 깊은 뜻이 담겨 있다고 한다. 선승이 차를 참선수도의 벗으로 삼았던 이유나 차의 경지와 선의 경지가 같다는 다선일미茶禪一味 사상이 싹튼 연유를 어렴풋이나마 헤아릴 수 있는 이야기다.

야생차밭을 지켜온 저력

차 문화와 관련 있는 남녘의 사찰들이 차밭을 지켜내지 못한 와중에 유독 선암사만 1,000년 세월 동안 야생차밭을 지켜온 저력은 무엇일까? 조계산 자락의 자연 환경이 중국에서 전래된 야생차나무가 자라는 데 알맞아서일까?

경북대 임학과 박용구 교수는 선암사의 차나무가 유전적으로 일본 소엽품종의 혈통이 섞이지 않은 야생종이라고 밝혀낸 바 있다. 박 교수는 화분비산花粉飛散으로 종자를 맺는 차나무의 특성과 결부지어 선암사가 야생차나무를 지켜올 수 있었던 이유를 설명한다. 조계산 등 주변 산에 둘러싸여 깊숙한 곳에 자리 잡은 선암사의 지리적 특성 덕분에 다른 지역에서 재배되던 일본 차나무의 꽃가루에 오염되지 않고 야생의

선암사의 천년 세월을 지켜온 달마전 뒤편의 야생차밭

혈통을 유지할 수 있었을 것이라는 해석이다. 호남제일의 선원이라는 자긍의 맥을 잇는 데 차가 중요한 구실을 할 수 있다는 선방 스님들의 자각도 한몫을 했을 것이다. 이런저런 해석이나 추측과 상관없이 선암사의 차나무들이 각별한 이유는 숭유억불의 험한 세월과 일제강점기에도 야생차밭을 지켜온 선대 스님들의 지극한 정성 때문이다.

곡우에서 입하 사이에 차나무의 새잎을 따서 만든 첫차는 흔히 작설차로 알려져 있다. 2008년 5월 초, 선암사 다각(茶角: 절에서 차를 가꾸고 만들며 차에 대한 모든 일을 맡는 사람)스님이 야생차 잎을 따는 현장을 곁에서 지켜볼 수 있었다. 30여 년째 찻잎을 딴다는 스님의 말씀은 우리 전통문화의 맥을 잇고 있는 절집의 위상을 다시금 확인시켜 주었다. 이 땅의 사찰들이 수많은 문화유산의 보고임을 모르는 사람은 없지만, 정작 그에 못지않게 귀중한 자연유산의 보고임을 인정하는 이는 많지 않다. 선암사의 야생차나무는 사찰이 문화유산의 창조자이자 계승자일 뿐만 아니라 자연유산의 보호자임을 오늘도 말없이 전하고 있다.

"곧은 것만이 최고가 아니다"

매화와 야생 차나무도 뛰어나지만, 선암사의 비경으로는 승선교가 자리 잡은 들머리 숲과 조계산 자락에 무리지어 자라고 있는 삼나무와 편백 숲을 빼놓을 수 없다.

선암사의 들머리 숲길은 아스팔트와 콘크리트로 덧칠된 여느 사찰과 달리 비포장으로 남아 있어 반갑고 정겹다. 매화가 피는 3월 하순은 들머리 숲의 활엽수들이 꽃눈과 잎눈을 펼치기엔 이르지만, 이 숲길은

선암사 들머리 숲길의 승선교에서 바라본 강선루

4월의 신록과 가을의 단풍 숲이 절경으로 이름나 있다.

선암사 들머리 숲의 비경은 계곡 길을 따라 오르다 모퉁이를 돌면 갑작스럽게 나타난다. 신선의 세계로 들어선다는 승선교 주변의 풍경이다. 아래쪽의 작은 홍예교를 건넌 후, 걸음을 승선교로 옮겨 계곡을 다시 건너서면 속계에서 선계仙界로 들어서는 셈이다. 계곡 옆으로 난 활엽수 숲길을 따라 인간계를 지나 선계를 거쳐 마침내 불계에 들어서도록 만든 들머리 숲의 멋진 행로는 선암사에서만 경험할 수 있는 독특한 공간배치다. 자연을 정화공간으로 활용했던 조상의 지혜를 헤아리며 다시 한 번 몸가짐을 바르게 하는 기회를 얻는다. 가던 걸음을 멈추고 계곡 아래로 내려서서 아치형 승선교 밑을 통해 계곡 위쪽의 강선루를 바라보는 것도 좋다. 대부분의 절집이 누문을 일주문 안쪽에 두는데 반해 선암사는 누문을 일주문 밖 계곡 곁에 두고 있다. 공간을 파격적으로 배치한 조상의 안목이 절묘하다.

걸음을 조금 더 옮기면 신라의 도선(道詵, 827~898)이 축조한 장타원형의 연못 삼인당이 나타난다. 이 연못은 제행무상인(諸行無常印; 우주의 모든 사물은 늘 돌고 변하여 한 모양으로 머물러 있지 아니함), 제법무아인(諸法無我印; 이 세상에 존재하는 모든 사물은 인연으로 생겼으며 변하지 않는 참다운 자아의 실체는 존재하지 않는다는 생각), 열반적정인(涅槃寂靜印; 삼계三界에 윤회하는 모든 중생을 적정寂靜의 경계에 들게 하기 위해 열반의 진리를 말함)의 의미를 함축하고 있다고 한다. 불교의 밑바탕이 되는 근본교리를 나타내는 셈이다. 절집 앞을 지키고 있는 타원형의 연못에 이렇게 심오한 불교적 사상이 숨어 있음을 알고 있기에 삼인당을 수호신장마냥 지키고 있는 연못 주변의 전나무들은 언제나 당당하다.

신록의 들머리 숲길과 불교의 근본 교리를 나타내는 삼인당

일주문을 지나 삼성각 앞의 누운 소나무(臥松)에게 눈길을 주는 것도 좋다. 선암사 스님들은 이 와송을 침굉송枕肱松이라고 부르는데, 조선 숙종 때 와선臥禪으로 법을 깨친 현변스님의 호가 침굉이었기 때문이다. "곧은 것만이 최고가 아니며, 쓰일 곳이 없는 굽은 나무가 오히려 장수하고 운치를 더할 수 있다"고 하신 말씀이 오늘까지 전해온다. '이 세상에 쓸모없는 물건이란 아무것도 없다'는 평범하지만 중요한 진리를 담고 있다.

삼나무와 편백 숲의 유래

선암사를 감싸 안은 녹색의 안온함은 삼나무와 편백에서도 유래한다. 삼나무와 편백도 이 땅에서 자생하던 수종이 아니다. 차나무와 달리 선암사 주변의 삼나무와 편백은 일제강점기에 식재된 것으로 종묘의 원산지는 일본으로 추정된다. 일본의 대표적인 용재用材수종인 삼나무와 편백은 습기가 많고 따뜻한 곳에서 자란다. 그래서 일제는 주로 남부지방에 이들 나무를 심었다. 일제강점기에 심은 삼나무나 편백은 오늘날 남부지방 여러 곳에 좋은 숲을 이루고 있는데, 그중에는 선암사처럼 사찰도 적지 않다. 사찰에 심은 삼나무와 편백을 생각하면, 외래수종이라거나 일제의 잔재라는 생각이 머릿속을 어지럽히지만 나무가 무슨 죄일까? 불교라는 종교 자체도 실은 외래종교가 아니었던가. 삼나무나 편백은 목재의 재질이나 그 용도가 다양해서 오늘날도 남부지방의 주요한 조림수종으로 식재를 권장하고 있다.

삼나무 숲은 삼인당에서 일주문 사이, 그리고 대각암이나 소장군봉으로 오르는 길목에서도 만날 수 있는 반면 편백 숲을 보려면 발품을 좀 팔아야 한다. 하지만 걸음품이 전혀 아깝지 않을 것이라고 단언할 수 있다. 많은 이가 선암굴목치를 넘어 송광사를 가는 것도 편백 숲의 아름다움이 빼어나기 때문이다.

어느 숲인들 계절에 따른 독특한 아름다움이 없으랴만 온 산이 회색

선암사 편백 숲

으로 황량한 계절에 만나는 푸르고 푸른 편백 숲은 우리에게 색다른 정취를 안긴다. 편백 숲의 또 다른 정취는 5~6월에 더 확실하게 즐길 수 있다. 나무들은 이때 가장 왕성하게 자라기에 숨구멍을 활짝 열고 대기의 이산화탄소를 한껏 흡수한다. 이산화탄소를 흡수하는 만큼 산소를 내뿜는 것은 광합성의 당연한 이치다. 이때 산소만 내뿜는 것이 아니고 편백의 고유 향기도 내뿜는다. 이름하여 테르펜terpene 향기다. 편백이 내뿜는 독특한 향기를 체험하기 위해 일본행도 마다하지 않는 사람들도 있는 걸 보면, 선암사 편백 숲은 꼭 한번 찾아볼 만한 숲이다. 국내 유명 온천장들이 편백나무 원목으로 탕을 마련해 둔 이유도 마찬가지다. 편백나무는 일본어로 히노키라고 부르며, 한자로는 '檜(회)'라고 표기한다.

송광사로 넘어가는 굴목재

여느 절집과 마찬가지로 선암사의 절집 숲도 사계절이 다 좋다. 산문山門에서 승선교를 거쳐 절집에 이르는 숲길은 계절마다 다른 모습으로 방문객을 반긴다. 봄철의 신록, 여름철 계류와 녹음, 가을철 단풍, 겨울철 야생차밭이 만드는 녹색의 세상은 별천지가 따로 없다. 선암사에서만 볼 수 있는 원통전 뒤편과 무우전 돌담길의 매화와 별개로 절집 곳곳의 화목들이 꽃을 피우는 4, 5월은 또 다른 풍광을 선사한다. 선암사를 우리 전통 조경의 보고라고 상찬하는 이유를 확인할 수 있는 때다.

철 따라 바뀌는 절집의 아름다운 풍광을 가슴에 담는 일은 단순하다. 가는 길을 멈추고 주변을 찬찬히 둘러볼 수 있는 여유와 자연을 찬미할 줄 아는 감성만 있으면 된다. 봄을 부르는 손짓, 매화가 기다리는 절집으로 나서보자.

221

비자
나무를
품고
있는

백양사
숲

'**봄** 백양, 가을 내장'과 함께 '산은 내장산이요, 절은 백양사'라는
말 또한 회자된다. 백양사의 사격寺格과 풍광의 아름다움을 나타내는
이 구절은 아마도 백양사가 한때 내장사를 말사로 거느렸던 역사적 사
실에 기인하는 것으로 보인다. 그리고 절집이 아닌 내장산을 내세우는
이유는 1971년 11월 내장산, 백암산, 입암산을 한데 묶어 '내장산 국립
공원'으로 지정하면서 내장산이 호남지방의 명산으로 자연스럽게 각
인된 덕분일 것이다.

그런데 이상하다. '봄 백양'을 내세우는 것이 상식 밖의 이야기처럼
들린다. 가을철 단풍 절정기면 하루에만 3만여 명의 탐방객이 백양사
로 몰려드는 현상을 생각하면 더욱 그렇다. 그럼에도 봄 백양에 대한
이야기가 여전히 사람들 입에 오르내리는 이유는 백양사의 봄 풍광이
가을 못지않게 아름답다는 의미일 터. 봄 백양의 아름다움은 과연 어디
에서 유래한 것일까?

그 궁금증을 풀고자 지난해 4월과 5월에 이어 올해도 백양사를 찾아
봄 백양의 의미를 다시금 생각해보았다. 그리고 내린 결론은 '봄 백양'
의 의미는 풋풋한 신록의 아름다움에서 찾아야 한다는 것이었다. 다른
절집 숲과 달리 백양사의 들머리 숲길은 물론이고 백암산 곳곳에서 자

벚꽃과 목련이 만발한 봄 백양(강영란 제공)

라는 아기단풍나무와 다양한 종류의 활엽수가 짧은 봄철에 시시각각 연출하는 풍광은 유별나고 멋지다. 특히 아기단풍나무는 단풍나무 속屬의 한 종류로 고로쇠, 신나무, 복장나무, 당단풍 같은 상대적으로 큰 잎을 가진 단풍나무들과 달리, 잎의 크기가 어른 엄지손톱만한 것부터 어린아이 손바닥만한 것에 이르기까지 앙증맞게 작은데, 이들이 내뿜는 신록의 풋풋함은 다른 곳에서 쉬 경험할 수 없는 큰 즐거움을 안겨준다.

아기단풍의 들머리 숲

'봄 백양'의 아름다움은 먼저 아기단풍 가로수가 늘어선 들머리 숲길에서 찾을 수 있다. 백양사의 들머리 숲길은 '한국의 아름다운 길 100선'과 '가장 걷고 싶은 길'로 선정된 이력만큼이나 멋지다. 4월 하순쯤

이 숲길을 찾게 되면, 걸음을 멈추고 아기단풍나무의 어린잎에 눈길을 돌려보자. 2~3밀리미터 크기의 작은 눈들이 아기 손같이 앙증맞은 이파리를 하루가 다르게 키워내는 생명의 기운과 신록이 내뿜는 에너지를 온몸에 담을 수 있다. 여유를 가지면 누구라도 생명력을 최대한 발휘하는 그 역동적인 모습을 확인할 수 있지만, 대부분은 눈앞에 보이는 풍광을 건성으로 쳐다볼 뿐이다. 길어야 고작 20일이 안 되는 짧은 시간 동안, 수만 개 수십만 개의 잎눈과 꽃눈이 계절의 운행 속도에 맞춰 일시에 꽃을 피우고 잎을 키워내는 생명력을 잠시라도 환기하면, 나무라는 생명체의 에너지에 찬사를 보내지 않을 수 없다. 한 해도 거르지 않고 수백 년 동안 계속해서 꽃과 잎을 피워내는 생명현상은 경이롭기조차 하다.

눈여겨볼 또 한 가지는, 어느 하나 똑같은 모습을 찾을 수 없지만, 어느 하나 전체와 어울리지 않는 잎도 없다는 점이다. 이게 화이부동和而不同 아니겠는가! 하나하나의 잎이 다른 잎과 화목하게 지내지만 자연의 질서에 따라 자기의 중심과 원칙을 잃지 않는 아기단풍잎의 당당함. 아기단풍이 풍기는 경이로움과 당당함을 느낄 수 있으면, 당신은 봄 숲이 연출하는 아름다움의 진수를 만끽하기 위한 첫 단계에 무난히 진입했다고 자부해도 좋다.

아기단풍나무의 잎눈이 벌어질 때 이 들머리 숲길을 걸으면 수많은 꽃눈과 잎눈이 외치는 함성이 들린다. 바쁘게 걷던 걸음을 멈추고, 마음의 귀를 열어보자. 그리고 세상을 향해 외치는 꽃눈과 잎눈의 합창을 들어보자. 만일 당신이 이들의 우렁찬 함성을 들을 수 있다면 자연을 향한 당신의 소통 안테나는 제대로 작동하고 있는 것이다. 만약 그 함

'가장 걷고 싶은 길'로 선정된 백양사 진입로의 아기단풍나무 잎들 …

성이 들리지 않는다면 당신은 생태맹生態盲이 아닌지 되돌아볼 필요가 있다.

생태맹이란 생태적 지식이 결여된 상태만을 일컫는 것은 아니다. 생태적 지식은 물론이고, 자연과 교감할 수 있는 정신적 능력이나 자연과 조화롭게 어울릴 수 있는 감성이 결여된 상태를 뜻한다. 생태맹은 생명 현상에 대한 호기심, 경외심, 직관력은 물론이고, 자연의 아름다움을 제대로 감상할 수 있는 능력까지 상실한 상태다. 우리는 문맹이나 컴맹이라고 치부되는 것은 부끄럽게 여기면서 생태맹의 상태에는 무덤덤하거나 무신경하다. 자연과 유리된 삶을 정상인 양 치부하는 오늘의 물질문명이 우리를 생태맹으로 내몰고 있는지 모른다. 현대문명을 발전시키고자 글자를 익히고 컴퓨터를 깨쳤듯이 현대문명의 위기를 극복하기 위해서는 자연 생태에 대한 지식을 넓히고, 자연에 대한 감성을 불러내는 일이 시급하다.

갈참나무 숲길을 걷는 복

많은 이가 이때의 숲을 '신록'이라는 한 단어로 표현하지만, 그 신록에는 자연이 만들어내는 수만 가지의 자연색이 찬연히 발색되고 있다. 연두색에서 녹색에 이르는 수많은 색의 향연이 펼쳐지며, 게다가 생각지도 못한 울긋불긋한 또 다른 색들이 그 속에서 조화를 이루고 있다. 겨울 추위를 이겨내느라 꽃눈과 잎눈을 겹겹이 감쌌던 인편鱗片과 잎자루가 만들어내는 다양한 색깔이 녹색의 바다에 점점이 박혀서 전혀 예상치 못한 파스텔 톤의 여리고도 순수한 풍광을 만들어낸다.

그러나 아쉽게도 백양사를 찾는 대부분의 사람은 '봄 백양'이 품고

갈참나무 숲길

있는 생명의 경이, 자연의 질서, 수많은 녹색의 조화를 절실하게 느끼지 못하고 지나친다. 가을 단풍이 적어도 2~3주 이상 현란함을 연출하는 데 반해, 겨울을 이겨낸 잎눈과 꽃눈이 펼쳐지는 시기는 상대적으로 짧기 때문이다. 봄 숲의 변화는 자세히 관찰하지 않으면 쉬 감상할 수 없을 만큼 어떻게 보면 밋밋하게 진행되는 것도 하나의 이유가 된다. 제때, 제 장소에서 주의 깊게 살펴보지 않으면 봄 숲의 아름다움을 제대로 체험하기가 쉽지 않다.

아기단풍나무의 들머리 숲길을 1킬로미터 정도 걸어 들어가면 새로운 숲이 방문객을 맞는다. 바로 반월교 주변부터 시작되는 갈참나무 숲이다. 들머리 숲길의 아기단풍나무들이 대부분 수령이 낮은 데 비해 이들 갈참나무는 나이를 수백 년 먹은 아름드리나무들이다. 600여 년 묵

반월교 주변의 700년 생 갈참나무

은 나무를 비롯해 여러 그루의 거목이 서 있는 모습이 새롭다. 잎이 돋기 전의 갈참나무 노거수들은 마치 바오밥나무처럼 그 형태도 유별나다. 이런 노거수들이 서 있는 숲길을 거닐 수 있는 것은 흔치 않은 기회다. 백양사처럼 역사가 오래된 절집에서나 누릴 수 있는 복이다.

백양사는 632년(백제 무왕 33년) 여환如幻선사가 세운 백암사가 그 기원이다. 1034년(고려 덕종 3년)에는 정토사로 개명했으며, 오늘날의 백양사란 사명은 1574년(선조 7년) 대중 앞에 설법을 했던 환양喚羊선사의 꿈에 흰 양이 나타나 "나는 천상에서 죄를 짓고 양으로 변했는데 스님의 설법을 듣고 다시 환생하여 천국으로 가게 되었다"고 했다는 이야기에 따라 절 이름을 고쳐 부른 것에서 비롯됐다. 백양사를 흔히 고불총림古佛叢林으로 부르는데, 참선수행 도량인 선원禪院과 경전 교육기관인 강원講院, 계율을 가르치는 율원律院을 모두 갖춘 사찰이기 때문이다. 우리나라에서 총림으로 불리는 사찰은 백양사를 비롯해서 해인사, 통도사, 송광사, 수덕사뿐이다. 현존하는 당우로는 대웅전, 극락보전, 사천왕문, 명부전, 칠성각, 진영각, 보선각, 설선당, 선실禪室, 요사채, 범종각 등이 있다.

쌍계루 연못에 비친 풍광

들머리 숲에서 경험한 아기단풍나무와 갈참나무가 연출하는 신록의 향연은 '봄 백양'의 서곡일지 모른다. '봄 백양'의 정수는 쌍계루雙溪樓 앞 영지影池에서 만끽할 수 있다. 쌍계루는 극락교를 건너 절집에 들어서기 전 연못 곁에 있는 누각이다. 이 누각은 백암산의 흰 절벽이 병풍 모양으로 뒤에서 감싸고 있으며, 앞으로는 누각 좌우의 계곡에서 흘러

온 물이 모여 연못을 이루고, 그 주변 울창한 숲으로 둘러싸여 있다. 쌍계루란 이름은 수해로 피해를 입은 누각을 고려 말 청수스님이 새롭게 중건하면서 목은 이색에게 작명을 부탁한 것에서 유래했다고 한다.

'봄 백양'의 풍광을 즐기고자 하면 쌍계루보다는 인공적으로 물을 막은 보 근처에서 걸음을 멈추는 것이 좋다. 영지 주변에 울창하게 자라고 있는 갖가지 활엽수 잎이 만들어내는 아름다운 신록에 먼저 눈길을 준 다음, 영지에 비친 환상적인 풍광을 가슴에 담아보자. 깎아지른 백학봉의 흰 절벽과 그 주변 신록, 날렵한 쌍계루의 모습과 연못 주변의 나무들이 비친 풍광을 감상하면, '봄 백양'이라는 말엔 그만한 이유가 있음을 깨닫게 된다.

큰 숨을 들이쉬고, 자연의 일부가 된다는 마음으로 녹색의 바다에 몸을 풍덩 빠뜨리는 상상을 해보자. 이 순간만은 도회에서 지고 온 스트레스와 온갖 책무를 잊어도 좋다. 허리를 펴고 고개를 젖히며 육신에 켜켜이 쌓인 긴장을 떨쳐내고, 생명과 풍요의 녹색 기운을 가슴에 가득 담아보자. 어느 틈에 풍요와 생명을 상징하는 녹색의 기운이 몸 구석구석으로 퍼져나가 에너지가 충만한 느낌을 갖게 되리라.

쌍계루 주변의 아름다움은 예부터 유명했다. 쌍계루 풍광은 포은 정몽주가 칠언율시로 남긴 후 조선시대에 이르러 '조선팔도의 비경'으로 알려지게 되었다. 쌍계루에는 지금도 삼봉, 목은, 포은 선생을 비롯하여 많은 문사의 시문이 전시되어 있다. 쌍계루에 현판으로 걸려 있는 정몽주의 시를 만나보자.

지금 시를 써달라 청하는 백암사 스님을 만나니

초봄의 백학봉

붓을 잡고 생각에 잠겨도 능히 읊지 못해 재주 없음 부끄럽구나.

청수스님이 누각을 세우니 이름이 더욱 중후하고

목은 선생이 기문을 지으니 그 가치가 도리어 빛나도다.

노을빛 아득하니 저무는 산이 붉고

달빛이 흘러 돌아 가을 물이 맑구나.

오래도록 인간 세상에서 시달렸는데

어느 날 옷을 떨치고 그대와 함께 올라보리.

(求詩今見白巖僧 把筆沈吟愧不能 淸叟起樓名始重 牧翁作記價還增

烟光縹緲暮山紫 月影徘徊秋水澄 久向人間煩熱惱 拂衣何日共君登)

현대에 이르러 노산 이은상도 쌍계루에서 바라본 백암산의 아름다움을 다음과 같이 노래했다.

"백암산 황매화黃梅花야 보는 이 없어
저 혼자 피고 진들 어떠하리만
학鶴바위 기묘한 경景 보지 않고서
조화造化의 솜씰랑은 아는 체 마라."

어느 계절인들 영지에 비친 쌍계루와 백학봉의 풍광이 아름답지 않으랴만, 지난해 5월 초, 쌍계루 연못가에 꽃을 피운 이팝나무를 보면서 나는 행복했다. 수만 송이가 어우러져 핀 순백의 이팝나무 꽃들에 정신이 맑아졌고, 그런 풍광을 즐길 수 있는 시간과 공간이 한 없이 고마웠다. 이팝나무는 나무 전체에 하얗게 피운 꽃이 마치 소담스럽게 담아놓은 하얀 쌀밥 같다고 해서 붙여진 이름이다. 이 나무에는 각진국사(고려 말 13대 왕사)의 지팡이 설화가 전해 내려온다.

절집에 전해오는 지팡이 설화
유서 깊은 절집에는 지팡이 설화가 얽힌 나무들이 있다. 용문사 은행나무, 수타사의 주목(몇 해 전에 고사했다), 송광사 고향수와 쌍향수, 쌍계사 국사암의 느릅나무, 오대산 사자암의 단풍나무, 부석사 선비화, 정암사의 주목 등은 백양사의 이팝나무처럼 고승대덕이 짚고 다니던 지팡이에서 유래했다고 전해온다. 이와 같은 이야기가 유독 우리나라에만 전해오는 것인지 궁금했다. 토머스 파켄엠의 『세계의 나무』란 책을 통해 궁금증을 해소했는데, 일본 도쿄의 절집이나 이탈리아 베루치오

각진국사의 지팡이였다는 쌍계루 앞 연못가의 이팝나무

수도원의 나무 이야기를 다루고 있다. 도쿄의 젬푸쿠 절집의 은행나무
는 신난 쇼닌 스님이 1232년경 사용하던 지팡이를 심어서 자란 나무이
며, 베루치오 수도원의 사이프러스 나무는 성 프란시스가 1200년경 사
이프러스 가지의 지팡이를 꽂은 것에서 유래했다고 밝히고 있다.

　나무에 얽힌 지팡이 설화는 종교와 어떤 관련이 있기에 이처럼 동서
양을 가리지 않고 나타나는 것일까? 이러한 의문에 답을 찾으려면 우
선 나무가 가진 독특한 특성이 무엇인지 살펴볼 필요가 있다. 가장 먼
저 떠오르는 것은 장구한 수명과 거대한 몸체다. 마을의 역사와 마찬가
지로 절집이나 수도원의 장구한 역사를 수백 년 동안 지켜본 살아 있는
증인은 나무말고는 없다. 손에 들고 다니던 나무 지팡이를 꽂아도 거대
한 덩치로 자랄 수 있는 특성 역시 다른 생명체에서는 발견하기 어려운

나무 고유의 특성이다.

　두 번째 특성으로는 해마다 봄이면 새로운 싹을 틔우고, 여름이면 열매를 맺고, 가을이면 잎을 떨어뜨리는 영속성을 들 수 있다. 영속성은 다른 말로, 우주의 리듬이다. 우주의 리듬이란 태양계의 순환주기에 따라 하루(日)와 달(月)과 절기가 주기적으로 이어지는 현상을 말한다. 지팡이 설화를 간직한 절집의 나무를 마을의 당산나무와 마찬가지로 우주수宇宙樹라고 할 수 있는 이유가 여기에 있다. 옛 조상들에게는 수백 년 동안 절기에 따라 끊임없이 반복되는 나무의 속성이 태양이나 달이 보여주는 우주적 리듬처럼 신비로웠으리라.

　세 번째 특성으로 매년 수많은 열매를 맺는 다산성을 생각할 수 있다. 농경문화에서 가장 중요한 산업 활동은 식량생산이었다. 옛사람들은 끊임없이 열매를 맺는 나무의 생산력을 무심히 보아 넘기지 않았을 것이다. 나무의 재생성도 무시할 수 없다. 나무는 예부터 무성번식無性繁殖을 통해 줄기나 뿌리나 가지의 조각에서 유전적으로 동일한 개체를 재생해낼 수 있는 생명체로 인식되었다.

　장구한 수명, 거대한 덩치, 우주의 리듬 재현, 다산성, 재생성 등은 다른 생명체에서는 찾아보기 힘든 나무 고유의 특성이다. 동서양을 가리지 않고, 다양한 문화권에서 나무숭배 의식이나 풍습이 전해오는 것도 나무의 이런 특성 때문일 것이다. 부처가 룸비니 숲의 무우수 아래에서 태어나고, 보리수 아래에서 도를 깨치고, 사라수 아래에서 열반을 한 사연도 나무를 신성하게 여긴 고대 인류의 나무숭배 의식을 종교에 접목한 것이라고 해석할 수 있다. 고승대덕의 지팡이 설화에서 유래한 절집의 나무 역시 외래종교인 불교가 신성한 나무를 숭배하던 이 땅의 토착신앙을 포용한 흔적인 셈이다.

애민의 정성으로 키운 비자나무 숲

백양사의 자랑거리 중 비자나무를 빼놓을 수 없다. 그 다음으로 아기단
풍, 고불매, 이팝나무, 갈참나무 등이 이어질 수 있다. 백양사의 비자나
무는 한두 그루씩 단목으로 존재하지 않고, 5,000여 그루가 숲을 이루
고 있어 이채롭다. 들머리 입구에서도 제법 큰 비자나무들이 모여 있는
작은 숲을 볼 수 있지만, 제대로 된 비자나무 숲의 형태는 천진암 부근
이나 약사암(금강암)으로 오르는 길목에서 만날 수 있다. 특히 천진암
부근의 비자나무 숲에는 목책으로 산책로와 함께 멋진 휴식공간도 마
련해놓아 비자나무 숲의 향취를 느긋하게 즐기기 좋다.

237

백양사에서 약사암으로 오르는 길 주변의 비자림

비자나무 열매

비자나무는 원래 추위에 약해서 제주도나 온난한 해안지방에서만 생육한다. 백양사의 비자나무는 내륙 쪽에서, 그리고 위도상으로 가장 북쪽(북한계)에서 자라는 생육 특성 때문에 천연기념물(153호)로 지정되었지만, 오늘날은 더 북쪽인 내장산에서도 비자나무들이 자라고 있다. 백양사의 비자나무는 백양사의 3창에 공헌한 각진국사가 심었다고 전해진다. 따라서 내장산이나 백양사 일대는 비자나무의 천연 자생지라기보다는 사람의 힘으로 전래된 생육지로 보는 것이 타당하다.

이 외에도 비자나무는 호남지방 해안가의 여러 사찰에서 자라고 있다. 천연기념물 239호로 지정된 고흥 금탑사의 비자림, 100년생 이상의 비자나무 230여 그루로 산림욕장을 운영하고 있는 장흥 보림사의 비자림, 고창 선운사의 비자나무, 영광 불갑사의 비자나무, 진도 구암사 터의 비자나무, 강진 백련사의 비자나무 등이 그 예다.

절집과 비자나무는 어떤 관련이 있을까? 절집과 비자나무의 관계는 먼저 비자나무의 효용 가치에서 찾을 수 있다. 비자나무 열매(榧子라 부른다)는 오래 전부터 구충제로 널리 쓰였다. 백양사의 경우, 1970년대만 해도 주변 농민들에게 비자 채취를 개방했고, 농민들은 비자 구충제 판매로 농가소득에 보탬이 되었다는 이야기가 전해온다. 『고려사』에는 문종 7년에 탐라국에서 조정에 비자를 바쳤다는 기록이 나오고, 조선시대 『세종실록지리지』는 경상도 동래현과 전라도 나주목, 진도(해진

군), 제주목의 토공土貢으로 비자나무의 열매와 판재가 포함되어 있음을 보여준다. 다산 정약용이 남긴 한시에는 비자를 채취해 관가에 공납해야 했던 강진 백련사의 사연이 전해지고 있다. 미루어 짐작건대, 조선 조정에서는 구충제를 확보하고자 각 사찰에 비자나무를 키우게 했고, 그 흔적들이 호남 해안가 사찰의 비자나무로 남아 있는 것이다. 결국 절집에서 키워낸 비자가 기생충으로 횟배를 앓던 민초들의 고통을 구제해준 셈이다.

『동의보감』에는 비자 열매의 약성을 다음과 같이 기록하고 있다. "비실榧實은 3시충을 없애고 촌백충증도 치료한다. 늘 7개씩 껍질을 버리고 먹는데 오랫동안 먹으면 충이 저절로 나온다. 600그램만 먹으면 충이 완전히 없어진다. 비자榧子의 성질은 평平하고 맛이 달며(甘) 독이 없다. 5가지 치질을 치료하고 3충과 귀주를 없애며 음식을 소화시킨다. 일명 옥비玉榧라고도 하며 지방 사람들은 적과赤果라고 부른다. 껍질을 까 버리고 알을 먹는다. 촌백충증 환자에게 하루에 7개씩 7일 동안 먹이면 촌백충은 녹아서 물이 된다."

비자 열매는 음식의 재료로 쓰이기도 했다. 비자의 독특한 향과 쌉싸래한 맛을 강정의 달달한 풍미와 섞어 만든 비자강정이 대표적이다. 해남의 녹우당(고산 윤선도 종가)에서 대물림되어 오던 '가문 음식'인 비자강정을 고흥 금탑사에서 전수받아 만들고 있다는 소식이 들린다.

약사암 주변의 비자나무 숲을 즐길 참이면, 상왕봉의 신록도 빼놓을 수 없다. 약수동 계곡을 따라 운문암을 오르는 방법이 있지만 약사암을 오른 후 영천굴, 학바위, 백학봉을 거쳐 능선을 타고 상왕봉을 오르는 코스가 깎아지른 백학봉 주변의 신록을 제대로 즐길 수 있는 코스다.

백학봉은 백양사와 함께 명승 38호로 지정되어 있을 만큼 아름답다. 약사암과 영천굴을 거쳐서 백학봉을 오르는 등산로는 2킬로미터 정도의 급경사지만, 신록 속에 파묻힌 백양사의 아름다운 풍광을 조망할 수 있고 약병을 든 아름다운 약사불도 볼 수 있어 많은 이가 찾는다.

절집 나무와 부처의 가르침

'봄 백양'의 유별난 풍광을 즐기고자 고불매古佛梅가 한창이던 4월 초에 다시 백양사를 찾았다. 고불매는 2007년 10월에 천연기념물 486호로 지정된 300여 년 묵은 홍매紅梅다. 꽃 색깔이 아름답고 향기가 은은해 예부터 사랑을 받아왔다. 원래는 지금 자라는 곳에서 북쪽으로 100미터쯤 떨어진 옛 절터의 앞뜰에 있던 것을 1863년 절집을 옮겨 지을 때 함께 옮겨 심었다고 한다. 탐매광探梅狂처럼 꼭두새벽부터 이 나무 그늘에서 암향暗香을 즐기지는 못했지만, 부처님이 설법을 할 때 꽃비가 내렸다는 이야기에서 유래한 우화루雨花樓 곁에서 반나절 동안이나 늙은 매화 주변을 맴돌면서 맡은 은은한 향기를 아직도 잊을 수 없다. 매화 향기 하나로 이렇게나 마음이 풍요로워질 수 있다니, 새삼 놀라울 따름이다.

절집의 품격은 진귀한 문화유산을 보유하거나, 유명한 고승대덕의 주석 못지않게 절집에 터 잡아 살고 있는 자연유산을 통해서도 나타난다. 절집의 식물들은 국보나 보물급 문화재 못지않게 꽃과 잎의 향기와 색깔로 절기의 완급과 풍미를 알리는 한편, 우리네 심성을 보듬고 치유하기에 말 그대로 생명문화재라 할 수 있다. 문제는 이런 생명문화유산의 가치와 소중함을 선인들만큼 품을 수 있는 안목과 즐길 수 있는 여

우화루 모퉁이에 핀 300여 년 묵은 고불매

유가 없는 경박한 오늘의 세태라 할 수 있다.

　그런 관점에서 백양사의 고불매와 이팝나무와 갈참나무는 더할 수 없는 보물이자 셈할 수 없는 자산이다. 전쟁의 참화로 소중한 문화재가 대부분 소실된 백양사로서는 비자나무 숲과 함께 백양사의 품격을 전하는 귀중한 생명문화유산이다.

　나무와 숲이 내뿜는 향기와 색으로 정신이 맑아지고, 마음이 풍요로워지는 것을 경험했으니, 이게 바로 우리가 찾는 열락의 세상 아니겠는가? 절집이 품고 있는 나무 한 그루, 숲 한 자락도 우리의 삶을 맑고 향기롭게 이끄는 부처님 가르침과 다르지 않다고 말하는 이유도 여기에 있다.

비울수록
크게
채워주는

선운사

단풍 숲

도솔천의 겨울 단풍 숲

색동 단풍 숲을 걷는 이들의 얼굴엔 미소가 가득하다. 선운사 일주문에서 천왕문에 이르는 짧은 숲길은 절집을 찾는 누구에게나 가슴 가득 뭉클한 감동을 안겨줄 만큼 아름답다. 어느 화가인들, 또 어느 사진작가인들 시시각각으로 변하는 이런 풍광을 제대로 담아낼 수 있으랴.

자연이 자아내는 순간의 감동을 경험하고자 많은 사람이 선운사를 찾았고, 그 현장에 함께할 수 있음에 나는 행복했다. 이런 아름다운 풍광을 만나면 누구나 그 감동의 순간을 몇 마디 수다스러운 언설로 그냥 흘려보내면 안 된다는 것을 안다. 그것도 본능적으로 안다. 그 덕분인지 몰라도 색동 숲을 걷는 이들의 얼굴에는 온화하고 환한 빛이 가득하다. 참배객도, 등산객도, 사진작가도 색동 단풍 숲을 걷는 순간만은 모두 행복한 표정을 짓고 있다. 어느 얼굴에서도 경직된 표정을 찾을 수 없다. 모두 입 꼬리가 귀에 걸린 형상이다.

색동 단풍 숲은 선운사 일주문에서 천왕문에 이르는 도솔천변에 조성된 단풍나무 숲을 말한다. 도솔천변의 아기단풍 숲은 언제 어떤 이유로 조성됐는지 분명하지 않다. 몇 백 년 묵은 굵은 단풍나무가 있는가 하면, 비교적 어린 단풍나무들도 함께 자라고 있기 때문이다. 그밖에 버드나무나 다른 종류의 활엽수도 가끔 눈에 띄지만 주종은 단풍나무다. 종무소의 설명에 따르면 오늘날과 같은 모습의 도솔천 제방이 생긴 것은 1970년대 새마을운동을 통해서라고 한다. 따라서 우리가 보는 도솔천 주변의 노거수 단풍나무들은 제방이 만들어지기 전, 천변을 따라 자연스럽게 형성된 띠 숲에서 유래한 것으로 짐작할 수 있다. 나이가 비교적 어린 아기단풍나무들은 제방 유실을 방지하고자 제방 축조 때 함께 심은 나무거나 그 후 저절로 난 나무로 추정할 수 있다.

선운사를 찾은 순례자들은 색동 단풍 숲에 감동하지만, 개개인이 느끼는 감동의 깊이와 폭은 제각각 다를 수밖에 없다. 일상의 욕심과 습관과 생각을 놓지 못하는 이들은 숲이 눈앞에서 사라지면, 순간적으로 찾아든 그 감동도 곧 잊고 만다.

비워야 채워지는 진리

최근에 빈번하게 절집 숲을 찾아 나선 나 역시 마찬가지이다. 어느 절집 숲의 풍광은 세월이 흐른 지금도 가슴에 진한 감동으로 남아 있는가 하면, 어느 절집 숲의 감동은 희미한 기억으로 남아 있을 뿐이다. 기억의 강약은 절집을 찾던 당시의 내 마음 상태를 미루어볼 수 있는 바로미터라고 할 수 있다. 많이 비워낸 뒤 찾은 절집 숲에서는 많이 채워 넣을 수 있었고, 복잡한 일상을 그대로 마음에 쟁여둔 채 찾은 절집 숲에선 불러내기 어려울 지경으로 당시의 기억이 스러져버리고 말았기 때문이다.

그래서 늦게나마 깨달은 사실은 절집을 찾는 시간만이라도 마음속 깊은 곳에 똬리를 틀고 있던 탐욕, 성냄, 어리석음을 놓아버리면 그에 반비례해서 감성의 그릇은 그만큼 더 커지고, 채워 넣을 감동도 더 커진다는 것이다. 비워야 채워 넣을 수 있다는 그 평범한 진리는 자연을 담는 마음의 그릇에도 그대로 적용되는 셈이다.

세상사라는 것은 살벌한 생존경쟁의 현장이고, 그로 인해 우리는 수시로 마음에 상처를 입는다. 하버드 대학의 에드워드 윌슨 교수는 상처 받은 영혼을 치유하거나 극복하는 데는 자연의 아름다움도 한몫을 한다면서 이를 '바이오필리아(Biophilia, 자연사랑) 이론'으로 설명한다. 바이오필리아 이론은 '참된 인간성은 건강한 자연과 함께할 때 구현될 수 있다'는 것을 의미하기에, 절집 숲이 문명병에 찌든 우리를 살리는 묘약이 될 수 있다고 주장하는 것도 이와 다르지 않다. 우리가 마음속 깊은 곳에 자연이 주는 감동을 오랫동안 쌓아두고자 함도 그 감동을 필요할 때마다 끄집어내 상처받은 영혼을 치유하고, 마음의 풍요를 간직하고자 원하기 때문일 것이다.

어디 선운사 단풍 숲만이 마음에 풍요를 안겨주고 상처 받은 영혼을 치유할까. 이 땅의 수많은 절집이 절기에 따라 변하는 자연의 아름다움을 천년 세월 동안 표출해 왔지만, 그 아름다움을 오랫동안 누릴 수 있는 이는 오직 절집을 찾는 이들만일지도 모른다.

선운사 절집을 찾는 순례자들의 화색이 밝고 행복한 모습을 본 적은 또 있다. 철옹성 모양으로 아기단풍나무의 잎이 견고한 녹색으로 가득했던 지난 8월, 금강문을 들어서는 방문객들의 반응을 문 앞에서 한동안 지켜봤다. 금강문을 들어서면 눈앞에 바로 선홍색 꽃이 만개한 배롱나무가 갑자기 나타나기 때문이다.

왜 절집마다 오래된 배롱나무를 간직하고 있는지, 품고 있던 의문은 참배객들의 "아…!" 하는 외마디 탄성으로 모두 풀렸다. 장대비가 그

대웅보전 축대의 배롱나무

친 뒤라 숲길의 공기는 물먹은 듯 습했고, 그래서 체감온도는 더욱 높았다. 눈에 들어오는 것은 온통 녹색뿐이던 숲길을 지나온 순례자들이 금강문을 들어서자마자 만난 것은 무더기로 활짝 핀 선홍빛 배롱나무 꽃이었다. 녹색의 세상에서 전혀 기대하지 않았던 선홍색의 파격을 만나는 감흥은 다른 말이 필요 없었다. "아…!"라는 탄성만이 그 순간의 감동을 강렬하게 나타낼 뿐이었다. 금강문 앞에서 순례자들의 감흥을 지켜보는 것은 또 다른 배움이었다.

　선운사 경내에는 300년 묵은 배롱나무가 네 그루 있다. 금강문을 들어서면 왼편 만세루 앞에, 명부전 옆 수각 곁에, 그리고 대웅보전 앞 축대 양 곁에 자라고 있다. 종무소에 물으니, 꽃이 귀한 여름철에 부처님께 꽃 공양을 하고자 옛날부터 절집에서 아껴온 나무라고 한다.

선운사는 검단黔丹선사가 577년(백제 위덕왕 24년)에 창건했다. 『선운사사적기禪雲寺寺蹟記』는 창건 당시에 89개의 암자와 189채의 건물, 그리고 수도를 위한 24개소의 굴이 있는 대가람이었다고 전한다. 고려 말 효정孝正선사가 폐사로 있던 절을 중수(1354년, 공민왕 3년)했고, 조선 성종의 숙부 덕원군의 후원으로 1472년(조선 성종 3년)부터 10여 년 간 대대적으로 중창했지만 정유재란으로 본당을 제외하고 모두 불타 버렸다. 오늘날의 대웅전·만세루·영산전·명부전 등은 무장茂長 현감 송석조宋碩祚가 일관一寬·원준元俊스님과 함께 1613년(광해군 5년)부터 3년에 걸쳐 건립한 전각들이다. 주요 문화재로 금동보살좌상(보물 제279호), 지장보살좌상(보물 제280호)과 대웅전(보물 제290호) 등이 있고, 생명문화재로 지정된 동백나무 숲(천연기념물 184호), 장사송(천연기념물 354호), 송악(천연기념물 367호) 등 3점의 자연유산을 보유한 절집으로 유명하다.

선운사 단풍 숲의 감상법은 두 가지로 나눌 수 있다. 한 곳에 머무르면서 주변을 완상玩賞하는 방법과 두 발로 숲길을 거닐면서 단풍 세상 속에 직접 풍덩 빠져드는 방법이 그것이다. 한 곳에 머물면서 단풍 숲의 아름다움을 즐기기 좋은 장소는 금강문 앞을 흐르는 도솔천 주변의 들머리 단풍 숲이고, 거닐면서 단풍 숲에 빠져들기 좋은 곳은 선운사에서 도솔암에 이르는 숲길이다.

움직이지 않고 한 곳에 머물면서 정적인 풍광의 아름다움을 감상하려면 먼저 좋은 자리를 찾아야 한다. 금강문 앞의 단풍 숲을 감상하기 좋은 곳을 쉽게 찾을 수 있는 가장 단순한 방법은 삼각대에 사진기를 고정시켜 놓고 적당한 광선을 기다리는 사진작가들이 모여 있는 장소

를 찾는 것이다. 해마다 개최되는 선운사의 단풍사진 촬영대회에 천 수
백 명의 사진작가가 참가하는 사실을 상기하면, 그들의 사진기가 향하
는 곳은 색동 단풍 숲이 자아내는 최고의 풍광일 수밖에 없다.

천왕문 안쪽 담장에서 도솔천으로 바라본 색동 숲

자줏빛과 붉은빛의 대향연

그러나 사진작가들이 모여 있는 장소는 대체로
혼잡하고, 공간도 협소하기 때문에 자신만의 감
상 장소를 찾고자 하면 걸음품이 필요하다. 들머
리 단풍 숲은 도솔천 주변 어느 곳에서든 감상할
수 있지만, 내 경험에 의하면 진입로에서 도솔교
쪽으로 바라보는 풍광이 더 아름답다. 북쪽에서
남쪽으로 흘러내려오는 도솔천의 남북축과는 달
리, 동서축으로 감상하고자 할 때는 절집 쪽에서
도솔천을 바라보는 것보다는 오히려 도솔천 건
너편에서 절집을 바라보는 풍광도 나쁘지 않으니
권하고 싶다.

걸음품을 아끼지 않는 이들은 도솔천변을 따라
거닐면서 개울 주변을 바라보거나 또는 개울을
건너는 징검다리 위에서 개울물을 가만히 응시하
는 것도 한 방법이다. 흐르는 개울물을 따라 형형
색색의 붉은 물감이 번져 흘러내려오는 신비로움
을 체험하면, 자줏빛(紫)과 붉은색(紅) 단풍이 안
겨주는 흥겨움(酣)을 문드러지게(爛) 느낄 수 있
다. 바로 감홍난자酣紅爛紫 아니던가. 아마 선계仙
界란 이런 곳을 일컫는 말이리라.

흐르는 개울물이 있음으로 해서 주변의 풍광이
얼마나 더 아름답게 빛나는지 알 수 있다면, 당신

도솔천의 여름 단풍 숲

의 자연 감응 수준은 이미 독특한 경지에 들어선 것임에 틀림없다. 도솔천을 가로지르는 징검다리를 건너면서 색동 단풍 숲이 안겨준 무아지경을 잠시라도 느낄 수 있으면, 행복이란 물질적 풍요에 있지 않고 마음의 충족으로 만끽하는 것임을 확인하게 될 것이다.

도솔천 주변 어느 곳이든 붉게 타는 색동 단풍 숲을 즐기려는 사람이 많음은 어쩔 수 없다. 이런 번잡함을 피할 수 있는 방법은 절집 경내로 들어와 감상하는 것이다. 천왕문에서 화장실 쪽으로 조금 내려온 위치의 안쪽 담장에서 도솔천 쪽으로 바라보면 조용한 곳을 찾는 사람만을 위한 특별한 선경仙境이 마치 액자 속의 그림처럼 펼쳐질 것이다.

도솔천 주변의 단풍 숲은 단풍철에만 유별난 것이 아니다. 봄, 여름, 가을, 겨울 4계절이 모두 아름답다. 잎눈에서 새싹이 벌어지는 봄철 역시 별천지다. 잎눈이 외치는 함성까지 들을 수 있는 귀를 가졌다면, 자연과 교감하고 소통할 수 있는 당신의 능력을 자랑해도 좋은 경지다. 여름의 녹음도 빠트릴 수 없다. 녹색이 주는 풍요로움과 안락함을 느낄 수 있으면 우리가 꿈꾸는 이상향은 먼 곳에 있는 것이 아니라 바로 우리 주변에 있음을 깨닫게 된다. 나뭇잎을 모두 떨어뜨린 나목이 도솔천에 비친 겨울 숲의 모습 역시 유별나다. 군더더기 없는 아름다움을 감상할 수 있는 안목도 겨울 도솔천 숲에서 기를 수 있다.

'인간 세상에서 하늘로 가는 기분'

선운사에서 도솔암에 이르는 3.2킬로미터의 도솔천 계곡은 문화재청이 2009년 9월 국가지정문화재 '명승 54호'로 지정한 곳이다. 명승名勝이란 '지정문화재의 종류 중 기념물에 해당하는 것'을 말한다. 명승으로 지정되는 기준에는, '첫째 이름난 건물이 있는 경승지 또는 원지苑地, 둘째 화수花樹·화초·단풍 또는 새와 짐승 및 어충류魚蟲類의 서식지, 셋째 이름난 협곡·해협·곶·급류·심연·폭포·호소湖沼 등, 넷째 이름난 해안·하안·도서 기타, 다섯째 이름난 풍경을 볼 수 있는 지점, 여섯째 특징이 있는 산악·구릉·고원·평야·하천·화산·온천·냉광천 등'이 있다.

선운산에서 시작되는 도솔천 계곡은 화산작용으로 형성된 암석들이 거대한 수직 암벽을 이루고, 그 아래 물이 졸졸 흐르는 도솔천 주변에는 다양한 종류의 활엽수가 하늘을 가릴 정도로 울창하게 자란다. 수직 암벽과 울창한 숲이 어우러져 계절마다 독특한 풍광을 자아내기에 사람들은 이 숲길을 주저 없이 선운사 일대 경관의 백미로 일컫는다.

따라서 선운사를 찾게 되면 경내에만 머물지 말고, 도솔암에 이르는 명승 숲길을 걸어볼 일이다. 이 숲길을 특히 권하는 이유는 도솔암까지 난 자동차 통행로와 별개로 계곡 옆에 보행자를 위한 넓지도 좁지도 않은 자연 그대로의 산책로가 나 있기 때문이다. 이 숲길의 여정에는 진흥왕이 왕위를 버리고 수도했다는 진흥굴, 동학접주 손화중孫華仲이 비

도솔암 마애불과 소나무

결을 꺼냈다는 거대한 마애불, 우산처럼 퍼진 수령 600년의 장사송長沙松에 얽힌 갖가지 전설의 현장을 함께 살펴볼 수 있다.

7~8년 전 나는 천연기념물 소나무 책을 준비하느라 도솔암 계곡 길을 철마다 걷는 호사를 누릴 수 있었다. 인적 드문 봄철 저녁과 가을철 새벽녘에 생명의 기운이 그윽한 이 숲길을 혼자 거닐며 느끼던 독특한 아취를 지금도 잊지 못한다. 오죽하면 소설가 정찬주 씨는 선운사에서 도솔암에 이르는 이 명승 숲길을 '인간세상에서 하늘로 가는 기분'이라고 썼을까. 그의 언급은 아마도 이 숲길이 불가에서 극락을 상징하는 도솔암의 내원궁까지 이어지기 때문일 것이다.

선운사에서 도솔암을 거쳐 선운산에 이르는 여정을 노래한 구한말 이홍구李洪九의 '선운산풍경가禪雲山風景歌'에도 명승으로 지정된 도솔천 계곡의 아름다움과 주변 수림의 무성함을 언급하고 있음을 비추어 볼 때, 이 숲길은 오래 전부터 조상들의 사랑을 받아왔을 것이다. 그런 전통 때문인지 몰라도, 단풍이 시작되기 전 초가을에는 붉은 꽃무릇이 이 숲길을 장식하고, 가을이 깊어지면 단풍나무, 붉나무, 느티나무, 팽나무, 갈참나무들이 멋진 풍광을 만들어내기에, 명승이란 이름이 그냥

254

선운사의 진객, 꽃무릇

붙여진 것이 아님을 알 수 있다.

선운사 소금에 얽힌 사연

2010년 10월 1일부터 3일까지 대구 팔공산 동화사에서 '승시僧市'가 열렸다. 승시란 스님들의 산중 장터로, 고려시대부터 조선시대까지 번성했다고 한다. 이번에 새롭게 재현된 승시에는 칠곡 토향암의 도자기 제작 시연, 해남 대흥사 녹차 제다 시연, 경북 의성군 고운사 청국장 담그기 등도 선보였다고 한다. 그리고 산중 장터에 나온 품목으로 목탁, 염주, 전통등, 목판화, 연꽃 양초, 장아찌, 차와 함께 선운사의 소금도 포함돼 있다는 신문기사가 나의 관심을 끌었다.

절집은 농경사회에서 생필품의 생산기지 노릇도 감당했다. 고려시대의 기록에 따르면 사찰은 생활필수품(기름, 벌꿀, 종이, 소금, 술, 베옷)과 농산물(차, 마늘, 파)과 목공 및 금속품을 생산하고 판매했다. 조선시대 역시 사찰이 생활필수품 생산에 일익을 담당했음을 기록은 전하고 있다. 종이(전주 송광사), 향탄(香炭; 문경 김룡사), 송화(통영 안정사), 위패(구례 연곡사) 생산 등에 얽힌 원고를 쓰면서, 소금 생산을 담당했던 절집에 대한 궁금증도 없지 않았다. 이런 나의 지적 호기심에, 승시에 선운사가 소금을 내놓았다는 기사는 그냥 흘려버릴 수 없는 희소식이었다. 선운사 홈페이지는 선운사를 창건한 검단선사의 소금 이야기를 다음과 같이 소개하고 있다.

"이 지역에는 도적이 많았는데, 검단스님이 불법佛法으로 이들을 선량하게 교화시켜 소금을 구워 살아갈 수 있는 방도를 가르쳐주었다. 마을사람들은 스님의 은덕에 보답하기 위해 해마다 봄·가을이면 절에 소금을 갖다 바치면서 이를 '보은염報恩鹽'이라 불렀으며, 자신들이 사는 마을 이름도 '검단리'라 했다. 선운사가 위치한 곳이 해안과 그리 멀지 않고 얼마 전까지만 해도 이곳에서 염전을 일구었던 사실, 염전을 일구어 인근의 재력이 확보된 배경 등으로 미루어 보아 검단스님이 사찰을 창건한 것임을 알 수 있다."

위의 내용은 선운사의 창건이 신라의 진흥왕이라기보다는 소금 생산으로 부를 축적한 검단선사에서 비롯됐다는 것이 더 타당하다는 주장과 함께, 전통 소금생산 방법을 밝히고 있어서 흥미롭다. 오늘날 소금 하면 염전에서 바닷물을 증발시켜 만든 천일염을 연상하지만, 100

여 년 전 우리나라에는 천일염이란 소금이 없었다. 주안에서 처음으로 천일염전이 만들어진 1907년 이전에 이 땅의 모든 소금은 바닷물을 끓여서 만들었다. 바로 자염煮鹽이다. 『선운사사적기』를 통해서 지금부터 1,400여 년 전 선운사를 창건한 검단스님이 도적들에게 전수했다는 소금 굽는 방법은 바로 자염 제작법이라 할 수 있다.

선운사에서 도솔암으로 오르는 도솔천 옆의 숲길

선운사에 소나무가 귀한 까닭

소금은 물과 공기처럼 사람이 살아가는 데 없으면 안 될 소중한 생활필수품이다. 얼마나 소중했으면 농경에 필수적인 가축 '소'와 귀한 재화 '금'을 붙여 이름을 지었을까. 오늘날 그 용처가 1만 4천여 가지나 된다는 소금은 사람은 물론이고 가축들에게도 필수적인 물질이다. 성인 한 사람에게 필요한 소금의 양은 한 해에 300그램에서 7킬로그램 안팎이고, 말은 인간의 5배, 소는 인간의 10배나 되는 염분을 섭취한다는 외국의 보고도 있다.

그런데 산림학자인 필자가 소금 생산에 관심을 갖는 이유는 무엇인가. 바닷물을 끓여서 자염을 생산하는 데는 화력이 좋은 연료가 필요하고, 우리나라에서는 바닷가에 자라는 소나무를 자염생산에 필요한 임산연료로 주로 사용했기 때문이다.

태안문화원에서 최근 재연한 결과에 의하면 자염 1킬로그램을 생산하는 데 마른 솔가지 2킬로그램이 든다고 한다. 물론 바닷물은 다른 나무로도 끓일 수 있지만, 송진 성분이 함유된 소나무만큼 화력이 좋지 못해서 소금 생산에 필요한 연료는 단연 소나무를 으뜸으로 쳤다. 오늘날 선운사 일대에 소나무를 쉬 볼 수 없는 이유는 자염 생산과 관련이 있을지도 모를 일이다. 소금 생산에 화력이 좋은 소나무를 너무 많이 벌채했기 때문에 소나무가 고갈된 것은 아닐까.

선운사 일대에서 재목감의 소

크기와 굵기가 모두 제각각인 만세루 기둥

영산전 뒤편의 동백 숲(천연기념물 184호)

나무를 조달하기 쉽지 않았다는 기록은 선운사의 중창 기록을 통해서도 엿볼 수 있다. 선운사의 기록에 따르면 조선 성종(1473년)의 숙부 덕원군의 도움으로 중창불사에 필요한 재목을 나주 보을정도寶乙丁島에서 확보해 2층의 장륙전과 관음전을 완공했다고 한다. 그 중창불사를 기념하고자 선왕인 예종의 영혼을 추모하는 어실御室을 마련하면서 선운사는 원찰이 되어 왕실의 특별한 보호를 받게 되었다.

정유재란으로 불탄 선운사를 다시 세운 과정도 흥미롭다. 기록은 어실을 구실 삼아 고창 문수산의 재목을 확보해 보전 5칸을 세우고 상하누각과 동서 양실을 갖추게 됐다고 밝히고 있다. 왕실의 도움으로 확보하게 된 원찰이라는 사격을 활용해 중창에 필요한 재목을 멀리 떨어진 곳에서 확보할 수 있었던 셈이다. 이런 기록 덕분에 오늘날 선운산에 단풍나무나 느티나무처럼 활엽수가 무성한 이유와 만세루가 다양한 굵기의 기둥으로 세워진 까닭은 물론, 예로부터 선운산 주변에는 재목감으로 쓸 소나무가 많지 않았음을 추측할 수 있다.

선운사 인근에 자리 잡은 마을(고창군 심원면 고전리)에는 불을 때서 소금을 만들던 흔적이 1954년까지 전해졌다고 한다. 한편 1946년 고전리 일대에 삼양염업사가 염전을 만들어 소금을 생산하기 시작했고, 그 후 매년 봄·가을이면 선운사에 소금을 기증하고 있다고 한다. 승시에 내놓은 선운사의 소금은 바로 삼양염업사의 소금이라 할 수 있다.

선운사의 자랑거리는 색동 단풍 숲만이 아니다. 색동 단풍 숲보다 더 유명한 것은 천연기념물 184호로 지정된 동백 숲이다. 이 동백 숲은 절 뒤쪽 비스듬한 산 아래에 30미터 폭의 가느다란 띠 모양으로 자라고 있으며, 선운사가 창건된 뒤 조성된 인공림으로 알려져 있다.

가장 많은 자연유산 보유한 절집

동백나무는 추운 겨울에 꽃이 피고, 바람이나 곤충의 도움 대신에 드물게도 동박새의 도움으로 꽃가루를 받아 종자를 만들며, 아름답게 꽃이 핀 상태에서 송이째 떨어지는 특성이 있다. 이런 특성과는 별개로 주목할 점은 산불에 강한 상록성 동백 숲을 절집 주변에 조성한 옛 스님들의 지혜다. 몇 해 전 동해안의 산불로 낙산사가 전소된 후, 절집마다 산불피해를 막고자 건물 주변의 식생을 깨끗이 정리하고, 새롭게 방화수림대를 앞 다투어 조성한 것과는 달리, 선운사는 적어도 수백 년 전부터 동백 숲으로 절집을 산불로부터 지켜오고 있었던 셈이다. 만세루에서 영산전과 명부전을 향해서 찍은, 1922년에 출판된 『조선고적도보』

에 실린 사진을 보면, 90여 년 전 당시에도 동백 숲이 무성했음을 알 수 있다. 선운사 동백 숲은 바로 절집에서 창안해낸 전통 생태적 지혜의 산물이라고 할 수 있다.

선운사 동백나무 숲은 이런 과학적 해석과는 달리 멋진 시어로 재해석되기도 한다. 서정주의 '선운사 동구'는 세파를 비켜 앉은 선운사의 신성함, 동백꽃의 아름다움, 막걸리집 여자의 목쉰 육자배기 가락이 갖는 세속성을 다함께 버무려놓은 작품이다. 선운사 동백나무 숲을 찾으면 한 번쯤 읊어볼 일이다.

선운사 고랑으로
선운사 동백꽃을 보러 갔더니
동백꽃은 아직 일러 피지 않았고
막걸리집 여자의 육자배기 가락에
작년 것만 상기도 남았습니다
그것도 목이 쉬어 남았습니다.

선운사가 품고 있는 천연기념물은 또 있다. 도솔암 진흥굴 앞의 장사송(천연기념물 354호)과 절 초입에 있는 송악(천연기념물 367호)이 그것이다. 장사송은 줄기가 마치 우산처럼 여러 갈래로 펼쳐진 모습으로 자라는 600년 묵은 아름다운 소나무다. 장사송長沙松이라는 이름은 이 지역의 옛 이름인 장사현에서 유래한 것이라고 한다. 별칭으로 진흥송이라고도 하는데, 이 소나무가 진흥굴 앞에 자라고 있어서 붙여진 이름이다.

절집 초입의 선운천 절벽에 붙어사는 송악은 주로 서남해안이나 섬

도솔암 진흥굴 앞의 장사송(천연기념물 354호)

지방의 숲속에서 자라는 상록성 덩굴식물이다. 선운사의 송악은 북방
한계선에 가까운 내륙에서 자라고 있어서 천연기념물로 지정해 보호
하고 있다.

짐작건대 문화재로 지정된 자연유산 수목을 3점이나 보유한 절집은
선운사뿐일 것이다. 선운사가 수백 년 묵은 색동 단풍 숲은 물론이고,
동백 숲, 장사송, 송악과 같은 진귀한 자연유산을 보유할 수 있었던 데
는 조선시대 왕실의 원찰로 지정된 선운사의 사격寺格도 일조를 했을
것이다.

한편 종무소에서 옛날부터 노스님들로부터 전해 내려왔다며 들은
이야기는 필자의 감상적 감정을 일거에 깨트리는 내용이었다. 선운사
가 오래 전부터 차나무를 재배하거나 경내에 오래된 은행나무들을 키

워온 이유는 차와 은행을 팔아 절
집의 궁핍한 살림살이에 보태기 위
해서였다고 한다. 또 도솔암 골짜기
군데군데에 굵은 갈참나무가 아직
도 많이 자라는 것 역시 춘궁기에
도토리를 구황식품으로 확보하고
자 특별하게 지켰기 때문이라는 것
이다.

　은행나무나 갈참나무에 얽힌 이
런 이야기는 경관적 관점에서, 생
태적 관점에서 절집의 나무나 숲을
보고 읽고자 한 산림전문가에게 또
다른 깨침이자 준엄한 채찍이었다.

초입의 선운천 절벽에 자라는 송악

절집의 경관이란 것도 결국의 지난했던 우리네 삶의 흔적을 간직한 또
다른 유산임을 절실하게 느꼈음은 물론이다.

차나무
시배지를
품은

쌍계사 의
숲

지리산의 품에 앉긴 절집들

지리산은 3도(전남북과 경남)와 5시군(남원시, 구례군, 산청군, 하동군, 함양군)에 걸쳐 있는 넓은 산자락 덕분에 그 품에 안겨 있는 절집도 많다. 율목봉산의 역사를 간직한 연곡사, 천연활엽수림과 계곡이 잘 어울리는 대원사, 절집 중 이 땅에서 가장 높은 산중에 자리 잡은 법계사는 물론이고, 화엄도량으로 위상이 더 높은 화엄사와 실상사를 생각하면 어느 한 사찰인들 그냥 지나칠 수 없는 형편이다. 그런 상황에서 쌍계사로 걸음을 옮긴 것은 순전히 귀소본능 때문이다. 40여 년 전부터 올랐던 지리산 산행 기점은 대부분 대원사나 법계사였지만, 하산 길은 노고단을 넘어 화엄사로 내려서기보다는 세석평전과 대성리를 거쳐 쌍계사로 내려섰던 경우가 유난히 많았던 까닭이다. 쌍계사로 향한 또 다른 이유는 대한불교 조계종과 산림청이 '사찰림의 종합관리사업' 업무협약을 맺었는데, 수덕사, 직지사, 은해사, 송광사와 함께 쌍계사의 사찰림도 대상에 포함되었다는 사실도 한몫을 했음을 부인할 수 없다.

쌍계사雙磎寺는 대비와 삼법화상이 중국에서 육조六祖 혜능스님의 머리뼈를 모시고 722년 귀국하면서, "지리산의 눈 쌓인 계곡에 칡꽃이 피어 있는 곳(雪裏葛花處)에 봉안하라"는 꿈의 계시로 절집을 세운 것에서 유래되었다고 한다. 그 뒤 중국에서 귀국한 진감眞鑑선사가 퇴락한 절터에 옥천사玉泉寺라는 이름의 절집을 중창하였고, 선의 가르침과 범 패梵唄를 널리 보급한 진감선사의 공로로, 왕실로부터 '쌍계사'라는 사 명寺名을 하사 받아 오늘에 이르게 되었다.

쌍계사라는 이름 자체로는 신흥동과 의신동에서 내려오는 오른편 계곡과 불일동과 청학동에서 내려오는 왼편 계곡 사이의 합류 지점에 있는 절집이라는 의미를 담고 있다. 쌍계사는 조계종 25개 본사 중 제 13교구 본사로 진감국사 대공탑비(국보 제47호), 대웅전(보물 제500호), 쌍계사 부도(보물 제380호), 팔상전 영산회상도(보물 제925호) 등의 국 보급 문화재를 보유하고 있다.

쌍계석문과 들머리 참나무 숲

옛 기억을 더듬으면서 먼저 쌍계석문雙溪石門부터 찾았다. 쌍계석문은 화개천을 건너서 내원계곡 옆으로 난 길을 따라 쌍계사로 들어서기 전 에 만나는 좌우로 버티고 있는 거대한 바위로, 마치 석문의 형상을 하 고 있기에 붙여진 이름이다. 자연스럽게 절집의 산문山門 역할을 하는 이 석문의 좌우 바위에는 고운 최치운이 썼다고 전해지고 있는 '雙溪

진감국사 대공탑비와 최치운의 글씨가 남아 있는 쌍계 석문

와 '石門' 글씨가 큼직하게 새겨져 있다.

조선 중기(1624~1689) 때 경기관찰사와 형조판서를 역임했던 양곡 오두인吳斗寅이 남긴 『두류산 여행기』에도 이 쌍계석문이 언급되어 있다. 양곡 선생의 여행기에는 최치운 선생이 쓴 글자의 획이 대단히 기이하고 단아하다고 밝히고 있음을 볼 때, 이 쌍계석문이 예로부터 쌍계사의 산문 역할을 해 왔음을 알 수 있다. 안락함과 편리함을 추구하는 세태를 절집이라고 어찌 피해갈 수 있으랴. 천 수백 년을 이어온 옛 산문 대신에 자동차가 드나들기 편한 도로를 새로 내어서 아쉽게도 오늘날은 이 고풍스러운 쌍계석문을 찾는 이들이 많지 않다.

내원계곡을 가로지르는 다리를 건너면 바로 들머리 숲이다. 두 갈래로 나누어진 들머리 숲 길 중 왼편 길이 옛 길이고, 오른편 길은 차량 통행을 위해 새로 낸 길이다. 먼저 옛길부터 거닐어 본다. 인적이 끊어진 길에서 도심에서 만날 수 없는 적막을 만난다. 자동차조차 다니지 않는 참나무 숲길을 혼자서 느긋하게 걷는다. 툭툭 떨어지는 도토리 소리들만이 숲의 적막을 깬다.

어디 떨어지는 도토리만 소리를 낼까? 떨어진 도토리로 인해 어느 때보다도 바쁘게 움직일 다람쥐와 청솔모와 어치(산까치)의 분주함도 상상할 수 있다. 다람쥐는 굴 근처에, 어치는 숲 바닥 여기저기에 땅을 파서 겨우살이 채비를 위해 도토리를 열심히 묻어두고 있을 것이다. 참나무들도 여름 한철(졸참, 떡갈, 신갈, 갈참나무) 또는 이태(상수리, 굴참나무)에 걸쳐 애써 키워 낸 도토리들을 월동식량으로 비축하는 이들의 분주한 모습을 흐뭇하게 바라보고 있을 것이다. 다람쥐와 어치들은 썩 좋지 못한 기억력 때문에 땅속에 숨겨둔 도토리를 모두 찾아 먹지 못할 것이고, 남겨진 땅속의 도토리들은 이듬해 새싹을 틔워 세대를 이어갈 참나무 숲의 새로운 식솔들로 불어나는 자연의 오묘한 이치 때문이다. 결국 참나무는 다람쥐와 어치에게 먹이를 제공하고, 이들은 참나무의 자손을 퍼트리는 데 도움을 주는 셈이다. 세상만사가 그물망처럼 서로 얽혀 있는 그 단순한 이치는 이처럼 참나무 숲에서도 찾을 수 있다.

들머리 숲에서 특히 인상적인 점은 참나무들의 맹렬한 기세다. 땅힘 (地力)이 점차 회복됨에 따라 쑥쑥 자라는 참나무들의 빠른 생장속도를 느리게 자라는 소나무들이 감히 따를 수 없다. 소나무들은 다른 나무들 이 쉬 자랄 수 없는 나쁜 토양조건에서도 살아갈 수 있는 능력을 간직했기에 땅힘이 좋지 못했던 한 시절에 들머리 숲의 주인 노릇을 했지만, 자연의 복원력에 따라 차츰 참나무들에게 주인 자리를 내어주고 있는 셈이다. 나무 그늘 아래서는 옳게 살 수 없는 소나무의 생육 특성 때문에 참나무 밑의 소나무들은 앞으로 20~30년이 지나면 거의 사라지고, 쌍계사의 들머리 숲은 멋진 참나무 숲으로 바뀔 것이다.

쌍계사와 차 시배지

흥미롭게도 들머리 숲에서는 차나무를 찾을 수 없다. 중국에서 도입된 차의 첫 재배지(始培地)에 대한 논란이 없잖아 있지만, 초의선사의 『동다송』에는 "지리산 화개동에는 차나무가 사오십 리나 잇따라 자라고 있는데, 우리나라 차밭의 넓이로는 이보다 지나친 것을 헤아릴 수가 없다"고 전하듯이, 쌍계사는 오래 전부터 차와 밀접한 관계를 가져왔다. 선암사, 백련사, 연곡사나 그 밖의 많은 절집들이 경내에 야생차나 재배품종을 키우고 있는 반면에 쌍계사 경내에서 차밭을 찾을 수 없는 이

쌍계사 장죽전의 차 시배지

유는 아마도 쌍계사 대웅전 앞마당을 지키고 있는 진감선사탑비 자체
가 쌍계사와 차와의 관계를 극명하게 나타내고 있기 때문일 것이다. 아
니면 절집 인근에 조성된, 차나무의 시배지를 알리는 더 넓은 차밭이
지척에 있기 때문일 것이다.

　그러나 아쉽다. 절집의 장구한 역사만큼이나 아름드리나무들이 간
간히 서 있는 들머리 숲길이나 또는 절집 주변을 병풍처럼 에워싼 장대
한 나무들을 상상했던 나의 막연한 기대는 무참히 깨어져 버렸다. 50
~60년 정도 묵은 굴참나무, 갈참나무, 상수리나무 등의 참나무류와
소나무들이 대부분이고, 그나마 몇 그루의 노거수들을 찾을 수 있는 곳
은 일주문 앞의 짧은 거리와 부도전 주변뿐이다.

　쌍계사 일대에도 아름드리 거목들이 자라고 있었음을 알 수 있는 흔

나이를 먹은 나무들은 일주문 진입로의 숲에서 찾을 수 있다. ···▷

적은 팔영루와 더불어 금당 일원 전각들의 관문 역할을 하는 청학루 기둥에서 찾을 수 있다. 1641년에 벽암선사가 중건하였고, 1978년 고산 스님이 중수한 청학루의 기둥 두께는 거대하다. 분명 절집 주변에서 이런 기둥감을 구했을 터인데 장대한 나무들은 모두 어디로 사라져버린 것일까?

이 땅이 겪은 지난 백년 세월의 격동기를 생각하면, 절집에서 수백 년 묵은 거목들을 쉬 찾을 수 없는 형편을 미루어 짐작할 수 있다. 명산 대찰일수록 넓은 면적의 사찰림을 보유해 왔고, 그런 사찰림들은 일제 수탈의 마수는 물론이고 6·25전쟁의 참화도 피할 수 없었기 때문이다.

조심스럽게 접근해야 할 사찰림 관리사업

국가기록원에 소장된 조선총독부의 자료는 일제강점기에 자행된 사찰림의 수탈 현황을 오늘날까지 전하고 있다. 이 자료에는 1933년 쌍계사의 사찰림 606헥타르 중 51헥타르가 벌채되었고, 그 이듬해인 1934년도에는 법주사는 1,881헥타르 중 850헥타르가, 화엄사는 1,246헥타르 중 297헥타르가, 백양사는 599헥타르 중 148헥타르가 벌채되었음을 밝히고 있다. 국가기록원의 자료 중에 사찰림과 관련하여 찾을 수 있는 오직 소수의 자료이기에 일제강점기에 얼마나 많은 사찰림들이 어떻게 벌채되었는지는 이들 자료로 가늠할 수 없다. 이들 자료가 1930년대 초반에 진행된 사찰림 벌채를 위한 허가서류였음을 비추어 볼 때, 이후 일제가 벌린 태평양 전쟁 시기에는 보다 더 넓은 사찰림들이 조직적으로 벌채되었을 것으로 상상할 수 있다.

쌍계사를 비롯하여 20개 절집의 사찰림이 2011년부터 산림청의 도

움을 받아 관리될 것이라고 한다. 가꾸어야 할 숲, 훼손된 산지의 복원
은 필요한 사업임에는 틀림없으나 절집 숲에 대한 관리 방법은 정해진
시간에 따라 목표를 완수해야 하는 관 주도적 접근보다는, 오히려 문
화유산을 다루듯이 조심스럽게 접근해야 할 것이다. 특히 절집 경내와
주변의 사찰림은 전통 문화경관을 구성하는 중요한 생명 문화 자원임
을 각별히 인식하고, 일반 산림에 적용하던 숲 가꾸기 방법을 그대로
적용하기보다는 전통 경관의 보존적 관점에서 지혜롭게 접근해야 할
것이다.

그리고 종단 자체에서도 사찰림의 효과적인 관리를 위해서 현대사
회가 필요로 하는 절집 숲의 새로운 기능을 다양하게 개발하고, 수행
과 포교를 위한 용도뿐만 아니라 물질문명에 중독된 현대인의 문명병
을 치유할 수 있는 명상림, 치유림, 요양림에 대한 활용방안도 이 기회
에 모색해야 할 것이다. 또 각 절집마다 고유의 종교적·문화적·역사적
배경이 있는 개별 숲에 대한 충분한 연구와 전문가의 지속적인 자문 등
장기적인 관점이 필요함은 물론이다.

잊지 말아야 할 분명한 하나의 사실은, 다른 숲과 마찬가지로, 절집
숲도 길러내는 데는 수십 년 수백 년의 세월이 필요하지만, 잘라내는
데는 순식간이면 사라지고 만다는 점이다.

쌍계사 숲은 언제 찾는 게 좋을까

봄철에는 화개장에서 쌍계사에 이르는 십리벚꽃 길이 유명하다. 여름
철에 쌍계사를 찾을 경우, 불일폭포에 이르는 숲길을 즐겨보는 것도 좋
다. 국사암에서 불일폭포로 향하면 최치원 선생이 학을 부르며 놀았다

국사암으로 가는 숲길

진감국사의 지팡이 설화가 전해지고 있는 국사암의 느릅나무

고 전해지는 환학대(넓은 바위)가 나타나는데, 이 일대의 숲에서 풍류
도인 고운 선생이 찾아다녔다는 이상향의 정취를 느낄 수 있을 것이다.
바로 그 아래쪽에서 높이 60미터, 폭 3미터의 지리산에서 유일하게 2단
으로 이루어진 자연폭포, 불일폭포를 볼 수 있다. 가을철엔 지리산 대
성동계곡과 함께 쌍계사 일대의 단풍도 일품이다. 10월부터는 인근에
있는 차 시배지에서 하얗게 핀 차나무의 꽃도 쉽게 볼 수 있다.

쌍계사에서 국사암으로 난 숲길은 들머리 숲 못지않게 소나무가 활
엽수의 왕성한 기세에 쫓겨 가고 있는 현장을 확인할 수 있는 곳이다.
삼법화상이 신라 성덕왕 21년(722)에 건립한 국사암 입구에서는 사천
왕수로 불리는 거대한 느릅나무도 볼 수 있다. 진감선사의 지팡이에서
유래되었다는 이 느릅나무는 이 땅의 많은 절집들에서 나타나는 지팡
이 설화의 주인공으로, 쌍계사에서도 그 사례를 만날 수 있는 셈이다.

화개에서 쌍계사로 향하는 벚꽃터널

다산이
사랑한

백련사 의
차와
동백 숲

겨울과 봄의 경계에 꽃을 피우는 동백꽃은 봄의 전령사다. 그 다음 전령사는 세한삼우의 하나로 사랑을 받는 매화꽃이다. 강진 백련사의 동백꽃이 남녘에서 먼저 화신花信을 북녘으로 띄우면 천연기념물로 지정된 순천 선암사의 '무우전매無憂殿梅'를 시발로 구례 화엄사의 매화와 장성 백양사의 '고불매古佛梅'가 차례로 화신을 이어간다. 이때쯤이면 남도의 봄은 무르익는다.

백련사 주차장에 차를 세우고, 동백나무 터널 속을 걷는다. 천연기념물로 지정된 동백 숲이 나라 전역에 6곳이나 있고, 또 동백 숲을 거느린 절집이 한둘이 아니지만, 이처럼 동백 숲이 들머리 숲으로 이루어진 곳은 백련사뿐이다.

쮸 쮸, 찌이, 찌이 쮸 쮸 찌이 찌이 찌이. 동박새의 지저귐이 점점 빠른 장단으로 이어진다. 이 나무에서 저 나무로 푸드덕거리면서 옮겨 다니는 동박새의 품새도 바쁘다. 부리를 동백꽃에 파묻고 꿀을 먹는 모습이 인상적이다. 꿀을 따먹은 후 힘찬 날갯짓을 하면서 다른 꽃으로 옮길 때마다 동백꽃들이 하나둘 떨어진다. 숲 바닥에 깔린 동백꽃은 겨우내 주린 배를 채우려는 동박새의 활기찬 몸짓 탓이고, 우리에게 익숙한 소나무 숲이나 전나무 숲이 아닌 새로운 절집 숲에 들어섰음을 재삼 확

들머리 동백나무 숲

인시키는 징표와 다르지 않다.

먼저 걸음을 원형부도가 모셔진 동백 숲으로 옮긴다. 6~7미터의 키를 가진 1,500여 그루의 동백나무들이 빽빽하게 모여 있는 곳에 여기저기 부도가 자리 잡고 있다. 숲 바닥에는 떨어진 동백꽃이 지천이다. 시들어 떨어진 꽃이라고 아름답지 않을까. 그냥 밟고 지나가기가 거북하여 걸음을 조심스럽게 옮긴다. 동백꽃의 꽃말이 '겸손한 아름다움'이라던가.

비록 컴컴한 동백 숲 속에 자리 잡은 부도들일 망정 어쩌면 가장 행복한 탑일지도 모른다. 만물이 깊은 겨울잠에 빠져 있을 월동기 2~3개월 동안 매년 붉은 꽃비를 맞고 있으니 이런 호사도 없다. 이 땅의 명산고찰에는 으레 부도전이 있지만, 백련사의 부도처럼 방문객들의 사

동백 숲 속의 부도

랑을 받는 부도들도 있을까라는 엉뚱한 생각도 해본다. 바로 한 겨울부터 이른 봄까지 붉은 꽃을 피워내는 동백 숲이 수많은 방문객들을 불러들이기 때문이다.

6년 만에 백련사를 다시 찾은 객에게 동백 숲 아래쪽에 새롭게 조성된 넓은 차밭이 먼저 눈에 들어온다. 백련사의 차밭은 사실 새로운 것이 아니다. 2백여 년 전 백련사의 혜장선사(1772~1811)와 다산 정약용(1762~1836)의 교유를 통해서 이 고장의 차, 특히 백련사의 차는 익히 알려져 있는 사실이다.

정약용의 호가 다산茶山이 된 사연도 '유배객을 부를 적당한 호칭을 찾지 못했던 마을 사람들이 차나무가 많은 산(만덕산)에 사는 선생이라는 데서 유래되었다'던가. 백련사의 차나무와 얽힌 이야기 중에 유명한 것은 다산이 혜장선사에게 차茶를 간절히 부탁한 시, '걸명소乞茗疏'를 통해서도 알 수 있다. 걸명소는 다산이 을축년(1805) 겨울, 백련사의 혜장선사에게 차를 사랑하는 마음과 함께 백련사에 보관 중인 차를 보내주길 간절히 부탁하면서 쓴 편지로, 차인들 사이에는 고전으로 널리 알려져 있다.

"제가 요즈음 차를 탐하게 되어 차를 약으로 마시고 있습니다. (중략) 아침 햇살이 막 비추기 시작할 때나, 뜬구름이 푸른 하늘에 피어날 때, 또는 오후 낮잠에서 갓 깨어날 때, 그리고 밝은 달이 시냇물에 비출 때 차 마시기에 좋겠지요. 끓는 찻물은 가는 구슬이나 휘날리는 눈처럼 날아오르고 자순의 향이 나부끼듯 합니다. (중략) 이제 제가 채신의 병에 걸려 차를 구하고자 걸명의 뜻을 전하고자 합니다. (중략) 마땅히 목마르게 바라는 뜻을 생각하시어 차 보시의 은혜를 베푸소서."

백련사와 차는 이처럼 뗄려야 뗄 수 없는 밀접한 관련이 있었다. 백련사의 차는 어디에서 유래되었을까? 백련사에 전해 내려오는 이야기에 의하면 차나무들이 동백나무 숲에서 자라고 있었다고 한다. 20여 년 전만 해도 녹나무와 후박나무와 함께 자라고 있던 차나무를 어렵지 않게 볼 수 있었지만, 아쉽게도 오늘날은 모두 사라졌다고 한다. 그 차나무를 대신하고자 차밭을 가꾸는 한편, 차 문화를 전승하고자 백련다원을 새롭게 운영하게 되었다는 총무스님의 말씀이다.

과연 차나무가 동백나무와 어울려 사는 데는 문제가 없었을까? 동백나무 숲에 차나무가 자라는 것은 부자연스러운 일이 아니다. 그 이유는 소나무 속(*Pinus*)으로 분류된 소나무와 곰솔과 잣나무를 소나무 식솔이라고 부르듯이 차나무(*Camellia sinensis*)와 동백나무(*Camellia japonica*)는 동백나무 속(*Camellia*)의 한 식솔이기 때문이다.

산림학도의 입장에서 천연기념물 151호로 지정된 동백 숲과 이런저런 사연을 간직한 차나무와는 별개로 백련사의 솔숲도 간과할 수 없다.

281

동백 꽃의 꿀을 먹는 동박새와 동백 숲 아래에 조성 중인 백련사의 차밭

해월루 주변의 솔숲에서 바라본 백련사

그 이유는 다산 정약용이 남긴 '소나무를 뽑는 중(僧拔松行)'이라는 한 시를 통해서 백련사의 솔숲이 2백 년 전 조선시대의 산림제도를 엿볼 수 있는 살아 있는 현장이기 때문이다. 내용을 간추리면 다음과 같다.

"백련사 서쪽의 석름봉에서 어떤 중이 이리저리 다니면서 어린 소나무 모종을 모두 뽑고 있었다. 왜 그런 짓을 하는지 물었더니, 수영水營으로부터 백련사 일대의 솔숲을 지킬 책무를 부여받아 밤낮없이 도벌꾼의 손길로부터 소나무를 열심히 지켜왔단다. 그러던 어느 날 수영의 포졸이 바람에 넘어진 소나무를 도벌 탓의 죄로 덮어씌워 말할 수 없는 고초를 겪게 되었다. 절집의 1만금 행전으로 겨우 수습하여 중은 자유의 몸이 되었지만, 소나무로 인한 억울한 일을 더 이상 겪지 않고자 만덕산 주변의 어린 솔을 모두 뽑아내고 있다."

이 한시에는 이밖에도 만덕산 일대가 수영에서 관리하는 봉산封山이었고, 이 봉산에는 선재船材를 생산하는 질 좋은 소나무가 자랐으며, 19세기 초에도 나라의 소나무 보호정책(禁松)이 여전히 시행되었음이 드러나 있다.

만덕산 일대의 질 좋은 토종 소나무들은 어디로 사라진 것일까? 그 답은 지난 세월에 자행된 무분별한 벌채와 병충해로 인한 고사에서 원인을 찾을 수 있고, 그 다음으로는 활엽수의 맹렬한 복원력에서도 찾을 수 있다. 토종 소나무의 옛 흔적은 다산 초당으로 향하는 고갯마루의 해월루 부근 솔숲에서 그나마 확인할 수 있는 실정이다. 이처럼 절집 숲은 세월에 따라 변해만 간다. '변하지 않는 것은 이 세상에 존재하지 않는다'는 그 명제를 숲이라고 해서 어찌 피해갈 수 있으랴.

백련사와 다산초당은 답사 여행의 남도 1번지답게 많은 이들이 찾는 곳이다. 특히 백련사에서 다산초당으로 넘어가는 800미터 거리의 얕은 고갯길은 혜장선사와 다산의 발걸음이 녹아 있는 아름다운 산책로로 많은 방문객들의 사랑을 받는 길이다.

다산초당으로 가는 대숲길

새로운
실험,

수타사 의

생태 숲

폐쇄와 개방의 중첩적인 공간 활용

홍천의 수타사에 '생태 숲'을 조성한다는 기사는 비록 짧았지만 절집 숲을 순례하고 있던 필자에겐 뿌리칠 수 없는 유혹이었다. 사찰에서 군이 생태 숲을 조성하는 이유가 무엇인지, 또 어떤 형태로 만들고 운영하는지 궁금했다. 그 궁금증을 풀고자 영서내륙의 명찰로 알려진 수타사를 찾았다. 특히 수타사에는 공잠대사의 지팡이에서 유래된 5백년 묵은 주목朱木도 있다는 정보는 발걸음을 더욱 재촉하게 만들었다.

덕치천 상류를 따라 오르기를 10여 킬로미터, 사하촌의 널찍한 주차장에 차를 세우고 들머리 숲길에 들어섰다. 먼저 계곡 물을 가두는 작은 보가 눈에 들어왔다. 수타산 계곡 물에 담긴 녹음을 가슴에 담았다. 온몸이 녹색으로 물드는 느낌을 어떻게 표현할 수 있을까? 초봄의 신록이나 가을의 단풍이 자아낼 아름다운 풍광을 함께 상상해 보았다.

부도 밭을 지키고 있는 늙은 소나무 몇 그루가 눈에 들어왔다. 일제시대 항공기 운행에 필요한 대체 연료인 송진을 채취했던 옛 흔적들이 V자 흉터 모양으로 고스란히 남아 있는 늙은 소나무들의 모습이 애처롭다. 그렇지만 한편으로 6·25전쟁 이후 서울의 판잣집을 짓는 데 소요된 판재들이 홍천 일대 소나무 숲의 벌채로 충당되었다는 이야기로 유추해 볼 때, 부도전 주변의 상처 입은 노송들은 그 벌목의 마수에서 벗어난 나무들인 셈이다. 부도전 일대의 소나무들을 미루어 볼 때, 수타사 주변에도 한때 솔숲이 무성했을 것으로 짐작할 수 있다.

홍천의 소나무는 영동지방의 소나무 못지않게 재목감으로 좋았다. 오늘날도 질 좋은 소나무들은 운두령고개 아래에, 홍천군 내면 일대의 국유림에서 문화재 복원용 소나무로 육성되고 있다.

수타사의 정문격인 봉황문

그러나 수타사가 자리 잡은 동면 일대에서는 더 이상 질 좋은 소나무를 찾을 수 없다. 서울과 가까운 지리적 여건 때문에 전후 사회적 혼란기에 재목감이나 땔감으로 벌채되었기 때문이다.

수타사 풍광의 백미는 주변 자연보다 오히려 절집에서 찾을 수 있다. 사천왕을 모셔둔 봉황문을 통해서 홍화루와 대적광전이 일직선으로 연결된 공간배치가 그렇다. 봉황문 밖에서 절집을 바라보면 시선은 자연스럽게 홍화루의 열린 공간을 지나 대적광전에 이르게 되고, 바로 비로자나 부처님의 모습까지 한눈에 들어온다. 봉황문의 판벽과 홍화루의 덧문이 두 겹의 액자틀 같은 구실을 하게 만들어 대적광전의 비로자나 부처님께로 자연스럽게 시선을 모으게 만든 조상들의 '절대 미감'

원통보전과 주변의 아름드리 소나무들

앞에 감탄할 수밖에 없다. 폐쇄와 개방의 중첩적인 공간 활용의 지혜
앞에 더 이상의 말은 군더더기일 뿐이다.

나무는 신성한 생명체

수타사는 신라 성덕왕 7년(708)에 창건되었지만, 창건주에 대해 알려
진 것은 없다. 창건 이후 영서지방의 명찰로 이름을 얻고, 임진왜란의
병화로 소실되었다가 인조 14년(1636) 공잠工岑대사의 중창을 시작으
로 수년에 걸쳐 가람을 복원했다.
수타사라는 오늘날의 이름을 얻은
것은 1811년이며, 세조 5년(1459)
에 편찬한 『월인석보月印釋譜』(보물

월인석보(보물 제745호)

제745호)가 사천왕상의 동방지국천
東方持國天의 복장유물로 발굴되었
다. 월인석보는 현재 성보박물관에
전시되고 있다.

　박물관의 문화관광해설사에게
먼저 지팡이 설화가 전해 내려오는
주목의 위치부터 확인하였다. 그러
나 안타깝게도 재작년에 죽었다는
소식과 함께 심우산방 한켠에 죽은
몸통을 능소화에게 내어준 5백 년
생 수목을 가리킨다. 이 주목은 '사
찰 이전을 관장하던 노스님이 짚고
다니던 지팡이를 땅에 꽂은 것이 자
라난 것이라고 하며, 나무에 스님의

500년 전 공잠대사의 지팡이에서
유래된 주목은 고사했다.

얼이 깃들어 있어 귀신이나 잡귀로부터 수타사를 지킨다'는 설화를 간
직하고 있었다.

　지팡이 설화는 나무를 신성한 생명체로 공경해 왔던 이 땅 민초들의
토속적 믿음이 불교와 융합되는 과정이나 토착신앙을 수용한 불교의
종교적 융통성을 밝혀 주는 중요한 단초라 할 수 있다.

　아쉬운 사실은, 정조 임금이 심은 용주사 회양목의 고사枯死처럼, 절
집을 찾는 걸음마다 이처럼 귀중한 생명문화유산들이 하나 둘 사라지
는 현장을 확인하는 것이며, 이러한 확인은 고통스러운 일이기도 하다.

수타사 옆 계곡에 있는 용담

수타사의 생태 숲

수타사의 생태 숲은 절에서 소유하고 있는 주변의 경작지를 홍천군에 생태 숲 조성지로 제공하고, 그에 필요한 예산은 산림청과 군에서 확보하여 2006년부터 사업이 시작되었다. 생태 숲 조성의 목적은 자생식물 유전자원 보전과 생태환경벨트를 조성하고, 불교 문화 전통의 계승 발전을 꾀한다고 게시판에는 밝히고 있지만, 아마도 홍천군이 이 사업을 적극적으로 펼친 이유는 수타사와 수타계곡 일원에 보다 많은 탐방객을 유치하여 지역민들에게 경제적 도움을 주게 할 목적임을 상상할 수 있다. 수타사가 풍치보안림으로 지정되어 보호받고 있던 158헥타르의 사찰림을 사업에 쾌척했기에 생태 숲의 조성이 이루어질 수 있었음은 물론이다. 풍치보안림이란 명승지, 유적지, 관광지, 공원, 유원지 등의 아름다운 풍광을 보전하고자, 이들 지역 주변의 숲을 대상으로 함부로 산림작업을 하지 못하도록 특별히 보호하고 있는 숲을 말한다.

생태 숲의 현장을 직접 확인하고자 절집 앞에 조성된 '수생식물원'을 먼저 찾았다. 연못을 가로지르는 목재로 만든 데크와 막 심은 연꽃과 창포를 미루어 볼 때, 공사가 최근에 마무리된 모습이다. 걸음을 '소나무 광장'과 '자연천이원'과 '역시문화 생태숲'으로 옮겼다. 조경수들의 옮겨심기 작업이 막 끝난 모습이다.

2년이 지난 시점에 생태 숲의 조성 결과를 살펴보고자 수타사를 다시 찾았다. 평일인데도 수타사를 찾은 사람들은 적지 않았다. 단체로 참배를 하러 온 신도들도 있었지만, 단풍철을 맞아 생태 숲을 즐기러 온 탐방객들도 적지 않았다. 옮겨 심은 나무들도 뿌리를 내려 제자리를 잡은 모습이고, 생태 숲의 가운데를 가로지르는 실개천에는 갈수기인

수타사의 경작지였던 곳에 조성된 '생태 숲'

데도 개울물이 흐르고 있었다. 젊은이들은 물론이고, 아기를 유모차에 태운 가족이나 또는 동호인들끼리 수타사의 생태 숲을 즐기고 있었다.

한 가지 아쉬운 점은 생태 숲이라는 하드웨어는 시간이 흘러감에 차츰 자리를 잡아가고 있는 반면, 그 숲의 의미나 가치를 설명하는 소프트웨어가 없었던 점이다.

현재 유명한 사찰에는 대부분 문화유산 해설사들이 불교의 문화유산에 대한 해설을 진행하고 있다. 그러나 필자가 과문해서인지 몰라도 절집을 안고 있는 주변의 아름다운 자연을 해설하는 사람이나 그런 사찰은 많지 않다.

오늘날 전국적으로 교육받은 1만여 명의 숲 해설가들이 해설 활동에 임하고 있다. 전국 곳곳의 자연휴양림, 국립공원, 도시 주변의 숲과 산에는 많은 숲 해설가들이 다양한 활동을 전개하고 있으며, 여러 교육기관에서 숲 해설가 양성 교육을 실시하고 있다.

이 땅 곳곳의 명산대찰마다 절집이 거느리고 있는 귀중한 자연자원을 제대로 활용하는 방법 중의 하나는 숲 해설가의 활용이라고 할 수 있다. 자연과 유리된 삶을 사는 많은 현대인들이 이런 체험이나 해설 프로그램을 고대하고 있을 것이기 때문이다. 생태와 생명과 환경이 오늘의 화두 아니던가? 따라서 우리 생명문화유산의 보고 중 하나인 절집 숲은 그런 화두를 담당해야 할 역사적 책무를 부여받은 것은 아닐까?

4부 ― 절집 숲이 간직한 역사

세조의
묘전에서
유래
된
월정사 의 숲

우중월정雨中月精 설중오대雪中五臺. '비 오는 여름 풍광은 월정사에서 바라보는 것이 최고요, 눈 오는 겨울 풍광은 오대산에서 바라보는 것이 최고'다. 오래 전부터 월정사 스님들 사이에 전해 내려오는 이 구절은 월정사와 오대산의 겨울 풍광이 여름 못지않게 아름답다는 것을 웅변해준다. 월정사와 오대산의 풍광이 특히 아름다운 이유는 전나무 덕분이다. 전나무는 오대산 전역에서 쉽게 눈에 띈다. 겨울에도 늘 푸른 잎을 달고 있는 상록수이고 30~40미터까지 곧고 장대하게 자라는 생육 특성을 가진 전나무는 오대산의 대표 수종이라고 해도 틀린 말이 아니다.

그런데 사람들은 이 전나무 숲을 '오대산 전나무 숲'이라고 부르지 않고 '월정사 전나무 숲'이라고 한다. 이는 월정사나 오대산을 찾는 이들의 뇌리에 월정사 들머리의 전나무 숲에 대한 인상이 워낙 강하게 각인되기 때문일 것이다. 특히 계곡 건너편에 새 도로가 생기기 10여 년 전만 해도 월정사나 상원사로 향하던 모든 자동차는 이 전나무 숲을 통과해야 했다. 따라서 월정사는 물론이고 오대산을 찾는 방문객들도 울창하고 장대한 전나무 숲의 신비로운 풍광을 가슴에 담고 갈 수밖에 없었다.

월정사는 아름다운 전나무 숲 못지않게 이 땅에서 가장 넓은 절집 숲을 보유한 것으로도 유명하다. 그 면적이 여의도의 7배인 5,800여 헥타르나 된다. 일제강점기에 시행된 임야 조사와 광복 이후 단행된 농지개혁 등으로 인

상원사 문수전의 문수동자상

해 줄어든 면적까지 감안하면, 원래는 이보다 훨씬 넓은 면적의 산림을 보유했으리라 짐작할 수 있다.

그렇다면 월정사는 어떻게 이처럼 넓은 면적의 숲을 가지게 되었을까? 그 실마리는 상원사와 세조 임금의 인연을 통해 엿볼 수 있다. 조카 단종을 죽이고 왕위에 오른 세조는 불교에 귀의해 그 잘못을 참회하고자 했다. 그 일환으로 간경도감刊經都監을 설치해 많은 불서를 간행하는 한편, 상원사 중건 불사에도 큰 도움을 주었다. 그런 인연으로 상원사를 방문한 세조는 두 번의 이적을 경험했는데, 하나는 피부병을 앓던 그가 상원사 계곡에서 몸을 씻을 때 문수보살을 친견한 덕에 지병을 고친 사연이고, 다른 하나는 법당으로 들어가려던 그의 옷소매를 끌어당겨 불상 밑에 숨어 있던 자객으로부터 목숨을 구하게 한 고양이에 얽힌 사연이다.

세조가 하사한 묘전

고양이 덕에 목숨을 구한 세조는 그 은혜에 보답하고자 고양이를 위해 상원사 사방 80리의 땅을 묘전猫田으로 하사했다고 한다. 500년 하고

도 수십 년이 지난 오늘날에도 세조가 자신의 어의御衣를 걸어둔 관대걸이는 상원사 초입 계곡 옆에 놓여 있으며, 또한 세조의 목숨을 구한 고양이는 석상이 되어 상원사 문수전 앞을 지키고 있다.

절집 숲의 유래와 관련된 이 이야기는 우리나라 곳곳의 사찰림의 유래를 엿볼 수 있는 사례이기도 하다. 월정사는 신라 선덕여왕 12년(643)에 자장율사가 중국 당나라에서 문수보살의 감응으로 얻은 석가모니의 진신사리와 대장경 일부를 갖고 돌아와서 창건한 가람이다. 창건 이후 1,400여 년 동안 지혜의 상징인 문수보살이 머무는 불교 성지로, 또 수많은 고승대덕의 주석처로 불자들의 사랑을 받아왔다.

월정사는 고려시대와 조선시대에 큰 화재로 소실되었고, 6·25전쟁 중 1·4후퇴 때 작전상의 이유로 아군에 의해 칠불보전七佛寶殿을 비롯해 영산전, 광응전, 진영각 등 17동 건물은 물론이고 소장 문화재와 사료들도 함께 소실되는 피해를 보기도 했다. 오늘날은 적광전, 수광전, 설선당, 대강당, 삼성각, 심검당, 용금루, 요사채 등을 갖춘 대가람으로 복구되었고, 팔각구층석탑(국보 제48호)과 석조보살좌상(보물 제139호), 세조가 친필로 쓴 오대산상원사중창권선문(국보 제292호) 등의 귀중한 문화유산을 소장하고 있다.

월정사 사찰림의 유래에서 알 수 있듯이 이 땅의 절집 숲들은 하루아침에 생겨난 게 아니다. 1,600년이나 되는 불교 전래 역사처럼 장구한 세월에 걸쳐 형성되었다. 사찰림의 기원은 통일신라시대 말기에 도입된 선종禪宗이나 고려시대 도선道詵의 풍수지리설의 영향을 받아 산중에 조성된 산지가람에서 찾을 수 있다. 특히 숭유억불이 엄격하게 시행된 조선시대에 절집은 정치적·사회적 핍박을 피해 심산유곡으로 숨어

월정사 들머리 숲의 전나무 고사목

들어 '산중山中 사찰'로 정착됐고, 산사 주변의 숲은 자연스럽게 사찰림으로 이용되었다.

왕실과 사찰의 상호 보험

흥미로운 사실은 조선 왕실이 비록 정치적으로는 숭유억불 정책을 시행하였을망정, 한편으로는 유교적 덕목인 조상숭배를 불교를 통해 달성하고자 했다는 점이다. 그 흔적은 왕자의 태胎를 지키거나 선왕과 선후의 고혼을 천도하는 원당사願堂寺와 능역 주변의 길지를 지키는 능사陵寺를 선정한 사례에서 찾을 수 있다. 사찰로서는 왕실의 조상숭배라는 유교적 덕목을 종교적 수단으로 대행해주는 대신에 지배계급의 각별한 보호를 받고 더불어 봉산封山의 형태로 사찰림의 배타적 이용권

월정사 주변의 전나무 숲

을 확보할 수 있었다. 바로 왕실과 사찰 간에 상호 보험 성격의 협력이 이루어진 셈이다.

　사찰이 관리한 봉산의 형태는 종묘와 서원에서 사용할 위폐용 밤나무를 생산하는 율목봉산栗木封山, 왕실에 필요한 숯을 생산하게 한 향탄봉산香炭封山과 송홧가루를 생산케 한 송화봉산松花封山 등을 예로 들 수 있다.

　시간이 지남에 따라 사찰은 예로부터 관행적으로 이용해왔던 숲은 물론이고 왕실에서 하사받은 봉산에 대한 배타적이고 독점적인 이용권까지 자연스럽게 확보할 수 있었다. 사찰림의 형성 과정에 얽힌 다양한 사연과 역사성은 일제가 1918년 시행한 임야조사령 시행규칙 제1조(古記 또는 역사가 증명하는 바에 의하여 임야에 연고가 있는 사찰은 소유권을 인정한다) 제정으로 이어졌고, 그 결과 일제강점기에도 소유권을 지켜낼 수 있었다. 정부 수립 이후 등기 절차를 거쳐 법적 소유권이 종단에 귀속된 6만여 헥타르의 사찰림은 이런 역사적 과정을 거쳐 탄생한 생명문화유산인 셈이다.

어느 계절인들 좋지 않으랴만, 월정사의 전나무 숲은 눈이 있어 더욱 아름답다. 일주문에서 금강문으로 이어지는 1킬로미터의 전나무 숲길 설경은 이 땅 어느 곳에서도 쉽게 볼 수 없는 풍광을 선사한다. 눈 쌓인 숲길을 거닐다보면 그 아름다움에 놀라고, 기분이나 몸이 상쾌하고 깨끗해지는 쇄락灑落의 경험에 또 한번 놀란다. 전나무가 편백나무 다음으로 많은 양의 피톤치드를 내뿜기 때문이다.

어느 해 겨울 평일 이른 아침에 들머리 전나무 숲에서 본 풍광을 나는 잊을 수 없다. 그날 따라 전나무 숲에 인적이라곤 없었다. 울창한 전나무 숲을 통과한 햇살은 마치 아름답게 소곤거리는 화음처럼 나에게 말을 걸었다. 사람들이 몰려오기 전에 어서 사진을 찍어야지 하는 조급한 마음을 아는 듯 아침 햇살이 만드는 그 천연의 화음은 나의 걸음을 멈추어 세우는 데 부족함이 없었다. 아주 짧은 순간 나는 한껏 행복했다. 어느 곳인들 숲을 통과한 아침 햇살의 속삭임이 없었을까만, 게다가 그것이 돈다발을 안겨줄 리도 만무하건만, 새삼스럽게 차오르는 충만감으로 전나무 숲에 감사했다. 또 그런 풍광을 담을 수 있는 마음의 여유에 행복했다.

들머리 숲
월정사 전나무 숲은 천연림이라기보다 인공림에 가깝다. 이 전나무 숲

303

이 아홉 수樹에서 유래했다는 설화를 통해서도 그 흔적을 엿볼 수 있다. '고려 말 무학대사의 스승인 나옹선사가 부처님에게 바칠 공양을 준비하고 있을 때 소나무에 쌓인 눈이 그릇에 떨어졌고, 눈을 떨어뜨려 공양을 망친 소나무를 못마땅하게 여긴 산신령이 소나무를 꾸짖고 대신 전나무 9그루가 절을 지키게 했다'는 내용이다. 이 설화는 한랭한 산악지대에 생육하는 전나무가 풍토와 상관없이 따뜻한 남부지방의 사찰을 비롯한 이 땅 곳곳의 절집에서 터줏대감마냥 쉽게 눈에 띄는 이유를 드러낸다. 또한 소나무가 전나무 못지않게 월정사 숲의 또 다른 진객임을 함축하고 있다.

월정사의 전나무 숲은 단원의 『금강사군첩金剛四郡帖』 권1에서도 찾을 수 있다. 220년 전 관동 9개 군의 명승지를 편력하며 그림을 그려 정조 임금에게 바쳐야 했던 단원 김홍도의 이 화첩에는 중대사, 상원사와 더불어 울창한 전나무 숲에 파묻힌 월정사가 오롯이 담겨 있다. 따라서 월정사 전나무 숲의 유래는 적어도 600년 이상의 세월에 근원을 두는 셈이다. 오늘날 월정사가 '천년 숲' 걷기 행사를 매년 개최하는 것도 전나무 숲이 간직한 이런 역사성을 소중하게 여기는 뜻에서 연유한다.

김홍도의 금강사춘첩에 그려진 월정사

그 밖에 월정사와 오대산의 옛 모습은 조선시대 선비들이 남긴 유람기를 통해서도 엿볼 수 있다. 조선 숙종 때, 벼슬을 하지 않고 처사의 삶을 산 김창흡(1653~1722)이 남긴 『오대산기五臺山記』에는 월정사와 산내 암

월정사 들머리 전나무 숲의 설경

자의 옛 모습을 상상하게 하는 내용이 담겨 있다. 김창흡은 월정사에서 시작하여 사고史庫와 영감사를 거쳐 상원사와 적멸보궁을 오른 후 북대 미륵암까지 유람한 기록을 남겨놓았다. 그는 오대산 유람기 마지막 부분에 오대산의 네 가지 아름다움을 상술하고 있는데, 유덕한 군자처럼 중후한 산세, 속된 이들이 감히 찾을 수 없을 만큼 울창하고 거대한 수목들(큰 것은 백 아름에 달하고, 심지어 구름 속으로 들어가 해를 가린다고까지 서술했다), 수풀 깊숙한 길지에 자리 잡은 여러 암자, 다른 산에서는 경험할 수 없는 샘물(서쪽의 우통수, 북쪽의 감로수, 남쪽의 총명수, 가운데의 옥계수)의 물맛이 그것이다. 김창흡 역시 울창한 숲으로 둘러싸인 절집 풍광을 오대산의 으뜸가는 아름다움으로 꼽았다. 이런 사실에 비추어볼 때 예나 지금이나 울창한 숲으로 둘러싸인 월정사와 산내 암자의 풍광이 유별났음에 틀림없다.

월정사 전나무 숲의 역사성은 지난 100년의 격동기에 훼손되지 않고 살아 남았기에 더욱 빛난다. 일제가 자행한 산림 수탈은 악랄했다. 월정사라고 예외는 아니었다. 1927년 일제강점기에 작성된 산림경영계획에 따르면 당시 월정사 사찰림은 1헥타르 당 약 109세제곱미터(m^3)의 축적(단위 면적당 서 있는 나무의 총 부피)을 보유한 것으로 조사됐다. 월정사가 보유한 산림의 축적은 당시 전국 평균보다 6.5배나 높았다. 이러한 수치는 월정사가 수백 년 동안 주변의 산림을 잘 지켜왔음을 뜻한다. 일제가 이렇게 울창한 산림을 그냥 둘 리 없었다. 1932년 동양척식주식회사는 4,339헥타르의 월정사 사찰림을 대대적으로 벌채했다. 상원사에서 월정사까지 계곡을 따라 깔아놓은 협궤 철로는 오대산 일대에서 벌채된 목재를 '계림목재 회사'로 실어 나르는 운송로였다. 벌목 운송로의 종점은 월정사 부도전 위 계곡 건너편의 넓은 공 터였다. 오늘날도 이 공터를 '회사 거리'라고 부르는데, 계림목재가 있 었던 곳이기 때문이다.

벌채가 한창이던 시절엔 회사 거리 주변에 260호의 큰 마을이 형성 되어, 평창군 내에서 유일하게 파출소가 있었다고 한다. 월정사 산감 을 지낸 장길환 씨는 일제강점기에 자행된 남벌로 오대산 일대 박달 나무가 씨가 마를 지경이었다고 당시 사정을 전한다. 안타깝게도 월정 사 사찰림의 수난은 광복 후에도 계속되었다. 작전상의 이유로 6·25전 쟁 통에 칠불보전을 불태우는 한편, 주변의 숲도 함께 결딴냈기 때문이 다. 이런 수탈과 수난의 역사를 알고 나면 월정사 전나무 숲은 우리 앞 에 새삼 예사롭지 않은 대상으로 다가온다. 지난 100년의 격랑 속에서 도 이만큼 넓은 전나무 숲을 종교의 힘으로 지켜내고, 지금도 우리 곁 에 두고 있다는 사실은 기적이나 다름없기 때문이다. 2006년의 조사 결과에 의하면, 월정사 전나무 숲에는 가슴높이 직경 20센티미터 이상 의 전나무가 977그루 자라고 있으며, 수령은 40~135년으로 나타났다. 특히 가슴높이 직경이 1미터 이상인 대경목도 8그루 자라고 있으며, 가장 큰 전나무는 직경 175센티미터에 수고樹高 31미터라고 밝히고 있 다. 이 땅 어느 곳에서도 이런 전나무 숲을 쉬 찾을 수 없다.

산신각의 신수, 만월산 소나무

전나무 숲만큼 눈에 잘 띄지는 않지만, 소나무 숲 역시 월정사의 자랑 거리다. 적광전 안내판은 '6·25동란으로 전소된 칠불보전 자리에 적 광전을 1968년 다시 세울 때 외부 기둥 18개 중 16개는 오대산 자생 소나무이고, 2개는 괴목(느티나무)이며, 내부기둥 10개는 오대산에서 자생하는 전나무로 만들었다'고 밝히고 있다. 이 기록은 월정사 일대 소나무가 뛰어난 재목이었음을 사실적으로 증명한다. 지금부터 40여 년 전에는 절집 주변에 기둥감으로 쓸 만한 아름드리 소나무가 많았음을 상상할 수 있다.

월정사 소나무 숲의 옛 흔적은 용금루와 팔각구층석탑 사이에 서서 대법륜전(공양채)을 향해 뒤편 산록을 바라보거나 오대천 금강연 주변에 눈길을 주면 바로 확인할 수 있다. 뒤편 산록이나 오대천을 따라 쭉쭉 뻗은 당당한 금강소나무들이 눈에 가득 들어온다. 그러나 더 인상적인 현장은 적광전을 옹위한 뒤편 만월산 자락에서 찾을 수 있다. 하지만 만월산 자락의 소나무 숲 아래에는 적광전보다 삼성각이 자리 잡고 있다고 하는 편이 보다 정확하다. 여기서 궁금증이 하나 생긴다. 월정사 주변은 온통 전나무들로 둘러싸인 형상인데, 왜 산신을 모셔둔 삼성각 바로 뒤편 만월산 산록에는 유독 소나무가 가득한 것일까?

그 답은 이 땅에 불교가 정착한 과정을 통해 유추할 수 있다. 한민족의 민간신앙은 예로부터 산과 숲과 나무를 숭배해 온 토착신앙과 샤머니즘의 요소를 간직해 왔다. 중국에서 전래된 불교가 이 땅에 순조롭게 뿌리내리기 위한 첫 과업은 토착신앙이나 자연을 숭배하는 샤머니즘적 요소와의 화학적 융합이었다. 그 첫 절차는 산악숭배사상의 대상이 된 신성한 산(靈山)을 택해 사찰을 건립하는 것이었다. 민간신앙의 신성 지역에 사찰을 건립한 것은 민간신앙이 뿌리내린 장소의 연속성을 강조할 수 있을 뿐 아니라 불교를 보다 순조롭게 정착시키려는 의도로도 파악된다.

그 구체적인 사례가 바로 대부분의 사찰에서 찾을 수 있는 산신당이다. 여기에 전통 민간의 산신신앙을 표현한 산신과 호랑이와 소나무 그림을 모시고 있다. 산과 숲과 나무에 대한 이 땅의 재래적 세계관을 이단으로 배척하지 않고 불교에 동화시킨 특유의 친화력은 산과 나무와 숲의 존엄성을 인정하고, 사찰 주변 숲을 사찰의 중요한 구성요소로 자리매김하도록 했을 것이다. 따라서 독성, 칠성과 함께 산신을 모신 삼성각 바로 뒤편 산록의 소나

삼성각을 지키는 만월산의 소나무

무는 월정사를 지키는 신수神樹라 할 수 있다. 이 땅의 절집들이 사찰림으로 유독 솔숲을 많이 보유한 까닭도 가람수호신의 구성원으로 한몫하는 소나무를 신수로 섬겼기 때문이라고 하면 지나친 해석일까?

부도전과 동대 관음암의 전나무 숲

월정사 방문객 대부분이 그냥 지나치는 곳이 부도전 주변의 전나무 숲이다. 부도란 스님의 사리나 유물을 묻은 석물을 말하며, 또 다른 형태의 석탑이라 할 수 있다. 세 줄로 나란히 서 있는 부도 주변을 에워싼 전나무 숲의 겨울 풍광은 고승의 유택이라 그런지 숲 자체에 엄숙함이 배어 있다. 그래서 이 숲에서 신성神性을 느끼는 것은 자연스러운 일이

다. 신성이 깃든 엄숙함 때문인지 이 전나무 숲은 적막하다. 이런 적막함 속에서 침묵은 당연하다. 침묵은 내적인 고요를 연습하는 길이다. 적막을 경험하는 일은 고독을 맛보는 길이다. 그래서 사람은 가끔씩 본능적으로 조용한 장소를 찾는지도 모른다. 그러나 도시에서 소음 없이 적막함을 경험할 수 있는 장소를 찾기란 쉽지 않다. 그래서 나는 이 숲을 더욱 아끼고 사랑한다.

　부도전에서 큰길을 따라 상원사 쪽으로 조금 올라가다 보면 오른쪽으로 작은 골짜기와 함께 동대 관음암으로 오르는 산길이 나온다. 동대 관음암으로 오르는 눈 쌓인 겨울 숲길은 차량과 인적이 드물 뿐만 아니라 휴대전화도 불통일 만큼 조용하다. 겨울 숲의 이런 적막은 우리가 잊고 있던 거리낌 없는 마음의 자유를 되살려낸다. 효율성을 숭배하

부도전 부근의 전나무 숲

고 속도 강박증에 시달리며 살아온 자신을 되돌아보게 한다. 숲길을 오르면서 오로지 결과만 중시하고 잇속만 횡행하는 사회에서 초심을 잃지 말아야겠다는 다짐을 한다. 관음암에 오르는 이 숲길의 진객은 아름드리 전나무인데, 이 숲길이 특히 더 아름다운 이유는 마치 가로수처럼 장대한 전나무들을 관음암까지 볏할 수 있기 때문이다. 관음암에 이르는 2킬로미터 거리는 경사가 심한 마지막 500미터를 제외하고는 누구나 걷기에 좋다.

상원사에서 적멸보궁에 이르는 숲
상원사 앞마당에서 바라보는 풍광

높은 산일수록 눈 쌓인 거울 풍경은 어찌 보면 단순하다. 눈 쌓인 사면에 불규칙적으로 서 있는 나목들이 흰 캔버스에 회갈색 점이나 선으로 형상화된 그림처럼 변한다. 자연 자체가 거대한 한 폭의 그림으로, 그것도 단순하고 간결한 회색 빛깔을 바탕으로 한 추상화로 변하고 만다. 상원사 앞뜰에서 남동쪽으로 시선을 옮기면 눈에 들어오는 잡목 숲은 오로지 자연만이 창조해낼 수 있는 그림이다. 그 간결한 구성에, 그 소박한 절제에 압도될 수밖에 없다.

잡목 숲이 연출하는 이런 간결함과 소박함은 돈으로는 절대 살 수 없다. 잠든 오감을 불러내고 겨울 숲을 찾아 나선 사람만이 누릴 수 있는 행운이다. 겨울 숲이 연출하는 적막함은 복잡한 머릿속을 정리하는 청량제다. 찬 북서풍은 온갖 방향으로 날뛰던 원색의 욕망을 잠재운다. 눈앞에 펼쳐진 광대한 풍광은 세속에 찌든 심신을 새롭게 소생시킨다. 자연의 영성과 인간의 영혼이 만나는 순간이다.

상원사에서 왼쪽으로 바라본 전나무 숲

　상원사 앞마당은 그래서 우리 숲의 진면목을 극명하게 보여주는 진귀한 조망대다. 상원사 앞마당이 특히 주목을 받는 이유는 한 곳에 선채 고개만 조금 돌리면 전혀 다른 숲의 아름다움을 조망할 수 있어서다. 남쪽을 향해 서서 동쪽으로 고개를 돌리면 잡목으로 이루어진 회갈색 나목 숲이 능선을 장식하는 적막한 풍경이 펼쳐지고, 다시 서쪽으로 고개를 조금 돌리면 역동적 풍경의 전나무 숲이 내뿜는 아름다운 활력을 느낄 수 있다.

　햇볕을 좋아하는 양수陽樹의 활엽수와 햇볕이 적은 그늘에서도 살아갈 수 있는 강인한 생명력을 가진 음수陰樹 전나무의 생태적 특성까지 함께 익힌다면 더욱 좋다. 바로 겨울 숲을 찾은 이에게 부여된 생태적 지식의 외연을 넓히고, 그 차이를 자각한 특별 보너스이기 때문이다.

상원사에서 오른쪽으로 바라본 활엽수 숲

적멸보궁에 이르는 숲길

월정사의 넓고 깊은 숲 중에서 내가 가장 좋아하는 숲은 이른 아침 상
원사에서 중대 사자암을 거쳐 적멸보궁에 이르는 전나무 숲길이다. 계
곡 쪽 길이 아니라 상원사 찻집 뒤편으로 난 숲길이다. 이 숲을 좋아하
는 이유는 남녀노소, 귀천에 상관없이 누구나 자신의 두 발로 걸어야
하고, 한바탕 절실하게 자신을 비울 수 있기 때문이다.

어느 해 겨울 이 숲길에서 우연히 한 노老 보살과 만난 적이 있는데,
이때의 조우를 나는 잊지 못한다. 아마 적멸보궁에서 새벽기도를 마치
고 상원사로 내려오는 걸음이었으리라. 이른 아침이라 사람들의 왕래
도 없었다. 산을 오르는 내 모습을 본 보살의 얼굴에는 아주 잠깐 미소
가 떠올랐을 뿐 그 흔한 의례적인 인사말 한마디도 없이 지나쳤다. 그

편안하고 따뜻한 미소에, 보통 때와 달리 나 역시 목례만으로 답했다. 그러나 세월이 지난 지금까지 그때 잠시 조우했던 그 보살의 지극히 편안한 얼굴이 내 기억 속에 생생하게 살아 있다. 마치 문수보살의 얼굴처럼 편안하고 따뜻한 인상으로 비친 이유는 무엇일까? 부처님께 모든 것을 다 맡겼다는 안도감 때문일까, 아니면 철야기도를 무사히 마쳤다는 만족감 때문일까? 한 가지 분명한 사실은 적멸보궁을 오르던 나의 마음도 그 어느 때보다 편안했다는 것, 그리고 그런 마음이 내게 있었기에 상대방의 온화한 진면목을 볼 수 있었던 거라고 생각할 따름이다.

지극히 개인적인 사연이지만, 8년 전 생사가 달린 대수술을 받고 난 다음 이 숲길을 따라 적멸보궁에 힘겹게 올라 북받쳐 흘린 눈물을 나는 잊지 못한다. 그때의 각오와 감동을 되새기고자 월정사와 상원사 적멸

중대 사자암 주변의 숲

보궁에 이르는 숲을 해마다 거르지 않고 찾는지도 모른다. 이 숲길에서
절실하게 느낀 삶에 대한 긍정과 살아 있음의 행복을 상기할 수 있기
때문이다. 그래서 나는 요즈막에도 주변 사람들에게 자신을 비워낼 수
있는 각자의 숲을 가지라고, 또 가끔씩 그 숲을 찾으라고 권한다.

북대 미륵암에 이르는 숲길

북대 미륵암에 이르는 숲길은 상원사 입구 주차장에서 상왕봉과 두류
봉 사이로 난 도로를 따라 거닐면서 체험할 수 있다. 오대산을 관통해
홍천군 내면 쪽으로 난 이 도로를 따라 걸으면 오대산의 웅장한 모습이
파노라마처럼 펼쳐지고, 오대산의 최고봉인 비로봉을 비롯해 여러 봉
우리도 한눈에 넣을 수 있다.

> "높고 깊고 텅 비고 밝아, 여러 곳의 승경을 조망할 수가 있다. 중대
> 사와 비교하면 온후함은 미치지 않지만 시원함은 훨씬 낫다. 먼 산
> 을 바라보니 허공의 비취빛이 하늘에 접해 있어서, 마치 태백산이
> 가까운 곳에 있는 듯하다."

조선의 선비 김창흡이 북대 미륵암에서 바라본 풍광을 오대산 유람
기에 남긴 내용이다. 300년 전의 세월을 뛰어넘어 여전히 멋지고 생생
한 묘사다.

이런 풍광과 더불어 감상할 수 있는 것은 해발고도가 높아짐에 따라
변화하는 숲의 모습이다. 특히 해발 900~1,000미터의 남사면에 자라
는 거제수나무 군락은 미륵암을 찾아갈 정도로 눈 밝은 이들만 누릴 수

북대 숲길에서 본 오대산 비로봉

있는 풍광이다. 거제수나무는 심산유곡에서 무리지어 자라는 특성이 있는데, 이곳에서는 한 사면 가득 자라는 모습을 감상할 수 있다. 거제수나무는 흰색의 수피樹皮를 가진 자작나무와 사촌 격으로, 붉은색이 조금 도는 회색 수피를 갖고 있고 서늘한 곳에서 자생한다.

북대 미륵암에 이르는 숲길을 걸으면 겨울 하늘을 가로지르는 북서 풍의 매운 맛도 덤으로 누릴 수 있다. 월정사나 적멸보궁, 또는 동대 관음암 숲길은 숲 속에 파묻혀 있기에 겨울 칼바람을 직접 경험할 수 없다. 그러나 북대 미륵암에 이르는 이 숲길에서는 매서운 칼바람은 물론이고, 숲을 지나는 바람소리까지 경험할 수 있다.

적설량이 많거나 칼바람이라도 부는 날, 왕복 10킬로미터의 이 숲길을 걷다보면 도회의 안락하고 편안함에 젖어 사느라 희미해져버린 우

리의 본질적 야성을 불러낼 수 있다. 칼바람 앞에 눈물이 고이고 콧물
이 흘러도, 마른 가지 사이로 씽씽 부는 매서운 된바람 소리에 귀가 멍
해도 두렵지 않을 만큼 존재의 투지가 샘솟는다. 문명의 힘을 빌리지
않고 가장 인간적인 수단인 두 발로 뚜벅뚜벅 걸으면서 겨울이 만들어
내는 비장한 아름다움을 만끽하는 것은 숲을 찾아 나서는 이에게만 허
락된 축복이다.

북대 미륵암에 이르는 이 숲길은 물론이고, 겨울 숲에서는 편리함이
나 안락함은 찾을 수 없다. 대신에 자연의 강건함과 원기가 충만해 있
다. 그래서 산업사회의 틀 속에서 하나의 부품마냥 안주해 온 우리들의
쪼그라든 자아를 되살리는 데 겨울 숲은 안성맞춤이다. 겨울 전나무들
이 엄동설한과 당당히 맞선 그 오연한 자태는 우리들을 향한 외침일지
도 모른다. 피할 수 없는 숙명인 양 도회의 삶에 안주하면서 다람쥐 쳇
바퀴 도는 것 같은 일상에서 한 번쯤 야생의 숲을 찾는 반란을 꿈꾸어
보라고!

317

태실
수직
사찰

직지사_의 숲

태실 가는 길에 서 있는 아름드리 소나무

조선의 2대 왕 정종은 태조의 둘째아들 방과다. 정종은 제1차 왕자의 난이 수습된 뒤 왕위에 올랐으며, 재임 2년(1398~1400) 후 보위를 방원에게 양위하고 상왕으로 물러났다. 절집 숲과 관련해 흥미로운 사실은 2대 임금으로 즉위한 정종이 다른 곳에 안치되어 있던 자신의 태실을 직지사 대웅전 뒤편의 북봉北峰으로 옮겼다는 기록이다.

태실이란 왕실에서 산모가 태아를 출산한 뒤 나오는 태반을 묻는 장소로, 태봉胎封이나 태묘胎墓라고도 한다. 예로부터 우리 선조들은 태의 자리가 다음 아기의 잉태에 결정적인 영향을 준다고 믿었다. 그래서 액이 없는 방향에서 태를 태우거나 매장하는 풍습이 있었다.『삼국사기』나『고려사』에는 신라 김유신도 태를 묻었다는 기록이 남아 있다. 이것으로 미뤄보아 태를 묻는 풍습은 오래 전부터 내려온 것이라 하겠다.

태봉은 백제, 마한, 가야, 고려시대의 기록에도 나타나며, 풍수지리를 중시하던 조선시대에는 의궤까지 편찬했을 정도로 왕실의 중요한 의례였다.『조선왕조실록』에는 태봉에 관한 논의가 120여 회나 나타나며, 태실에 대한 조선시대의 연구자료(「조선의 태실」)에 따르면 조선의 국왕과 그 자녀의 태반을 묻은 구체적 위치나 지명이 90여 곳에 달한다. 그밖에 '태봉'이라 불리던 지명까지 망라하면 276곳이 제주도를 제외한 전국 각지의 명당에 분포해 있다고 한다. 조선 왕실이 100리 이내에 왕릉을 썼던 것과는 달리 왕실의 뿌리인 태실을 전국 각지에 골고루 둔 것은 왕실과 지역 주민 간에 일체감을 갖게 만들 의도였으리라는 해석도 있다.

숭유억불 견뎌낸 '태실 수직사찰'

직지사의 정종 태실은 평소 사찰림과 조선 왕실의 관계에 관심을 갖고 있던 나의 호기심을 자극하는 데 부족함이 없었다. 원하지 않던 임금 자리를 억지로 맡을 수밖에 없었던 방과는 왜 2년(정확하게 26개월)이라는 짧은 재임 기간, 그것도 하필이면 즉위 첫해에 자신의 태실을 직지사로 옮겼을까. 옮겨진 정종 태실은 그 후 직지사에 어떤 영향을 끼쳤을까. 태실 주변의 산림을 태봉산胎封山으로 지정해 철저히 보호하던 조선 왕조의 산림정책을 고려할 때 직지사의 태실은 사찰림의 기원과 기능에 대한 사례를 찾던 나에게 좋은 연구대상이었다.

직지사는 풍수적으로 마니산, 태백산 문수봉, 오대산 적멸보궁과 함께 '기를 폭포수처럼 분출하는' 생기처로 알려져 있으며, 정종의 태실은 풍수에서 최고의 길지로 알려진,

정종의 태실을 지켰던 소나무들

뱀이 먹이를 찾아 내려오는 형상의 머리 부분 혈(蛇頭血)에 해당하는 곳에 자리 잡고 있다고 한다.

동생 이방원의 뜻에 따라 왕위에 오른 정종은 목숨을 부지하고자 왕위를 태종에게 물려주고 '격구, 사냥, 온천, 연회 등의 유유자적한 생활'을 19년 동안 영위하다가 63세로 일기를 마쳤다. 사두혈에 태실을 옮긴 덕분인지 몰라도 정종은 정안왕후 김씨와의 사이에서는 자식이 없었지만, 나머지 7명의 부인 사이에 15남 8녀를 두었다. 냉엄하고 비정한 권력 다툼의 세계에서 한 발 벗어나 상왕생활을 19년간이나 누리고, 또 23명의 자식까지 둔 정종이 누린 영화(?)가 풍수적 최고의 길지에 자신의 태실을 옮긴 덕분인지, 내 짧은 풍수지식으론 감당할 수 없다.

조선 왕실에 태실을 내어준 직지사는 어떤 영향을 받았을까. 정종은 직지사를 수직사찰守直寺刹로 지정해 태실 수호의 소임을 맡겼다. 직지사의 주지는 수직군의 소임을 수행하는 승려들의 수장이기도 했다. 덕분에 직지사는 조선 초기부터 시작된 숭유억불의 모진 세월 속에서도 비교적 순탄하게 사세寺勢를 유지할 수 있었다.

한편 왕실은 태실을 보호하고자 직지사 주위 30리 내에서는 벌목과 수렵과 경작을 금했다. 태실 수직사찰의 사격寺格을 확보한 덕분에 직지사는 태실 주변의 산림을 태봉산으로 수호하는 한편, 넓은 영유지를 확보할 수 있었다. 직지사 홈페이지에 따르면 현재 약 600헥타르의 산림을 보유하고 있으며, 직지사에서 12킬로미터나 떨어진 김천시내의 법원과 구화사까지가 직지사의 영유지였다고 한다.

조선 왕조가 왕족의 태를 모신 산을 태봉산으로 지정하고, 사찰(願堂)로 하여금 태봉산을 보호하게 한 이유는 왕실의 무궁한 번영을 염원하는 한편 그것을 권위의 상징으로 여겼기 때문일 것이다. 왕실의 명복과 태실을 지키고자 원당에 내려진 봉산 수호의 책무는 해당 사찰에 태봉산 일대의 독점적, 배타적인 이용권을 위임한 것으로 볼 수 있다. 봉산 수호사찰의 사례는 예천의 명봉사(문종의 태실), 홍천의 수타사(세조비 소헌왕후의 태실), 예천의 용문사(성종비 폐비 윤씨의 태실), 영천의 은해사(인조의 태실), 부여의 오덕사(선조의 태실), 충주의 정토사(인조의 태실), 보은의 법주사(순조의 태실)에서도 찾을 수 있다.

조선의 왕목이자 생명의 나무

정종의 어태御胎를 530년 동안 모셨던 직지사의 독특한 이력을 생각하면 이 절집이 포용하고 있는 숲의 식솔들은 나름의 의미를 지니고 있다. 그 식솔들 중 가장 먼저 언급해야 할 숲은 무어라 해도 소나무 숲이다. 소나무는 조선의 왕목王木이었고, 풍수적 관점에서 양택과 음택에 생기를 제공하는 생명의 나무였다. 소나무가 풍수적 소재로 식재된 사례는 세계문화유산으로 지정된 조선시대의 왕릉 주변에서 어렵지 않게 찾을 수 있다. 왕릉 주변에 식재된 소나무는 왕의 유택을 길지로 만들어 왕조의 무궁한 번영을 꾀할 수 있다고 믿은 조상들의 풍수사상이 반영된 흔적이다. 왕이나 왕후의 태를 모신 태실 주변도 예외는 아니다.

산문에서 일주문에 이르는 들머리 숲에서는 대부분의 소나무가 사라졌지만, 산문 내 부도전에서 양옆으로 갈라지는 세 갈래 길의 오른편 숲길에서는 몇 그루 낙락장송을 찾을 수 있다. 이들 소나무로 미루어보아, 오른편 숲길이 태실로 향하던 옛 길임을 추측할 수 있다. 가운데 길은 일주문을 지나 만세루를 거쳐 경내로 진입하는 길이며, 왼편 길은 산내의 여러 암자로 향하는 포장된 길이다.

태실을 향한 오른편 길을 따라 조금만 북쪽으로 걸어 들어가면 대나무 숲에 이어 꽤 넓은 면적의 울창한 소나무 숲이 나타난다. 대부분 수령 50년 전후의 어린 소나무이지만, 직지사 일대에서는 쉬 볼 수 없는 소나무 단순림이라 이채롭다. 태실 주변을 감싸고 있던 솔숲의 흔적이라 할 수 있다.

태실을 지키는 원당의 위상에 비춰볼 때 직지사도 여느 절집과 마찬가지로 들머리를 비롯해 주변에 솔숲이 많았을 것이다. 그러나 절집 주변을 지키던 솔숲은 일제 강점기와 6·25전쟁 등 사회적 혼란기를 거치면서 대부분 사라졌다. 옛 솔숲의 흔적은 사천왕문을 거쳐 만세루에 이르는 진입로 곳곳에 서 있는 아름드리 소나무에서 어렵지 않게 상상할 수 있을 뿐이다.

오늘날 정종의 태실은 북봉에 없다. 조선총독부가 조선 왕실의 정기를 차단하고자 1928년 전국 각지의 명당에 매장되어 있던 왕실의 태 53위(왕의 태실 21위, 공주 및 왕자의 태실 32위)를 파헤쳐 서삼릉으로 옮겼을 때, 정종의 태옹胎甕도 함께 옮겼기 때문이다. 정종 임금의 옛 태실 흔적은 안양루 앞의 태석과 청풍료 마당에 전시된 태실의 난간석으

직지사가 임금의 태실을 지켰던 원찰임을 나타내는 안양루 앞의 태석과 난간석

로 확인할 수 있을 뿐이다.

직지사는 고구려 승려 아도阿道화상이 418년(신라 눌지왕 2년)에 창건했다고 한다. 신라시대에 자장慈藏과 천묵天默이 중수하고, 고려 태조의 도움을 받아 중건했는데, 임진왜란 때 불탄 당우들이 1970년대 이후 녹원스님에 의해 30년간에 걸친 복원사업으로 오늘의 모습을 이루게 됐다.

'직지사直指寺'라는 절 이름은 직지인심 견성성불直指人心 見性成佛이라는 선종의 가르침에서 유래했다는 설과, 창건주 아도 화상이 도리사를 건립하고 멀리 김천의 황악산을 가리키면서(直指) '저 산 아래에도 절을 지을 길상지지吉祥之地가 있다'고 한 데서 전래했다는 설이 있다.

임진왜란에 혁혁한 공로를 세운 사명대사 유정(惟政, 1544~1610)이 이곳에서 출가했으며, 경내에는 석조약사여래좌상(보물 제319호), 대웅전 앞 3층 석탑(보물 제606호), 비로전 앞 3층 석탑(보물 제607호), 대웅전 삼존불 탱화 3폭(보물 제670호), 청풍료淸風寮 앞 3층 석탑(보물 제1186호) 등의 중요 문화재가 있다.

어느 절집엔들 숲이 없으랴만, 조선 왕실의 수직사찰이던 직지사의 숲은 절집 안에 바짝 들어와 있는 것으로 유명하다. 절집 마당에서 사방 어느 곳을 둘러봐도 빈 구석이 없을 만큼 녹색세상을 이루고 있다. 그 녹색 세상의 첫 구성원은 사천왕문과 만세루 오른편 언덕의 단풍나무 숲이다. 썩 넓은 숲은 아닐지라도 이 일대의 단풍 숲은 철마다 다른 아름다움을 제 방식대로 뽐낸다. 그 아름다움을 제대로 경험한 이들은 봄철의 신록, 여름철의 녹음과 함께 가을 단풍의 풍광을 잊지 못한다. 다른 어떤 곳의 단풍 숲과 견주어도 결코 뒤지지 않을 만큼 멋진 숲이기 때문이다.

　직지사에는 또 다른 단풍 숲이 있다. 대웅전에서 비로전으로 향하는 통로에 심은 단풍나무 터널이다. 이 땅 곳곳의 절집들이 멋진 들머리 단풍나무 숲을 유지하고 있지만, 경내의 한 통로에 소박한 터널 형태로 몇 백 년째 이어오고 있는 단풍 숲을 간직한 곳은 직지사뿐이다. 이 단풍 터널을 거닐 때는 나란히 난 수로도 눈여겨보아야 한다.

　절집 대부분이 풍수지리상 물을 담벼락 밖으로 빼내는 데 견주어 직지사는 오히려 그걸 보듬어 물을 경내 곳곳으로 흘려보내고 있다. 단풍 터널의 수로를 따라 흘러내리는 물과 함께, 천불암 담벼락을 타고 흘러온 물이 황악루 앞을 가로질러 흐르거나 만세루 앞의 소나무 숲 사이로 시원하게 흘러내리는 물길을 만나는 것은 다른 어떤 절집에서도 쉬 경

대웅전에서 비로전으로 이르는 단풍나무 숲길

험할 수 없는 풍경이다.

이처럼 절집 곳곳에 물이 흘러내리게 만든 수로 덕분에 직지사의 수목들이 왕성하게 자라는지도 모른다. 이 수로가 예부터 있어온 것인지 또는 복원사업이 대대적으로 진행된 1970년대에 만들어진 것인지 몰라도 절집 마당 곳곳으로 물이 흐르도록 친수공간을 배치한 스님들의 지혜가 예사롭지 않다.

한여름에 독야홍홍獨也紅紅하는 배롱나무 꽃

직지사를 가로지르는 여러 수로와 함께 시선을 고정해야 할 대상은 사명각 앞을 지키고 선 배롱나무다. 배롱나무의 꽃은 백일이나 가기 때문에 목木백일홍, 또는 자미화紫微花라고도 불린다. 배롱나무 꽃은 7, 8, 9월 세 달 동안 20여 일간은 피고 10여 일 정도는 시들기를 반복하며 모두 100일 정도 연속해서 피고 진다고 한다. 특히 8월 말에서 9월 초에 피는 유일한 꽃으로 예로부터 조상들의 사랑을 받아왔다. 다른 꽃이 별로 없는 한여름에 독특하게 붉은 꽃을 피우는 특성 때문에 식물의 품격을 1품에서 9품으로 나눈 강희안(1417~1464)의 『양화소록養花小錄』에는 백일홍이 매화, 소나무와 함께 1품으로 가장 윗자리에 등재되어 있다.

방외거사 조용헌 선생의 해석도 새롭다. 조 선생은 태극의 색이 청과 홍으로 이뤄져 있는데 그 청홍을 상징하는 대표적인 식물로 소나무와 배롱나무를 든다. 소나무는 청을 상징하는 대표적인 식물로 겨울에 독야청청獨也靑靑하며, 배롱나무는 홍을 상징하는 대표적인 식물로 여름에 독야홍홍獨也紅紅한다는 것이다.

사명각 앞의 배롱나무

　배롱나무가 직지사는 물론이고 수많은 절집에서 오래 전부터 자리
를 잡게 된 배경도 꽃이 없는 계절에 부처님께 꽃 공양을 할 수 있을 뿐
아니라 절집에 순수한 아름다움을 제공하기 위한 스님들의 안목 덕분
일 것이다. 염천에 땀 흘려 꽤 먼 거리의 들머리 녹색 숲을 통과한 참배
객들이 대웅전이 있는 절집 마당에 들어선 순간, 붉게 만발한 백일홍을
만나는 감흥은 유별날 것이다. 아! 하고 감탄사를 내면서 백일홍의 아
름다움에 빠지는 그 무구한 순간이야말로 하늘과 인간 사이에, 사연과
인간 사이에 어떤 간격도 사라지고(天人無間), 하늘과 내가, 자연과 내
가, 부처와 속세 간에 어떤 간격 없는 합일의 경지에 도달하는 지점
이 아닐까. 한여름에 배롱나무 꽃이 내뿜는 아름다움을 만나는 그 순수
한 마음이 바로 부처님을 만나는 마음 아니겠는가. 내 속에 부처가 있

다는 평범한 진리를 절집의 배롱나무를 통해서도 깨칠 수 있다면, 천지 만물이 가진 아름다움을 제때에 제대로 담을 수 있는 감성의 그릇을 키 우는 일조차 수행 방법의 하나라고 주장할 수 있으리라.

그런데 왜 하필이면 사명각 곁에 목백일홍이 심어졌을까. 그 이유는 알 수 없지만, 단풍나무 터널의 녹음 곁에 선 붉은 배롱나무 꽃은 한여 름 절집의 단조로운 풍광에 변화를 주는 데 부족함이 없다. 밀양 표충 사가 사명대사를 기리는 표충사당과 표충서원을 절집 안에 품고 있는 것처럼, 직지사가 사명각을 건립해 사명대사 유정의 영탱을 봉안해 대 사의 유덕을 기리는 것은 스님이 신묵대사의 제자가 되어 이 절집에서 출가한 인연 때문일 것이다.

황악루 살구나무에 깃든 사연

한편 나무와 관련해 인연의 뿌리를 생각할 때 황악루 앞의 살구나무도 그냥 지나칠 수 없는 직지사 숲의 독특한 식솔이다. 직지사의 문화관광 해설사가 경북 봉화에서 온 노인에게 직접 들었다며 전해준 이야기가 흥미롭다. 노인이 소년시절 직지사에서 직접 경험했던 일로, 어머니와 함께 직지사를 찾은 소년 박정희가 개구쟁이처럼 황악루 앞의 살구나 무를 타고 올라가 놀던 모습에 대한 기억, 그리고 오늘도 변함없이 제 자리를 지키고 있는 살구나무의 건재함에 대한 노인의 감회였다. 직지 사의 명부전에 박정희 전 대통령과 육영수 여사의 영정이 모셔져 있는 점, 대통령 재직시절 직지사 복원사업을 펼친 일, 사명대사의 영탱을 모신 사명각(정조 11년 건립)의 현판을 쓴 일들은 소년 박정희가 어머 니와 함께 직지사에서 보낸 유년시절의 경험과는 어떤 관련이 있을까.

소년 박정희가 타고 올랐던 황악루 앞의 살구나무

아는지 모르는지 이 모든 인연의 끈을 지켜본 황악루 앞의 살구나무는 여전히 푸르고, 변함없이 알알이 푸른 살구를 달고 있었다.

직지사의 감나무도 유별나다. 이 절에 전해 내려오는 이야기로는 조선 정종과 절친했던 주지스님이 왕에게 직지사 감을 진상했고, 그 맛이 너무나 좋아서 조정에서는 '직지사반시진상법'까지 제정했다고 한다. 직지사 감이 조선조 말까지 왕의 식탁에 올랐음은 물론이다. 조정에 진상하던 감나무는 맛있는 홍시를 생산하는 납작감(盤柿)나무로, 청풍료 굴뚝 옆이나 설법전 뒷마당에 서 있는 거대한 감나무들에서 옛 영광의 흔적을 찾을 수 있다.

이들 아름드리 감나무는 여전히 맛있는 홍시를 생산하고 있다. 어떤 이는 이들 감나무가 600년 정도 묵었다고 하지만, 세상에 통용되는 나

감나무와 굴뚝 옆의 개나리

이 중에 나무 나이만큼 가늠하기 어려운 것도 많지 않다. 아무튼 감나무들이 절집에 터 잡은 덕분에 제 천수를 누리고 있는 것만은 부정할 수 없다.

감나무와 함께 빠뜨릴 수 없는 것은 세월의 무게를 말없이 전하는 직지사의 늙은 개나리다. 우리 주변에서 흔히 볼 수 있는 개나리는 연필보다 조금 더 굵은 줄기를 가진 것이 대부분이지만, 직지사의 개나리는 어디에서도 쉬 찾을 수 없을 만큼 굵은 줄기로 세월의 무게를 자랑한다. 어떤 이는 200년은 묵었을 것이라고도 하지만, 이 역시 정확한 나이는 알 수 없다.

개나리와 관련해서는 직지사 일주문의 기둥 하나는 개나리 줄기로, 다른 하나는 1,000년이 넘은 싸리나무로 만들어졌다는 흥미로운 이야기가 전해온다. 청풍료 옆 마당의 어른 팔뚝만한 굵기의 줄기를 간직한 개나리가 200년 묵었다면, 일주문 기둥감으로 쓸 개나리는 아마 수천 년 묵은 개나리라야 가능할 터인데, 키 작은 관목이 키 큰 교목처럼 자랄 수 없는 이치를 생각할 때 직지사 개나리의 빼어남을 자랑하려는 '판타지'이리라.

다섯 암자에 이르는 숲길

큰절(직지사)에는 다섯 암자가 있는데, 명적암과 중암은 황악산의 중앙에, 백련암과 운수암은 황악산의 오른편 산록에, 은선암은 황악산의 왼편 산록에 자리 잡고 있다. 직지사를 품은 황악산은 충북 영동군과 경북 김천시 경계에 있는 해발 1,111미터의 산이다. 온 산이 활엽수로 울창한데, 이는 암봉과 바위로 이루어진 골산骨山이 아니고 토양이 풍부한 육산肉山이기 때문이다.

다섯 암자에 이르는 숲길은 잠시나마 도시의 욕망을 내려놓기 좋은 장소다. 우선 그렇게 멀지 않다는 점이 그렇다. 시멘트로 포장된 점이 아쉽지만, 폭이 꽤 넓은 통행로이기에 발 밑의 장애물에 신경을 쓸 필요가 없으며, 은선암을 제외하곤 운수암으로 가는 길에 차례로 명적암과 중암과 백련암을 둘러볼 수 있게끔 모두 연결되어 있다. 이런 숲길에서는 느리게 걷는 것이 좋다. 그리고 생각의 고리를 하나하나 끊어내고 자신과 대면하면서 어디를 향해 가고 있는지 되돌아보기에 안성맞춤이다.

은선암은 만덕전을 지나 등산로 초입에서 왼편으로 난 구불구불한 길을 따라 오르면 갈 수 있는데, 등산로와 같은 방향에 자리 잡은 다른 암자들과는 달리 왼편 산록에 있어서 찾는 사람이 많지 않다. 등산객은 대부분 오른편 산록에 자리 잡은 백련암과 운수암으로 난 길을 따라 황악산을 오르기 때문이다. '은선암隱僊庵'은 '신선이 스스로 살 곳을 선택해서 산다'는 뜻이 담겨 있다고 한다. 신선들이 사는 곳답게 은선암에 오르는 숲길은 활엽수림이 울창하고, 경사가 좀 있지만 포장된 길이라 가족이나 동료들과 함께 걷기 좋다. 신선의 세계에 들어간다는 자세

은선암 숲길

로 마음을 비우고 느리게 걸어볼 일이다. 이 숲길을 갈짓자처럼 몇 굽
이를 돌면 예상치도 못한 곳에서 전통 한옥에 어울릴 것 같은 대문을
가진 은선암이 불쑥 나타난다.

　은선암으로 오르는 숲길도 좋지만, 은선암에서 내려다보는 직지사
의 정경도 인상적이다. 비전문가의 눈으로도 '천하의 길지'라는 명성
을 얻은 이유를 수긍할 수 있을 만큼 황악산 자락에 바구니처럼 감싸인
모양의 아늑한 직지사를 한눈에 확인할 수 있기 때문이다.

　황악산의 중앙이나 오른편에 자리 잡은 암자로 가려면 은선암에서
다시 내려서야 한다. 은선암으로 오르는 처음의 갈림길에서 운수암까
지는 약 2킬로미터 거리이지만, 이 길은 처음부터 끝까지 숲으로 덮여
있어 최상의 산책길이다. 황악산 중앙의 명적암은 큰절의 안내판에도

표시되어 있지 않을 정도로 최근에 건립된 암자이다. 세 번째 암자인 중암은 14칸 규모의 단아한 한옥 건물이 먼저 눈에 들어오고, 그 곁에 새로 지은 법당이 조금은 어울리지 않는 모습으로 앉아 있다. 일본에 체류하다 어머니 일엽스님을 따라 66세에 뒤늦게 출가해 화승畵僧으로 봉직한 일당스님(속명 김태신, 일엽스님의 아들)이 계시던 곳이다. 일당 스님은 일본의 권위 있는 미술상인 아사히상을 수상했을 뿐만 아니라 현재 북한의 김일성종합대학에 걸려 있는 김일성 주석의 초상화를 그린 이로 알려져 있다.

중암으로 오르는 갈림길에서 백련암과 운수암으로 가는 길은 환상적이다. 가을 단풍철에 꼭 다시 한 번 오리라는 다짐을 하게 할 만큼 울창한 숲이다. 이 숲길은 황악산을 오르는 등산로와 겹치지만, 마침 장마철의 궂은 날씨 때문에 찾는 이가 없어 숲길을 혼자 독차지하며 걷는 특혜도 누렸다. 울창한 숲길을 쭉 따라 걷다보면 차례로 백련암과 운수암이 나오는데, 모두 비구니 스님이 계신 곳이다. 이 두 암자에는 큰절의 영향 때문인지 열매를 실하게 맺고 있는 호두나무 몇 그루가 자라고 있다.

직지사를 네 번째 찾은 끝에 마침내 산내 암자를 모두 둘러보았다. 하지만 하안거 중이라 어느 암자에서도 스님을 뵙고 말씀을 청해 들을 수 없었던 점이 조금 아쉽다. 절집은 수행 정진으로 깊은 침묵에 빠졌지만, 다섯 암자의 수각 물은 어떤 제한도 없이 계속 흐르고 있어서 방문객의 갈증을 풀어줬다. 또한 절집에 이르는 한적한 숲길은 도시에서 안고 온 욕심과 기대와 집착을 비우는 데 부족함이 없을 만큼 청정했기에 그 욕망들을 잠시나마 비울 수 있었다.

율목봉산과
향탄봉산의
역사를
간직한

송광사
숲

들머리 숲길에서 본 극락교와 청량각

부처의 법신法身을 상징하는 진신사리를 모신 불보사찰 통도사 숲이나 부처의 가르침을 집대성한 팔만대장경을 모신 법보사찰 해인사 숲이 풍기는 위용과는 달리, 송광사의 들머리 숲이 보다 친숙하게 다가오는 이유는 무엇일까? 아마도 송광사가 부처의 교법을 배우고 수행하는 사부대중이 모인 승보僧寶사찰이기 때문일 것이다. 불佛과 법法을 수호하는 공간의 의미보다는 현재와 미래의 주인공인 스님(僧)들의 수양공간에서 풍기는 독특한 온기와 소박함이 숲을 통해서도 발현되고 있다면 지나친 아전인수일까?

송광사의 들머리 숲길은 산문 입구에서 얼마 떨어져 있지 않은 극락교極樂橋에서 시작된다. 극락교는 조계산에서 발원하여 절집 옆을 지나 서쪽의 주암호로 흘러가는 계류 위에 놓인 돌다리로, 그 위에는 '청량각淸凉閣'이란 누각이 세워져 있어서 아름답고 이채롭다. 극락이란 '아미타불이 살고 있는 정토로, 괴로움이 없이 지극히 안락하고 자유로운 세상'을 말하고, 청량이란 '깨끗하고 선량한 상태'를 뜻하기에 청량각과 극락교를 건너는 일은 바로 속세의 번뇌와 망상을 씻어내고, 부처의 나라에 진입하는 첫 통과의례인 셈이다.

다른 삼보사찰의 들머리 숲에 비해 송광사 들머리 숲은 상대적으로

송광사 진입 차도의 소나무 숲

왜소한 형상이다. 이런 약점을 보완하고자 돌다리 위에 전각을 세운 스님들의 지혜가 놀랍다. 극락과 청량의 세계에 진입하기에 앞서 극락교 주변의 정자에서 잠시라도 걸음을 멈추고 주변을 둘러볼 여유를 가져 보자. 작은 건축물 하나에도 자연과의 조화와 종교적 의미를 부여했던 옛 사람들의 지혜를 헤아려 보는 것은 절집 숲을 찾는 이들만이 누릴 수 있는 특권이다.

극락교에서 송광사 일주문으로 향하는 들머리 숲길은 계류를 중심으로 왼편에 인도가, 오른편에 차도가 분리되어 있다. 인도와 차도 중, 어느 길을 선택해도 아름다운 숲길은 절집에까지 이어진다. 오른편으로 난 차도를 따라 조금 오르다 보면, 느티나무, 단풍나무, 층층나무와 같은 넓은잎나무로 구성된 활엽수림 속에 노송들이 길 옆에 자리를

송광사를 상징하는 능허교와 우화각

지키고 있거나, 일제강점기에 절집이 겪었던 굴곡의 현장을 반영이라
도 하듯 송광사의 풍광과는 잘 어울리지 않는 편백 숲도 뜨문뜨문 나
타난다.

송광사 들머리 숲의 나무들은 활엽수는 물론이고 침엽수인 소나무
마저도 대부분 굽은 형태로 자라는 데 반해, 일본에서 도입한 편백과
삼나무는 쪽쪽 곧은 형태로 자라는 특징 때문에 조화롭지 못한 풍광을
연출하기도 한다. 우리의 전통경관과 어울리지 않는 생뚱맞은 편백 숲
은 일제강점기에 일본 유학을 다녀왔던 스님들의 족적을 나타내는 또
다른 흔적이다.

우화청풍과 고향수

숲과 물과 함께 바람소리까지 절묘하게 어울리는 송광사 제일의 풍광은 능허교凌虛橋와 우화각羽化閣 주변에서 찾을 수 있다. 조계문을 들어선 참배객이 경내로 진입하기 위해서는 먼저 계류를 건너야 하는데, 그 통로가 바로 능허교와 우화각이다. '몸과 마음이 깃털처럼 가벼워져 신선이 된다'는 뜻을 지닌 우화각은 소동파의 적벽가에 나오는 '우화이등선羽化而登仙'에서 딴 것으로, 불국토로 들어가기 위해 참배객이 가져야 할 순수한 마음 자세를 담고 있다. 이 일대의 풍광은 송광사의 대표적 상징이 되어 오늘날에도 '우화청풍羽化淸風'이라는 구절로 사람들의 입에 변함없이 오르내리고 있다.

우화청풍과 함께 송광사의 또 다른 대표적 상징은 고향수枯香樹다. 고향수는 우화각과 세월각洗月閣 사이에 서 있는 말라비틀어진 죽은 향나무 그루터기를 말한다. 산내 부속암자인 천자암의 곱향나무(일명 雙香樹, 천연기념물 88호)와 함께 송광사에 전해 내려오고 있는 지팡이 설화의 주인공이다. 두 나무 모두 향나무지만, 고향수는 9백 년 전에 죽은 고사목이고, 곱향나무는 8백 년째 생을 이어가고 있는 살아 있는 나무라서 더욱 이채롭다.

고향수는 보조국사普照國師 지눌(知訥, 1158~1210)이 사용하던 지팡이를 꽂은 데서 유래되었다고 한다. 흥미로운 내용은 보조국사가 유명을 달리했을 때, 잘 자라던 이 향나무도 말라죽었다는 점이다. 보조국사가 남겼다는 "너와 나는 생사를 같이하니, 내가 떠나면 너도 그러하리라. 다음날 너의 잎이 푸르게 되면 나 또한 그런 줄 알리라(爾我同生死 我謝爾亦然, 會看爾靑葉 方知我亦爾)"라는 이야기 때문인지 몰라도 송광사

천자암의 곱향나무

보조국사의 지팡이였던 고향수

대중 스님들은 이 고사목을 끔찍하게 아낀다.

송광사를 찾는 대부분의 방문객들이 능허교와 우화각의 아름다움에 취해서 이 고사목에 눈길 한번 주지 않고 지나친다. 나 역시 몇 차례 송광사를 드나들면서도 이 고사목의 존재를 몰랐다. 나무와 숲에 초점을 맞추어 절집을 순례한 덕분에 최근에야 이 고향수의 존재를 확인할 수 있었고, 명산대찰의 절집마다 전해 내려오는 지팡이 설화의 의미를 새삼 되새기게 되었다. 바로 나무를 숭배했던 우리 조상들의 자연관을 불교가 배척하기보다 포용한 사례였음을.

송광사의 고향수는 1751년에 간행된 이중환의『택리지擇理誌』에도 기록되어 있고, 왕실에 보고하고자 1886년에 간행된『송광사지도』에도 '불생불멸不生不滅'이란 글자 곁에 새겨진 고향수를 찾을 수 있다. 고향수에 얽힌 수많은 이야기 중에, 노산 이은상과 송광사 인암스님의 시조 대결은 사뭇 흥미롭다. 먼저 노산 이은상이 운을 뗐다.

어디메 계시나요 언제 오시나요
말세 창생을 뉘 있어 건지리까
기다려 애타는 마음 임도 하마 아시리.

노산의 시조에 화답한 인암스님의 시조는 다음과 같다.

살아서 푸른 잎도 떨어지는 가을인데
마른 나무 앞에 산 잎 찾는 이 마음
아신 듯 모르시오니 못내 야속합니다.

고향수가 푸른 잎을 싹 틔우며 새롭게 생명을 시작하면, 조계종을 창시한 보조국사 지눌스님도 환생할 것이란 믿음 때문일까. 지난 수백 년 사이에 몇 번의 화재로 절집은 결딴났지만, 6.7미터 높이의 말라비틀어진 이 향나무는 오늘도 변함없이 제자리에서 송광사를 지켜보고 있다. 도대체 한국인에게 나무란 어떤 존재란 말인가?

조계종의 발상지인 송광사는 신라 말기에 혜린慧璘스님에 의해 조계산 자락(처음에는 송광산이라 불렸다)에 창건된 이후, 고려시대에 보조국사 지눌스님에 의해 대찰로 자리 잡게 되었다. 특히 보조국사의 법맥을 이어받은 진각국사眞覺國師가 중창한 때부터 조선 초기에 이르기까지, 약 180년 동안 국가나 임금의 사표師表가 되는 국사를 16분이나 배출하면서 승보사찰의 지위를 굳혔다. 임진왜란과 여순반란 사건, 6·25전쟁을 거치면서 사찰의 중심부가 여러 번 불탔지만, 1980년대에 대웅전을 비롯해 30여 동의 전각과 건물을 새로 짓고 중수하여 오늘과 같은 승보종찰의 모습을 갖추게 되었다.

송광사의 또 다른 보물: 송광사사고
송광사는 삼보사찰의 한 축을 담당하는 독특한 상징성과 함께 수많은 보물을 소장하고 있는 절집으로도 유명하다. 목조삼존불감(국보 제42호), 고려고종제서(국보 제43호), 국사전(국보 제56호), 화엄경 변상도(국보 제314호)를 비롯하여 다양한 보물들이 있지만, 산림학자의 입장에선 이 절집의 역사를 샅샅이 기록하고 있는『조계산송광사사고曹溪山松廣寺史庫』의 중요성도 간과할 수 없다. 최근 인물부와 산림부가 번역된 이『사고』에는 건물부, 잡부도 함께 수록되어 있다.

이『사고』에는 고려시대 이래 조선시대 및 일제 초기에 이르기까지 송광사와 관련된 다양한 역사적 사실들이 기록되어 있다. 특히 한국불교의 흐름뿐만 아니라 미술사, 건축사, 사원경제사, 지방사회사, 문학사에 활용할 수 있는 소중한 내용들도 수록되어 있어서 여러 분야의 전문가들이 이『사고』를 활용하여 다양한 연구를 수행하고 있다. 하지만 이『사고』에 기록된 산림부의 중요성을 인식한 산림전문가는 별로 보이지 않는다. 송광사 승보박물관장 고경古鏡스님의 배려 덕분에 아무나 관람할 수 없는「산림부」를 직접 확인하고, 1830년에 지정된 율목봉산栗木封山과 1900년에 지정된 향탄봉산香炭封山에 관한 귀중한 목패 유물을 촬영할 수 있었던 것은 순전히 절집 숲을 순례한 덕분이었다.

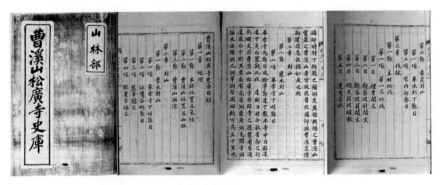

송광사사고 산림부와 사고의 율목봉산과 향탄봉산 내용

송광사의 산림부가 중요한 이유는 크게 3가지 내용 때문이다. 먼저 이 산림부를 통해서 지금까지 구체적으로 확인할 수 없었던 조선시대 율목봉산의 지정과 관리 및 이용에 관한 자세한 절차를 파악할 수 있게 되었으며, 둘째, 15년간에 걸쳐 송광사와 선암사 간에 있었던 사찰림의 소유권 분쟁에 대한 조선시대의 송사를 자세히 수록하고 있어서 사찰림의 소유권에 대한 확립 과정을 확인할 수 있게 되었고, 셋째, 이 산림부에는 사찰림의 조림과 경영에 관한 일제 강점기의 시업안施業案도 수록되어 있어서 사찰림에 대한 일제시대의 산림정책을 엿볼 수 있기 때문이다.

율목봉산은 왕실과 공신과 향교에서 사용할 위패용 목재를 생산하던 밤나무 숲을 말한다. 우리 선조들이 위패를 만드는데 유독 밤나무(栗木) 목재를 사용한 이유는 싹을 틔워도 밤톨의 껍질이 오랫동안 뿌리에 붙어 있는 밤나무의 독특한 생장 특성을 근본을 잊지 않는 행위로 여겼기 때문이라고 한다.

송광사보다 85년 앞서 1745년부터 율목봉산을 운영한 연곡사의 경우, 율목봉산에 대한 몇몇 기록은 남아 있지만 구체적인 내용은 알 수 없다. 전해지고 있는 내용을 보면, 율목봉산의 관리책임을 위해 연곡사의 주지스님이 도제조都提調로 임명되었으며, 그 덕분에 연곡사는 지방 향리들에 의한 경제적 수탈을 벗어날 수 있었다고 한다. 그러나 19세기 말에 이르러 선박 건조 등의 목적으로 밤나무를 남벌하여 연곡사 일대가 율목봉산의 기능을 더 이상 수행할 수 없게 되었고, 그 책임이 두려워 1895년 스님들이 절집을 버리게 되어 폐사로 변했다는 내용이다.

이를 뒷받침하는 조선시대의 기록은 『대동지지』(大東地志, 1861~

1866년 편찬)의 「경상도 하동부 산수조山水條」에서 찾을 수 있다. 「하동부 산수조」에는 "직전동 서북쪽 70리 지리산 남쪽에 율목봉산이 있다(稷田洞 西北七十里 智異之南 有 栗木封山)"고 기술되어 있다. 바로 연곡사의 율목봉산을 가리키는 것으로, 이 내용은 이미 학계에 알려진 사실이다.

송광사의 율목봉산

조선 조정은 율목봉산을 어떻게 지정했을까? 『사고』에는 율목봉산의 지정 과정이 자세히 기록되어 있다. 중창 불사를 위해 왕실의 재정적 지원을 원했던 송광사의 절실한 요청도 있었겠지만, 형식상으로는 먼저 전라관찰사가 율목봉산의 지정을 요청하는 절차를 따르고 있다. 전라관찰사는 국가의 제사와 시호를 관장하던 봉상시奉常寺에 연곡사의 율목봉산栗木封山만으로는 나라에서 필요한 위패제작용 밤나무를 도저히 충당할 수 없는 형편을 설명하고, 그 해결책으로 송광사 일대를 율목봉산으로 지정하기를 원한다는 장계를 올린다. 전라관찰사가 올린 장계에 따라 봉상시는 왕세자에게 송광사의 율목봉산 지정을 요청하고, 조정에서는 왕세자의 이름으로 경인년(1830년) 3월에 요청대로 허가했다고 『사고』는 밝히고 있다.

『사고』에는 율목봉산의 운영에 대한 기록도 자세히 수록되어 있다. 운영에 필요한 시행규칙은 율목봉산을 이미 운영하고 있는 연곡사와 쌍계사의 절목을 참고하여 시행하게 하는 한편, 그 절목 사본을 병영과 수영과 진영 및 고을 수령에게 보내어 율목봉산의 운영에 차질이 없도록 지시하고 있다. 이 『사고』를 통해서 새롭게 알려진 사실은 하동의 쌍계사도 왕실의 율목봉산을 운영하고 있었다는 점이다.

조선 조정은 위패용 밤나무 목재를 원활하게 조달받고
자 사찰이 운영하는 율목봉산을 어떻게 감독했을까? 조
정(봉상시)에서는 해당 사찰에 차감을 파견하여 관리감
독 업무를 수시로 확인하는 한편, 차감과는 별개로 특수
임무를 수행하는 경차관을 3년마다 절집(연곡사, 쌍계사,
송광사)에 보내서 밤나무 식재와 위패용 재목을 조달하
기 위해 벌채작업을 감독하였다. 그 일환으로 송광사에
는 율목봉산의 업무를 총괄할 책임자인 총섭總攝과 부

율목봉산 목패

책임자인 율목도별장栗木都別將을 임명하고, 관인官印과 나무 패(將牌;
송광사 박물관에 전시되어 있다)를 하사하여 인허가 업무를 관할하게 하
였다. 송광사에서는 도벌단속과 보호업부를 수행할 승려(都山直)와 봉
산순찰을 담당할 마을주민(牌山直)을 지정하여 도벌과 몰래 경작(冒耕)
하는 일이 없도록 하였다. 또한 봉산 경계로 동(굴목치), 서(외문치), 남(
이읍촌), 북(오도치) 4곳에 표석을 설치하였다. 하지만 십여 년 전, 연곡
사 인근 피아골 계곡에서 율목봉산의 표석이 발견된 것과는 달리, 송광
사의 율목봉산 표석은 동서남북 어느 곳에서도 발견된 것이 없다.

봉산의 밤나무는 승려와 백성들이 심었고, 매년 조정에서 감독관을
보내 식재 작업을 감독하게 하였다. 밤나무의 벌채 과정도『사고』에 자
세히 수록되어 있다. 조정에서는 위패에 사용할 밤나무 재목을 확보하
고자 먼저 감독관(경차관)을 현장으로 파견하였고, 경차관은 목수 1명
과 범칠관을 대동하여 벌채목을 선정하였으며, 운반작업(목수 1명과 군
인 30명), 치목작업(목수 6명과 봉표 구역 내 백성 6명이 보조일꾼), 도배
작업(승려)을 실시하여 조정에 진상할 밤나무를 준비하였다. 특히 벌

조선왕실의 율목봉산과 향탄봉산으로 지정된 송광사의 숲

채목의 도배작업은 밤나무를 소금물에 찌고 몇 겹의 종이를 바르는 작업으로 승려에게 부여된 임무였다.

　그렇다면 조정은 절집에 목재 생산의 임무만 지웠을까? 그에 상응하는 반대급부도 당연히 있었다. 절집은 무엇보다도 다양한 종류의 승역僧役을 감면 받게 되었으며, 왕실의 종찰로서 중창이나 중건사업에 필요한 재정적·물적(재목 기타) 지원을 확보할 수 있었다.

절집의 중창과 목재조달

『조계산송광사사고』를 활용한 다양한 연구들 중에 건축학계의 연구는 흥미로운 사실을 여러 가지 제공하고 있다. 이 서지에는 헌종 8년(1842년) 봄에 난 불로 2천여 칸이 넘는 송광사의 건물이 일시에 소실되었는

데, 중창 공사를 실시하면서 필요한 공사비와 목재를 조달한 자세한 기록이 담겨 있다. 불교가 탄압받던 조선시대에 절집의 중창 공사는 엄격하게 금지되었다. 그러나 송광사는 영조 32년(1756)에 영조의 생모인 숙빈 최씨를 위해서 육상궁의 원당으로 지정되는 한편, 순조 30년(1830)에는 율목봉산으로 지정된 덕분에 왕실과 조정으로부터 막대한 재정지원을 받을 수 있게 되었다. 큰 화재가 있은 그해 가을부터 조정에서는 중창에 필요한 목재들을 멀리 떨어진 개인 소유 산림(私養山)들에서 벌채하게 했고, 지리적으로 떨어진 벌채지의 목재를 송광사로 운반해 오기 위해 전라도 53개 사찰에 이들 벌채목의 운반을 책임지게 하였다.

서치상 교수 등의 연구를 동해, 지금부터 160여 년 전, 절집의 중창 공사에 쓸 만한 재목감이 조계산 일대에는 많지 않았고, 원당과 같이 나라에서 보호하거나 지원하는 사찰(國刹)의 경우에는 원근을 가리지 않고 중창에 필요한 목재를 벌채하여 충당하였으며, 벌채목의 운반은 관내의 여러 절집에 부역으로 수행하게 했고, 인력 동원이 힘든 절집들은 금전을 대납하여 부역을 대신하였음을 알 수 있게 되었다.

숲과 문화연구회가 2010년 10월에 개최한 「느티나무와 우리문화」 학술토론회에서 발표된 논문들에 의하면, 지금까지 출토된 문화재나 또는 고건축물의 부재로 사용된 목재를 해부학적으로 분석해본 결과, 선사시대부터 삼국시대까지는 참나무가 주로 사용되었고, 고려시대에는 느티나무와 소나무가 참나무보다 더 많이 사용되었으며, 조선시대에 이르러서는 대부분의 건축물이 주로 소나무로 지어졌다고 한다.

최근 국립산림과학원에서 수행한 연구에 의하면 부석사 무량수전

(국보 제18호)의 배흘림 기둥, 수덕사 대웅전(국보 제49호), 해인사 장경판전(국보 52호), 미황사 대웅보전(보물 제947호) 등의 축조에 사용된 재목들 중 일부가 느티나무로 밝혀졌고, 송광사 국사전의 기둥에는 난대성 수종인 구실잣밤나무도 발견되었다고 한다. 송광사의 사례처럼, 궁궐이나 왕실의 원찰인 경우에는 먼 곳에서 소나무를 충당할 수 있는 방법도 있었겠지만, 그렇지 못한 절집은 주변에서 쉽게 구할 수 있는 적당한 나무를 베어서 쓸 수밖에 없었던 셈이다.

절집을 비롯해 남아 있는 목조 건축물이나 목조 유물 중, 시대에 따라 사용된 목재의 종류가 참나무에서 느티나무로, 느티나무에서 소나무로 바뀌게 된 이유는 무엇일까? 그 답은 먼저 역사 발전에 따른 인구 증가에서 찾을 수 있을 것이다. 고려시대부터 조선시대에 이르기까

일주문 앞의 숲길

지 인구는 계속 늘어났고, 그에 따라 목재의 수요도 함께 늘어났다. 증
대된 목재 수요를 충당하고자 운반이 용이한 마을 주변의 참나무나 느
티나무와 같은 활엽수부터 사용하였으며, 공급보다는 수요가 더 많았
다. 또한 인구 증가에 필요한 곡물 생산을 위해 개간을 늘리다 보니, 마
을 주변의 산림은 점차 황폐해졌다. 설상가상으로 마을 주변의 산림은
농사의 퇴비생산에 필요한 임상林相 유기물과 활엽수의 지속적 채취로
점차 척박해졌다. 결국 나쁜 토양에서도 살아갈 수 있는 생명력이 강한
소나무만이 살아남게 되었고, 다행스럽게도 소나무는 건축재로서의
재질도 나쁘지 않았다. 조선시대에 이르러 활엽수재 대신에 소나무가
주된 건축재로 자리 잡게 된 배경에는 우리 농경문화의 발전에 따른 인
구증가와 산림황폐의 원인도 한몫을 했을 것이라고 유추할 수 있다.

절집의 싸리나무와 비사리구시

국보급 목조 건축물의 나무 재질 못지않게 흥미를 끄는 것은 곱향나무,
능견난사와 함께 송광사의 3대 명물로 알려진 비사리구시이다. 흔히
싸리나무로 만들어졌다고 알려진 이 구시는 약 4천 명이 한꺼번에 밥
을 먹을 수 있다고 알려진 나무 밥통이다. 구시라는 단어는 구유의 옛
말로 전라도 지역에서 사용되는 우리말 구시에서 유래되었다고 한다.

절집의 일주문이나 또는 대웅전의 기둥이 흔히 싸리나무로 잘못 알
려진 것처럼, 송광사의 비사리구시 역시 1724년 남원 송동면 세전 골
에 있던 싸리나무가 태풍으로 쓰러진 것을 가공하여 만든 것으로 절집
기록에는 밝히고 있지만, 재질을 해부학적으로 분석해본 결과 느티나
무로 밝혀졌다.

관목灌木인 싸리나무가 몇 천 명을 먹일 수 있는 밥통을 만들 수 없는 것은 당연한 이치. 그렇다면 느티나무가 어떻게 싸리나무란 이름으로 불리게 되었을까? 학자에 따라서는 느티나무가 싸리나무로 불리게 된 사연을 다음과 같이 설명하고 있다.

느티나무는 예부터 목재가 치밀하고, 나뭇결이 아름다워 건물의 기둥(부석사의 배흘림 기둥, 수덕사 대웅전, 해인사 장경판전과 수다라장, 화엄사 대웅전, 쌍계사 대웅전)은 물론이고 불상과 고승의 사리함舍利函을 비롯한 각종 불교 용구를 제작하는 데 선호된 수종이었다. 특히 부처님의 사리 못지않게, 고승 대덕의 사리 역시 귀하게 여겨 금동으로 만든 사리함에 넣어 봉안하거나 또는 부도를 세워 유덕을 기려왔다. 영구 보전하기 전에 임시로 만든 목재사리함은 무늬가 아름다운 괴목槐木으로 주로 만들었다. 괴목은 느티나무의 한자명으로, 글자 자체가 나무 목木에 귀신 귀鬼가 붙은 형상처럼 영적인 의미를 간직하고 있다. 사리함을 만든 나무를 절집에서는 사리나무로 불렀는데, 절집 밖의 일반인들에게는 된소리가 되어 싸리나무로 변하게 되었다는 국립산림과학원 정성호 박사의 해석은 이채롭다. 이와 관련하여 광주에서 숲 해설 활동을 전개하고 있는 강영란 선생은 송광사의 비사리구시를 '사리함이 아닌(非舍利) 밥통(구시)'이라고 독특하게 해석했다.

강 선생이 전하는 송광사의 비사리구시와 관련된 옛 이야기도 흥미롭다. 옛날 승주 땅에 남편을 여읜 할머니가 아들 며느리, 손자 손녀들과 행복하게 살고 있었는데, 어느 날 점심을 먹다가 갑자기 숨을 거두게 되었다. 저승사자를 따라 염라대왕 앞으로 간 할머니는 염라대왕 앞에서 먼저 온 많은 사람들이 시험을 치루고 있는 모습을 지켜보게 되었

다. 염라대왕은 사람들에게 송광사를 다녀왔는지 묻고, 예라고 답하는
사람들에게 비사리구시의 크기가 얼마나 되는지 물었지만, 송광사를
다녀오지 않은 대부분의 사람들은 옳은 답을 하지 못해 저승으로 보내
졌다. 마침내 차례가 되어 염라대왕 앞에 선 할머니는 생전에 송광사를
여러 번 갔기에 비사리구시도 여러 번 보았지만, 재보지를 않아 정확한
크기를 말할 수 없다고 하자, 염라대왕은 정직한 사람이란 칭찬과 함께
좀 더 살다 오라고 했다.

할머니가 눈을 뜨니 죽었다고 난리를 떨던 아들은 깜짝 놀랐고, 할머
니는 자초지종 비사리구시의 크기를 묻던 염라대왕의 이야길 들려주
었다. 그리고 그 길로 할머니는 아들과 함께 송광사로 가서 비사리구시
의 크기를 쟀다. 아들은 어머니께 길이가 17자, 높이는 3자, 너비는 4자

곱향나무, 능견난사와 함께 송광사의 3대 명물로 알려진 비사리구시

라고 알려드렸지만, 일주문을 나서자마자 할머니는 금방 잊어먹고, 다시금 아들에게 묻곤 하였다. 하는 수 없이 아들은 비사리구시의 길이, 높이, 너비만큼 명주실을 각각 끊어 할머니의 주머니 속에 넣어드린 후, 염라대왕이 물으면 이 명주실을 꺼내어 길이와 높이와 너비가 요만큼 된다고 말씀드리라고 하였다.

할머니는 천수를 누렸고, 이 이야기를 전해들은 주변의 많은 노인들이 비사리구시의 크기를 잰 명주실을 넣은 주머니를 차고 다녔다. 그후 송광사를 찾는 노인들의 숫자가 늘어났는데, 이는 할머니의 이 이야기 때문이라고 전해지고 있다.

이 이야기를 『느티나무와 우리문화』에서 읽고 평소 궁금하던 절집 싸리나무의 정체를 유추해낸 새로운 해석이 신선했으며, 또 고려시대까지 절집을 비롯한 큰 건축물에는 소나무 못지않게 느티나무가 많이 사용되었던 과학적 사례들을 확인할 수 있어서 기뻤다. 그와 함께 이야기를 담고 있는 콘텐츠(할머니의 비사리구시)의 힘이 얼마나 대단한지 다시금 느끼게 되었다.

절집 숲을 지켜낸 원력

180년 전, 송광사의 스님들이 조계산 자락에 조성한 밤나무 숲은 그 흔적조차 찾을 수 없다. 그러나 절집의 숲을 거닐고 조계산을 오르면 먼저 마음의 문을 열고, 물소리와 바람소리에 귀를 열어보자. 시대를 거슬러 절집의 성쇠에 따라 재생과 쇠퇴의 길을 반복한 숲의 이야기가 계류와 바람 속에 녹아 있을지도 모른다. 마음의 귀를 가진 이들은 흘러내리는 물이, 불어오는 바람이 전하는 이런 사연을 담아낼 수 있는 생태학적 상상력을 지니고 있을 것이다. 특히 근대 100년 동안, 이 땅에서 일어난 일제강점, 광복, 광복 후의 좌우대립, 6·25전쟁, 사회적 혼란기를 거치면서 망가지고, 없어지고, 다시 살아난 숲의 강인한 복원력을 느껴보고, 그 강인한 생명력에 찬사를 보내는 일은 절집 숲을 찾는 오늘 우리들이 해야 할 일이 아닐까?

절집 숲의 강인한 생명력과 복원력 못지않게 스님들의 끊임없는 손길도 숲의 번영에 필수적이었음을 기억하자. 『조계산송광사사고』를 통해서 이 땅의 절집 숲이 하루아침에 만들어진 것이 아님을 우리는 다시금 확인할 수 있었다. 냉혹한 억불抑佛의 시대에 살아남고자 한편으론 원당願堂을 자임하고, 다른 한편으론 봉산封山의 책무를 짊어진 덕분에 오늘날 우리들은 이 땅의 유서 깊은 절집 숲을 향유할 수 있게 된 것이다.

천자암으로 오르는 대숲길

향탄
봉산의
역사를
간직한

김룡사 의
숲

"이 문에 들어오거든 안다는 것을 버려라"

동장군에 맞서는 겨울 숲은 강건했다. 군더더기 없이 간결한 모습으로 곧추선 나목들의 겨울나기는 비장했고, 탐방객의 걸음이 끊긴 들머리 숲길은 적막했다. '올 겨울 들어 가장 춥다'는 일기예보에도 절집 숲을 찾아 새벽 걸음을 나선 이유는 겨울 숲만이 간직한 이런 비장함과 적막함을 즐기고자 했기 때문이다.

매서운 겨울바람에 실려 오는 숲의 서기로 실용과 효율에 젖은 도시의 삶을 잠시 내려놓는다. 걸음을 멈추고 양팔을 벌려서 온몸으로 찬 겨울바람을 맞는다. 여러 번 거듭된 심호흡으로 겨울 숲의 서기를 가슴 가득 채우고, 채운 만큼 도시에서 가져온 속기를 비워낸다.

엄동에서나 제 모습을 드러내는 겨울 숲의 진수를 음미하면서 느린 걸음으로 걷는다. 걸음을 옮길 때마다 다짐한다. "속기를 비워내고 서기를 채워 넣으리라."

나의 다짐을 김룡사金龍寺 일주문인 홍하문紅霞門의 주련이 재확인시킨다. "이 문에 들어오거든 안다는 것을 버려라(入此門來莫存知解), 비우고 빈 그릇에 큰 도가 가득 차리라(無解空器大道成滿)."

이 주련이 전하는 것은 용맹정진을 목적으로 출가하여 사찰을 들어

〈이 문에 들어오거든 안다는 것을 버려라〉, 김룡사 일주문

설 때는 세속에서의 지식을 버려야 한다는 것의 강조이다. 바로 수행도
량인 사찰에서는 무엇을 채울 것이 아니라 마음을 비우라는 뜻이다. 성
과 속, 또는 출세간과 세간의 경계선이 일주문이라 할 때, 번뇌와 망상
을 비우고 빈 마음으로 들어서면 커다란 도를 채우게 될 것이라는 의미
로 해석할 수 있다.

홍하문은 성철스님이 평소 즐겨하시던 홍하천벽해(紅霞穿碧海; 붉은
노을은 푸른 바다를 꿰뚫는다)에서 유래된 이름이라고 하던가. 성철스님
이 최초로 대중설법을 하신 곳이 바로 김룡사임을 상기하면, 홍하문의
편액이 더욱 새롭다.

여름의 들머리 숲길

김룡사의 숲

김룡사의 숲은 크게 세 부분으로 나누어 살펴볼 수 있다. 먼저 들머리 숲은 대부분 활엽수들로 구성되어 있다. 느티나무나 참나무, 단풍나무, 서어나무처럼 넓은잎나무들이 운달 계곡 양편에 자라고 있다. 하나 특이한 것은 일주문 못 미처 왼편의 평평한 계곡부에 전나무 숲이 조성되어 있는데, 이 부근의 숲과 계곡은 문경시에서 휴양공간으로 활용하고 있다. 이 전나무 숲을 절집에서 조성한 것인지 또는 문경시에서 조성한 것인지는 알 수 없다.

인상적인 전나무 숲의 또 다른 풍광은 보장문 바로 앞에서 찾을 수 있다. 산문에서 황하문까지 활엽수림 속을 편한 마음으로 지나온 것과는 달리 절집의 바로 초입에서 겪는 경험은 유별나다. 검푸른 전나무들이 길 양옆에 도열해 있는 덕분에 마치 어두컴컴한 터널 속을 걷는 느낌을 자연스럽게 갖게 만든다. 물론 오른편 활엽수림 속에서도 아름드리 전나무들이 자라고 있어서 더 색다른 분위기를 자아내고 있다.

절집에 이르는 주 통로에 왜 하필이면 이처럼 촘촘하게 전나무를 심어 조금은 긴장하게 만드는지 그 이유를 알 수 없다. 하지만 '절집에 들어서니, 몸가짐을 바르게 가져라'는 무언의 신호를 보낼 의도로 만든 숲이라면, 대단히 성공적이다. 또는 여느 절집의 산문 주변에 있는

인왕문 겸인 보장문은 전나무 속으로 난 길 끝에 있다.

전나무들처럼, 선원의 전통을 상징적으로 나타내는 표시일 수도 있다.

김룡사에 전나무 숲은 또 있다. 응진전 뒤편 약사여래불로 오르는 길 옆에 있는 전나무들이다. 한때 산림청에서 우량한 종자를 보급하기 위한 채종림으로 삼았을 만큼 전나무의 형질이 좋다. 나무 높이는 20~30미터이고, 직경은 20~30센티미터에 달한다는 표지판이 눈에 들어온다. 지리적 특성을 고려할 때, 전나무 자생지라기보다는 일제시대에 조성된 숲이라고 추측할 수 있다.

소나무 숲은 전나무나 여러 종류의 활엽수와 달리 절집의 중심을 옹위하듯 주 건물들을 둘러싸고 있다. 대웅전과 상선원과 응진전 주변은

명부전 앞 동산 숲에서 바라본 김룡사 전경

물론이고 약사여래불 주변에도 소나무 숲이 주인이다. 절집과 소나무,
조선 왕실과 절집, 조선 왕실과 솔숲 등의 관계를 엿볼 수 있는 흔적이
아직도 푸른 솔숲으로 남아 있는 셈이다.

응진전 뒤편의 비밀

전나무가 열병해 있는 길을 지나 보장문과 사천왕문을 거쳐 계단 길을
오른다. 토종 조선 소나무들이 옹위하고 있는 대웅전이 눈앞에 나타난
다. 노스님의 독송소리가 정겹다. 대웅전 부처님께 예를 갖춘 후, 응진
전 뒤편 솔숲으로 향한다.

먼저 왼편 산록 솔숲에 안겨 있는 석탑부터 찾는다. 고졸하다는 모습
이 이런 것일까! 석탑 일층 탑신에 새겨진 해맑은 동자승의 미소가 아

침 햇살에 살아 움직인다. 소나무로 둘
러싸인 주변 자연과 조화롭게 어울리
는 3층 석탑의 풍광만으로도 충일감을
느낀다. 물질로는 결코 채울 수 없는 마
음의 풍요로 얻는 충만감이기에 더욱
새롭다. '비우면 가득 차리라'는 그 평
범한 진리를 되새긴다.

응진전 뒤편의 석불은 소나무들이
주변을 에워싸고 있다. 새로 조성된 연
화좌 위에 모셔져 있는 이 석불은 중생
의 모든 병을 고쳐주는 약사여래불로,
약합으로 보이는 지물을 들고 있는 모
습이다. 특히 입 꼬리가 올라간 웃는 석
불의 후덕한 모습이 인상적이다.

금당 앞에 있어야 할 석탑이 응진전
뒤편 구석에 자리 잡고 있는 이유는 김
룡사의 터가 풍수지리적으로 소가 누
운 모습의 와우형혈臥牛形穴이기 때문
이라고 한다. 지맥의 흐름을 거스르지
않기 위해 3층 석탑과 소를 모는 목우
인 약사여래석불을 응진전 뒤편에 각
각 따로 세웠다고 한다. 성철, 서옹, 서
암, 법전스님들의 거처가 바로 소의 눈

응진전 뒤편의 3층석탑과 솔숲

솔숲에 자리잡은 약사여래석불

솔숲에서 바라본 명부전과 요사

에 해당하는 명부전 옆의 요사였다고 하니 풍수의 의미를 무시할 수도 없는 셈이다.

명부전 옆의 요사가 종정이 되신 스님들의 거처였음을 상기하면서 지척에 있는 앞동산의 솔숲으로 향한다. 옛 스님들의 수행을 묵묵히 지켜봤던 그 노송들은 변함없이 제 자리를 청청하게 지키고 있다. 용맹정진했던 옛 스님들의 체취가 녹아 있는 노송의 줄기를 가만히 안아본다.

식량과 배설물의 순환 고리, 해우소

김룡사는 운달雲達조사가 신라 진평왕 10년(588)에 창건했다. 한때는 48동의 건물과 14개의 암자가 있었다고 할 만큼 규모가 큰 가람이었지만, 다른 가람과 마찬가지로 임진왜란의 피해가 컸고, 또 여러 차례의 화재로 소실되었다. 1998년에도 대웅전을 제외한 여러 건물이 화재로 소실되는 수난을 겪기도 했지만 중창으로 복원되었다. 경상북도 유형문화재 303호로 지정된 대웅전의 괘불은 조선 숙종 29년(1703)에 운봉사雲峯寺를 위해 그려진 것이며, 본존불이 화면의 중앙에, 그 아래쪽에는 2구의 협시보살脇侍菩薩과 사천왕四天王이 배치되어 있다.

김룡사의 숨겨진 자랑거리는 원형이 잘 보존된 3백년 된 해우소다. 선암사나 송광사의 해우소처럼, 김룡사의 해우소 역시 숙성된 거름을

앞은 단층, 뒤는 이층구조인 김룡사의 해우소

쉽게 수거할 수 있도록 경사진 비탈에 조성되어 있다. 자연히 앞은 단층, 뒤는 이층구조의 모습이다. 푸세식 화장실이라는 이름을 얻은 이유도 이와 같이 수거가 쉬운 구조 덕분일 것이다.

화학비료가 없던 시절에 거름 확보는 농경에 중요한 과업이었고, 해우소는 식량과 배설물의 순환고리를 생태적으로 극명하게 연결시켜 주는 전통 지혜라 할 수 있다. 그 극명한 사례는 오늘날도 김룡사 북쪽 인근에 자리 잡은 대성암의 해우소와 채마밭에서 찾을 수 있다.

조선 왕실에 숯을 생산하여 봉납하던 김룡사의 숲

운달산 김룡사 숲이 중요한 이유는 절집 숲과 조선 왕실의 관계를 엿볼 수 있는 향탄봉산香炭封山 비석이 현존하기 때문이다. 바로 들머리 입구 김천 식당 건너편 비탈에 서 있는 이 비석의 앞면에는 '김룡사 소유지金龍寺所有地', 뒷면에는 '향탄봉산사패금계香炭封山賜牌禁界'라는 글자가 새겨져 있다.

이 비문으로 미루어 보아 김룡사의 울창한 숲은

향탄봉산 비석

조선 왕실에 숯을 생산하여 봉납하던 곳이었으며, 비석 왼편에 작은 글씨체로 '광무 6년 10월'이라는 자구가 새겨진 것을 미루어 볼 때, 고종이 이 일대의 숲을 김룡사에 내린 시기는 1902년이었음을 알 수 있다.

'김룡사 소유지'라고 밝히고 있는 이 비석 덕분에 김룡사의 사찰림은 일제가 임야조사사업이라는 명목으로 1917년부터 1924년 사이에 이 땅의 산림에 자행하였던 식민지 수탈의 마수에서 용케 벗어날 수 있었다. 그리고 그 덕분에 김룡사는 오늘날까지 이 땅의 어느 절집 못지않게 울창한 숲을 간직할 수 있게 된 것이다.

절집의 물질적 기능을 담당한 사찰림

향탄봉산의 사례에서 볼 수 있듯이, 절집 숲의 유래는 천육백 여 년 동안 이 땅에 뿌리내린 불교의 역사만큼이나 단순하지 않음을 알 수 있다. 불교가 숭상되던 신라와 고려시대와 달리 숭유억불 정책이 시행된 조선시대에도, 어떤 시기에는 일련의 배불정책으로 불교가 위축되기도 하였으나, 어떤 시기에는 조선 왕실과 사찰이 각기 서로를 필요로 했다. 그러한 흔적들은 곳곳의 사찰림에서 찾아볼 수 있다.

기록에 의하면 조선 후기에 이르러 왕실은 순천 송광사, 남해 용문사, 고성 안정사 등에도 김룡사처럼 향탄봉산을 내렸다. 독특하게도 통영 안정사에는 향탄봉산과 함께 송홧가루의 봉납 책무를 부여하고자 소나무 숲을 송화봉산松花封山으로 지정한 기록도 볼 수 있다.

향탄산에서 생산하던 숯은 어떤 숯이었을까? 국어사전에는 향탄산을 향나무와 숯을 생산하던 산림이라고 풀이하고 있지만, 오히려 왕실에서 필요한 숯을 생산하던 산림이라는 뜻이 더 정확하다. 조선 숙종

대성암으로 오르는 전나무 숲길

때 실학자 홍만선이 농업과 일상생활에 관한 사항을 백과사전식으로 기술한 책 『산림경제』에는 "향탄은 석탄이나 숯을 생 아욱 잎과 함께 버무려서 떡을 만들어 볕에 말린 것을 일컫는다"고 밝히고 있다.

조선시대의 다양한 기록으로 사찰림의 유래를 살펴볼 때, 절집 숲은 행선과 포행과 수행과 교육을 위한 수도의 공간일 뿐만 아니라, 나라의 공납을 충당하고자 숯, 밤나무 목재, 종이, 황장목 관재 등의 임산물 생산기지와 함께 사찰의 보수와 중건을 위한 목재의 비축기지 역할도 수행하였음을 알 수 있다. 사찰림의 이런 역할은 바로 절집 숲의 물질적 기능이라 할 수 있을 것이다.

김룡사의 숲 즐기기

겨울철에 이어 여름철과 가을철에 김룡사의 숲을 다시 찾았다. 김룡사의 들머리 숲은 여름철에 시민을 위한 훌륭한 휴식공간으로 활용되고 있었다. 계곡을 낀 전나무의 짓푸른 녹음 아래에 아이들을 데리고 온 가족들이 친 텐트는 절집 숲에서 쉬 볼 수 없는 새롭고도 평화로운 풍경을 선사하고 있었다.

가을철에 찾은 김룡사는 상상하지 못한 새로운 별천지였다. 특히 홍화문 주변의 풍광은 단풍이 아름다운 이 땅의 어떤 절집과도 비견할 수 있을 만큼 아름다웠다. 그런 아름다운 풍광은 또 있었다. 명부전으로 향하는 오솔길은 그 때, 그 현장에 있는 사람만이 누릴 수 있는 특권마냥 큰 즐거움을 안겨주었다. 그날따라 그 시간 그 길을 걷고 있는 사람은 나 혼자였다. 붉게, 그리고 노랗게 물든 단풍을 홀로 가슴에 꼭꼭 쟁여오는 일이 죄스럽게 느껴질 만큼 큰 축복이었다. 이후 다람쥐 쳇바퀴 도는 듯한 일상 속에서 그나마 가만히 미소 지을 수 있는 여유는 그때 쟁여 넣었던 노랗고 붉은 풍광에서 느꼈던 풍요로움, 물질이 결코 주지 못하는 마음의 풍요에서 오는 충일감 덕분일 것이다.

명부전 가는 길의 가을 풍광

일주문인 홍화문 주변의 가을 숲

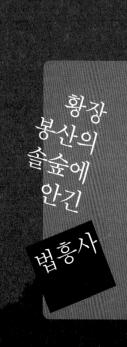

황장
봉산의
솔숲에
안긴

법흥사

옛 모습을 그리며

소나무 위에 걸린 샛별과 반달을 보고는 그냥 지나칠 수 없었다. 그 드
문 정경을 가슴에 담고자 들머리 소나무 숲에서 차를 멈추었다. 눈앞
의 풍광을 가슴속에 깊이 새겨 넣을 양으로 서기가 깃든 산사의 찬 새
벽 공기를 한껏 들이켰다. 마음이 차분해진다. 늙은 소나무 숲을 지나
는 바람소리가 귀에 들어온다. 도시생활에 찌든 육신부터 씻으라는 것
일까? 쏴~ 하고 불어오는 매서운 솔바람을 온몸으로 맞는다.

서울에서 신림 인터체인지를 거쳐 주천강을 끼고 영월군 수주면 법
흥리까지 한걸음에 내달려왔던 '빨리빨리'를 내려놓는다. 빈틈없이 매
여 있던 일상의 끈을 풀고 새벽녘의 솔숲을 느린 걸음으로 걷는다. 잠
시나마 세속의 욕심을 잊고 자연이 안겨준 아름다운 풍광과 소나무가
내뿜는 생기를 가슴 가득 채운다. 그 덕분인지, 절집을 향하는 걸음이
한결 가벼워진다.

법흥사의 역사는 신라 선덕여왕 12년(643년) 자장율사가 중국 종남
산 운제사에서 부처님의 진신사리와 가사·발우 등을 전수받아 사자산
(연화봉)에 불사리를 봉안하고 흥녕사라는 이름으로 개창하면서 시작되
었다. 사자산이라는 지명은 '모든 지혈이 한 곳에 모이는, 불교의 상징

동물인 사자형상의 허리와 같은 길지의 산세와, 뒤의 산봉우리 역시 불
교의 상징인 연꽃같이 생긴 연화봉에 부처님의 진신사리를 모신 것'에
서 유래되었다. 솔숲 속에 묻혀 있는 형상의 법흥사는 최근에 문화재 전
문위원의 자문을 받아 대대적인 중창불사로 큰 법당, 선방, 요사채, 일
주문, 금강문 등이 건립되었고, 또 절 앞 광장에 큰 주차장도 만들었다.

법흥사에서 만나는 첫 솔숲

새롭게 세워진 금강문까지 천천히 걸으면서 절골의 옛 모습을 그려본
다. 최근에 중창한 일주문 주변에 아직도 아름드리 소나무들이 자라고
있는 것을 보면, 대촌리에서 법흥사에 이르는 거리에는 소나무들이 울
창했으리라 짐작할 수 있다. 울창했던 솔숲의 옛 모습은 '꿀집 민박' 맞

법흥사 들머리의 솔숲

은편에 있는 노송 숲에서 찾을 수 있다. 일제강점기와 6·25전쟁과 사회적 혼란기를 거치면서 이런저런 이유로 아름드리 소나무들이 베어지고, 그 터에 민가와 식당과 민박집이 들어서면서 들머리의 솔숲은 조금씩 조금씩 사라져버렸다. 특히 소나무의 송진을 채취하여 태평양 전쟁에 필요한 항공기 연료를 충당했던 일제강점기의 소나무 수탈 현장은 오늘날도 법흥사 곳곳의 소나무에서 그 흔적을 찾을 수 있다. 바로 가슴 높이의 소나무 줄기에 V자로 겹겹이 새겨진 채취 자국이 목질부에 그대로 남아 있기 때문이다.

법흥사의 솔숲은 일주문과 금강문의 중간 거리에 있는 노송 숲에서부터 본격적으로 시작된다. 번잡함이 싫으면 차를 세우고, 이 솔밭에서 조용하게 한두 시간을 보내는 것도 좋다. 특히 대중교통편을 이용하여 절집을 찾는 이들은 대부분 금강문 앞 주차장에서 적멸보궁으로 바로 오르기 때문에 이 숲을 지나치기 쉽다. 이 솔밭이 안겨주는 다양한 소리, 향기, 냄새를 생각하면 그냥 지나치지 말고 잠시 짬을 내어 한 번 들려보라고 권하고 싶다. 평지에 이처럼 굵은 소나무들이 모여 있는 솔숲을 찾기란 쉽지 않다. 결코 걸음품이 아깝지 않을 것이다.

법흥사의 소나무는 우리 토종 소나무다. 서울대 임학과 고 임경빈 교수를 비롯하여 많은 산림 전문가들은 법흥사의 솔숲을 우리나라에서 가장 좋은 형질을 간직한 솔숲의 하나라고 평가하고 있다. 영서 내륙지방에서 자라고 있는 소나무들의 일반적인 생육이 굽은 형태로 자라는 것에 비해, 법흥사 일대의 소나무는 마치 영동지방의 소나무처럼 쭉쭉 곧은 형태로 멋지게 자라고 있기 때문에 얻는 평가라 할 수 있다.

원음루 주변과 9봉대산의 소나무

아홉 봉우리마다 푸른 솔

절골의 옛모습을 그려보던 상상의 나래를 원음루 아래 금강문에서 접는다. 3년 만에 다시 찾은 법흥사는 몰라보게 변한 모습이다. 곳곳에 새 건물이 들어서고, 휑하니 비어 있던 공간은 어느새 전각들이 자리 잡았다. 극락전만 외로이 있던 3년 전과는 비교할 바가 아니다. 심우장, 요사채, 다향원이 새로 들어섰고, 요사채 뒤편으로 새롭게 앉힌 건물들도 몇 채 눈에 들어온다. 대신에 울창하던 솔숲의 한 모퉁이가 사라졌다.

금강문을 지나 먼저 고풍스러운 극락전으로 향한다. 극락전을 옹위하고 있는 뒤편 산록의 소나무들이 눈에 들어온다. 추위에도 아랑곳하지 않고, 늘 푸른 모습으로 변함없이 극락전을 지키고 선 모습이 당당하고 군세다. 다시 몸을 돌려 극락전을 마주보고 있는 저 멀리 구봉대

주차장 주변의 솔숲

산을 바라본다. 아홉 봉우리마다 푸른 솔이 한 겨울에도 빛나고 있었다.

눈길을 지척에 있는 주차장 주변의 소나무로 옮겼다. 쭉쭉 곧은 장대한 소나무들이 눈에 박힌다. 우리들이 주변에서 흔히 봐 왔던 굽고 왜소한 소나무와는 전혀 다른 모습이다. 조선 왕실이 특별히 보호했던 황장목의 맥을 잇고 있기 때문이다. 수백 년이 흘러도 변함없이 멋지게 자라는 모습이 고맙다. 몇 해 전 법흥리 신촌 마을에서 '원주 사자황장산금표原州獅子黃腸山禁標'가 도로공사 중에 발견되었고, 자연 석에 새겨진 이 표석으로 이 지역이 조선 왕실이 필요로 한 질 좋은 관 곽재나 궁궐재의 산지였음이 새롭게 밝혀졌다.

법흥사의 솔숲의 진수: 자연이 만든 영성의 바다에서

극락전 주변을 둘러보고 걸음을 적멸보궁으로 옮긴다. 적멸보궁은 석 가모니의 진신사리를 모신 법당으로, '온갖 번뇌망상이 적멸한 보배로 운 궁'을 뜻한다. 부처님의 분신과 다름없는 사리를 모시기 때문에 전 殿이나 각閣보다 격이 높은 궁宮이라 하고, 그마저 부족해 보궁寶宮이란 이름을 붙였으리라.

흔히 불가의 세 가지 보물로 불·법·승을 일컫는다. 삼보사찰이란 불 보佛寶·법보法寶·승보僧寶를 간직한 사찰을 가리킨다. 불보는 '중생들 을 가르치고 인도하는 석가모니'를, 법보는 '부처가 스스로 깨달은 진

극락전과 소나무 숲

리를 중생을 위해 설명한 교법'을, 승보는 '부처의 교법을 배우고 수행하는 사부대중으로, 진리의 길을 함께 가는 벗'을 뜻한다. 따라서 적멸보궁이 있는 법흥사는 불보사찰인 셈이다.

적멸보궁으로 향하고자 솔밭 사이로 난 옛길을 택한다. 그러나 현재는 중대 요사채인 법운당을 새로 앉히면서 법흥사 비경이 숨어 있는 이 언덕길은 폐쇄되었다. 그래서 적멸보궁을 찾는 대부분의 사람들은 이 길의 아름다움을 모른 채 시멘트로 포장된 아래쪽 길을 따라 오를 수밖에 없다.

처음 법흥사에 들렀던 10여 년 전의 가을을 나는 잊지 못한다. 그 당시에는 중창불사가 없었고, 당연히 소나무 숲으로 난 언덕길이 적멸보궁을 오르는 주도였다. 하늘로 솟은 아름드리 소나무들 아래로 키 작은

소나무 잎과 가지가 만든 번뇌망상의 그물망

넓은잎나무들이 멋진 단풍의 향연을 펼치고 있었다. 별세계였다. 자연
속에서 극락을 찾는다면 바로 이 솔숲 길이 그러한 곳이리라는 생각이
들었다. 이런 비경을 스님들도 익히 알고 계셨을까? 법흥사 스님들은
'법흥사에서 적멸보궁으로 이어지는 소나무 숲길은 국내에서 손꼽히
는 경승지'라고 자랑한다.

　옛 추억을 회상하면서 천천히 그 옛길을 걷는다. 마침 스님 한 분도
아래쪽 시멘트 숲길 대신에 옛길을 들어서다 필자를 보고 수인사를 건
네시고는 바쁜 걸음을 내딛는다. 단풍나무와 참나무와 음나무의 잎들
이 모두 진 덕분에 소나무 세상이 되었음을 스님도 아실까. 아무도 거
닐지 않는 솔숲 길을 독차지했다. 편안한 마음으로 숲 바닥에 드러누워
하늘을 본다. 하늘에 펼쳐진 소나무 줄기와 가지와 잎이 만든 그물망에

적멸보궁과 연화봉의 소나무들

번뇌망상이 걸러지고 걸러져서 무심으로 변한다. 세속에 찌든 영혼을
자연이 만든 영성의 바다에 씻는다.

다시 수각을 지나 갈 지之 자로 난 비탈길을 오른다. 마침내 적멸보
궁이다. 번뇌망상은 어느 틈에 사라지고 부처님의 나라에 도착했다. 두
손 모아 깊숙이 머리를 숙인다. 스님의 낭랑한 염불소리에 마음이 맑아
진다. 무심무념의 상태가 이러할까?

저 멀리 적멸보궁을 호위하고 있는 연화봉이 눈에 들어온다. 녹색 잎
을 달고 변함없이 지키고 선 소나무들의 모습이 수호신장마냥 씩씩하
다. 풍요와 생명과 희망을 상징하는 녹색 아니던가?

법흥사 솔숲은 언제 찾는 것이 가장 좋을까?

숲을 찾아서 좋지 않을 때가 있으랴만, 송진 냄새를 원하면 송홧가루가 날리는 5월이 좋다. 그러나 겨울 찬 바람이 솔숲을 지나면서 만들어내는 솔바람 소리는 비록 경제적 이득이 생기지 않아도, 또 물질적인 효용가치는 없을지 몰라도 나름의 의미는 분명 있다. 겨울 솔숲이 내는 비장한 소리가 우리에게 마음을 곧추세울 수 있는 용기와 지혜를 안겨줄지도 모를 일이다. 하긴 이 모든 것은 추위를 두려워하지 않는 사람들만이 누릴 수 있는 자연의 선물이다.

옷을 두툼하게 입고, 따뜻한 차가 든 보온병을 품에 안고 겨울 숲길을 아주 천천히 거닐어 보자. 그 단순한 실행 하나만으로도 도시에서 맛볼 수 없는 새로운 활력을 느낄 수 있다. 이른 새벽도 좋고, 늦은 저녁도 나쁘지 않다. 특히 절집에서 들리는 북소리가 바람 소리와 함께 전해진다면 더할 나위가 없다. 결국 비워내고, 기다릴 줄 알아야만 자연이 연출하는 소리와 색깔과 향기가 만들어내는 다양한 아름다움도 맛볼 수 있는 셈이다. 절집 숲도 마찬가지다.

⋯ 법운당에 오르는 소나무 숲길

지구의
녹색
점,

봉선사 의

광릉 숲

봉선사 초입의 수령 약 120여년 생의 전나무 가로수들

지구의 녹색 점, 광릉 숲

'지구의 녹색 점', '우리 숲의 자존심'. 이들 별칭은 광릉 숲을 일컫는 상찬이다. 이런 상찬은 광릉 숲이 우주에서 보면 녹색의 한 점으로 보일 만큼 울창한 숲으로 덮여 있다거나 또는 우리 숲도 적절하게 지키고 가꾸면 선진 외국의 숲 못지않게 아름답고 값진 숲이 될 수 있음을 상징적으로 나타내는 비유라 할 수 있다.

사실이다. 광릉 숲은 유별난 숲이다. 우선 지난 5백여 년 동안 인간의 간섭으로부터 철저하게 보호를 받은 숲이다. 인간의 활동이 왕성한 온대지방에서 장구한 세월 동안 사람의 간섭을 받지 않고 온전하게 자연의 섭리에 따라 제 모습을 만들어가는 천연 활엽수림은 드물다. 바로 광릉의 천연 활엽수림이 세계적으로 학술적 가치를 인정받고 있는 이유다. 이 모든 일은 세조와 세조비의 능을 모셨기에 가능했다.

지구의 녹색 점 한가운데에 파묻혀 있는 봉선사를 찾고자 국립수목원에서 광릉내 초입에 이르는 녹색의 별천지 속으로 차를 달린다. 도로 주변에 초병마냥 지키고 선 거대한 전나무들이 숲의 바다를 안내하는 길잡이 구실을 한다. 눈길 가는 모든 곳이 녹색의 세계다. 숲을 관통하는 도로의 하늘까지 숲으로 덮여 있는 형상이다. 이 땅 어느 곳에서도 쉬 경험할 수 없는 숲의 터널 속을 천천히 달린다.

'지구의 녹색 점' 광릉 숲은 행정구역상으로 경기도 포천시 소흘읍
과 내촌면, 남양주시 진접읍과 별내면, 의정부시 민락동과 낙양동에
걸쳐 동서로 약 4킬로미터, 남북으로 약 8킬로미터의 크기로 자리 잡
고 있다. 광릉 숲은 '광릉'을 관리하는 문화재청(광릉관리사무소), 수목
원 일대를 관리하는 '국립수목원', 광릉시험림을 관리하는 '산림생산
기술연구소'에 의해 보호되고 있다. 일반 관람객의 출입이 허용되는 광
릉 숲은 '광릉' 능역과 국립수목원 일대의 한정된 구역이고, 나머지 대
부분의 숲은 학술적 목적 이외에는 출입을 엄격하게 통제하고 있다. 비
록 한정된 구역만이 개방되고 있지만, 광릉 숲은 서울 인근에서 자연의
진수를 흠뻑 만끽할 수 있는 장소로 부족함이 없는 곳이다. 국립수목원

일주문 근처 숲 속에 있는 부도

일대의 숲은 일요일, 월요일과 법정 공휴일은 휴원하며, 사전 예약에 의해 입장할 수 있다. '광릉'의 능역은 매주 월요일 휴관한다.

봉호선왕지릉奉護先王之陵

봉선사는 법인국사가 운악사라는 이름으로 서기 969년(고려 광종 20년)에 창건한 절에서 시작되었다. 서기 1469년(예종 1년)에 세조의 비 정희왕후가 세조의 능침을 광릉으로 모시고, '선왕(세조)이 묻힌 능을 받들어 모신다(奉護先王之陵)'는 뜻에서 봉선사를 중창하여 자복사로 삼았다. 조선 왕실은 1551년(명종 6년)에 교종敎宗의 사찰을 관장하는 수위사찰의 지위를 부여했다. 조선 후기인 1790년에는 전국 사찰 중 함경도 일원의 사찰을 관장하게 되었고 1902년에는 강원도 일원의 사찰을 관할했던, 역사가 오래된 사찰이라 할 수 있다. 그러나 일제강점기에는 원찰로서의 지위를 잃고, 또 6·25전쟁 중에 16동 150칸의 건물이 전소되기도 했다.

절집과 숲의 관계를 밝히고자 신록의 계절에 능사陵寺인 봉선사를 다시 찾았다. 능사란 왕릉을 지키고자 세웠거나 지키도록 지정한 절을 일컫는다. 봉선사 외에도 조선시대의 능사로는 개경사(태조 건원릉의 능사), 신륵사(세종과 세종비의 영릉의 능사) 등의 절집이 있다. 이들 능사 중에 개경사는 조선 왕조 후반기에 기록에서 사라져 버렸고, 신륵사와 봉선사만이 오늘날도 중요한 사찰로서 맥을 이어오고 있다.

원당사

능사인 봉선사와 광릉 숲의 관계에 흥미를 갖게 된 계기는 원당사願堂

寺에 대한 최근의 연구 결과 덕분이다. 조선 왕실은 한편으로는 숭유억불 정책으로 불교에 정치적·사회적 핍박을 가하는 한편, 다른 한편으로는 선왕과 선후의 명복을 빌고 고혼을 천도하며 길지를 염원하려는 목적으로 호국기원사, 원당사, 능사를 두어 불교에 의탁하기도 했다. 왕실의 특별한 목적으로 설립된 이들 사찰은 절집 숲의 유래와 형성 과정을 유추할 수 있는 단초를 제공해 주고 있기 때문에 흥미롭다.

조선시대 원당사에 대한 최근의 연구는 원당사들이 왕실의 봉산수호사찰이 되면서 과도하게 부과된 잡역이나 공납의 의무를 줄이는 한편, 넓은 면적의 봉산封山 관리를 위탁받음으로서 결과적으로 사찰림을 확보할 수 있는 계기가 되었음을 밝혀주고 있다. 이처럼 절집과 숲의 관계를 조망함에 있어, 불교와 조선 왕실의 관계를 무시할 수 없다.

봉선사 역시 조선 왕실의 각별한 보호를 받은 능사이기에 광릉 숲에 얽힌 다양한 사연이 있을 것이란 기대를 하고 먼저 월운 조실스님께 말씀을 청했다. 기대와는 달리 월운스님은 조선 왕실은 자체적으로 광릉 일대를 철저하게 지켜왔고, 봉선사는 선왕 세조와 정희왕후의 명복을 비는 능사로서의 소임만을 다했기에 봉선사가 광릉 숲에 관여한 특별한 사례를 찾을 수 없다는 말씀을 해주셨다. 광릉을 지키는 능사로서 봉선사가 광릉 숲을 적극적으로 보호 관리한 기록이나 또는 그와 관련된 내려오는 옛 이야기가 있을 거라는 나의 지레짐작은 허사였다.

일주문에서 시작되는 보행로를
지키고 선 잡상

능사로서 간직해 왔던 세조임금이나 정희왕후와 관련된 유품들도 임진왜란과 병자호란, 6·25전쟁 등으로 모두 소실되어 사라졌고, 유일한 흔적이라곤 정희왕후가 먼저 간 선왕의 위업을 기리고, 능침을 보호하고자 심었다고 전해지는 느티나무만이 청풍루 앞에 자라고 있다는 말씀에 나무의 위대함을 새롭게 되새겼다. 절집도 사라지고, 고승대덕도 사라지고, 지엄했던 왕실의 절대 권력도 사라진 지 옛날이지만 오직 느티나무만이 수백 년

세조비 정희왕후의 느티나무

동안 역사의 현장을 묵묵히 증언하고 있는 유일한 생명체로 남아 있는 것이다. 바로 이 느티나무가 봉선사의 사격을 나타내는 생명문화유산인 셈이다.

봉선사의 옛 흔적

광릉 숲에 대한 월운스님의 말씀은 『조선왕조실록』에 나타난 기록과 크게 다르지 않다. 『실록』에는 왕실에서 봉선사에 노비를 내리고, 세외 잡역을 감하는 한편, 면포나 쌀과 콩을 몇 백 석씩 내린 기록을 찾을 수 있지만, 광릉 숲의 관리와 보호에 직접적으로 관여하게 했던 어떤 기록

도 찾을 수 없다. 오히려 종5품의 영令과 종9품의 참봉을 두어, 이들로 하여금 산직山直과 군정軍丁들을 지휘 감독케 하여 광릉 일대의 능역을 지키게 했다. 또한 20명의 하급 관리들이 능역 주변 요소요소에 주둔하면서 구역을 나누어 순산하는 한편, 별도로 보군步軍과 수호군을 두어 능역 경비를 맡기기도 했다.

절대왕조의 봉건시대에 선왕의 능침을 받들어 모신 봉선사의 옛 분위기는 어떠했을까? 옛 선비들이 남긴 기록으로 봉선사의 분위기를 엿볼 수 있다. 세조의 능침이 광릉이 조성된 백여 년 뒤, 도승지와 대사간을 역임한 류몽인柳夢寅이 광릉 제실을 지키는 봉선사 덕균스님에게 남긴 한시를 통해서 그 당시 봉선사의 모습을 그려볼 수 있다.

왕릉은 신령스런 산에 에워싸여 　(仙寢擁靈嶽)

저 건너 숲은 절집과 이웃했네. 　(隔林隣寶坊)

새들은 소나무 계수나무 숲에서 울고 　(錯落松桂裏)

의관한 관리는 작은 집에서 재계齋戒하네. 　(衣冠齊小堂)

흰 옷 입은 스님은 시 지을 종이 꺼내어 　(雪衲出詩牋)

낭랑하게 읊조리니 망상이 사라지네. 　(朗吟塵慮亡)

가을하늘 높아 서리 기운 싸늘하고 　(秋高霜氣重)

쟁반에 쌓인 과일 향기롭구나. 　(山果惟盤香)

잘 꾸민 제단에서 맛있는 공양 마치고 　(瑤檀瑞醮訖)

돌아오는 길에 선방에서 쉬도다. 　(歸路憩禪房)

(『사찰, 누정 그리고 한시』에서)

숲 속에 안긴 봉선사 정경

봉선사는 조선시대에도 지금처럼 숲속에 파묻혀 있었음을 이 시를
통해서 알 수 있다. 한편 순수하게 봉선사의 풍광을 노래한 한시도 있
다. 17세기 후반에서 18세기 초에 벼슬에 나가지 않고 한평생 시작詩作
을 하면서 살았던 김창옹金昌翁은 봉선사를 찾아가는 흥취를 다음과 같
이 맑게 노래하고 있다.

題**봉선사**

차마 헤어질 수 없어 고삐 나란히 해서 가니
저 멀리 마치 선계로 찾아간 듯하구나.
숲속을 뚫고 가니 산세는 굽이굽이 도는데

조용히 하늘보고 누우니 애틋한 정 이네.

고개에 뜬 달, 탑 위 구름 자주 그림자 옮기니

금종과 물방아 소리 어울려 소리내는구나.

망아지는 절 사립 밖에서 우니

설악에서 돌아온 사람 꿈에서 바로 깨어나네.

(『三淵集』에서)

봉선사와 관련된 조선시대의 한시와는 별개로 1929년에 출간된 『조
선사찰31본산』에 실린 봉선사의 풍광 사진은 지금의 모습과 크게 다르
지 않다. 절집 뒤로 소나무 숲이 울창하고 절집 앞에는 밭들이 펼쳐진
모습이다. 다른 사찰과 달리 봉선사의 주변 경관이 크게 변하지 않은

봉선사의 매화

이유는 세조의 능침을 지킨 500여 년의 전통을 무시할 수 없었기 때문이라 할 수 있다.

봉선사의 사찰림

봉선사와 광릉 숲의 관계에 대한 이야기를 듣고 나서 현재 봉선사가 보유하고 있는 사찰림의 면적이 얼마나 되는지 여쭈었다. 그런데 몇 백 헥타르나 몇 천 헥타르의 면적을 기대했던 것에 비해 스님의 말씀은 의외였다. 현재 봉선사가 보유하고 있는 숲은 9헥타르뿐이라는 것이었다.

봉선사와 그 말사들은 비록 광릉 일대의 숲은 아닐지라도 예로부터 넓은 면적의 사찰림을 보유하고 있었을 것으로 추측된다. 봉선사를 비롯하여 봉영사, 흥룡사, 현등사, 수국사 등 5개 사찰의 주지가 1946년 광동학원을 설립하고자 각 사찰이 보유하고 있는 임야 1,600헥타르와 토지 46만 평을 갹출한 것에서 그 근거를 찾을 수 있다. 조선시대부터 봉선사와 말사가 보유한 임야와 토지 덕분에 광동중학교가 설립되었고, 학원설립을 주도한 이는 봉선사의 운허스님이셨으니, 봉선사의 숲역시 왕실과의 관련을 무시할 수 없는 셈이다.

오늘날 봉선사의 말사인 수종사나 흥룡사가 보유하고 있는 사찰림의 면적이 천 수백 헥타르임을 미루어 볼 때, 봉선사 역시 꽤 넓은 면적의 산림을 보유했을 터이지만, 광릉 일대는 아닌 것 같다는 말씀과 함께, 봉선사가 누렸던 능사로서의 지위는 일제의 식민지 경영이 시작되면서 실질적으로 끝나고, 오늘날은 직접적인 관련이 없다는 말씀도 주셨다.

능사로서의 봉선사가 우리 숲의 자랑거리가 된 광릉 숲의 형성에 적

전 세계적으로 학술적 가치를 인정받고 있는 광릉의 천연활엽수림

잖이 기여했을 거라는 나의 막연한 추측은 이것으로 끝났다. 그러나 봉
선사가 안긴 광릉 숲 일대를 거닐면서 절집과 숲의 관계는 물론이고,
절집 숲의 역사성과 그 숲이 갖는 다양한 역할을 다시 한 번 되새겨 보
는 것만으로도 발품 값은 충분히 한 셈이다.

● 전영우 全瑛宇

1951년 경남 마산에서 태어나 고려대 임학과와 같은 과 대학원을 졸업하고, 미국 아이오와 주립대에서 산림생물학 박사학위를 받았다. 현재 국민대학교 교수로 재직 중이다. 저서로는 『산림문화론』(1997, 국민대 출판부), 『숲과 한국문화』(1999, 수문출판사), 『나무와 숲이 있었네』(1999, 학고재), 『숲과 녹색문화』(2002, 수문출판사), 『숲 보기 읽기 담기』(2003, 현암사), 『우리가 정말 알아야 할 우리 소나무』(2004, 현암사), 『한국의 명품 소나무』(2005, 시사일본어사), 『숲과 문화』(2006, 북스힐) 등이 있으며, 그밖에 일어판 『森と韓國文化』(2004, 日本 東京 國書刊行會), 영어판 *The Red Pine*(2009, Books Hill), *Forests and Korean Culture*(2010, Books Hill) 등을 펴냈다. 그 외 산림문화에 관한 다수의 논문을 국내외의 학술지에 발표했다.

비우고 채우는 즐거움, 절집 숲

초판 1쇄 발행 2011년 4월 28일 | 초판 2쇄 발행 2012년 2월 23일
글·사진 전영우 | 펴낸이 김시열
펴낸곳 운주사 (136-034) 서울시 성북구 동소문동 4가 270번지 성심빌딩 3층
전화 (02) 926-8361 | 팩스 0505-115-8361
ISBN 978-89-5746-269-0 03810 값 23,000원
http://cafe.daum.net/unjubooks (다음카페: 도서출판 운주사)